I0732826

¡NOCHE DE CHICAS NUNCA FUE TAN DELICIOSA!

Bombón & Copos de Nieve

BEEF CAKE INC.

JUDI FENNELL

~

Gina Taormina estuvo enamorada de Darien Foster desde antes de tener memoria, hasta el día en que él la humilló en la escuela. Quince años después, la sola idea de verlo todavía la deja helada.

El bailarín exótico Darien ha vuelto a la ciudad para arreglar algunas cosas. Una de ellas es el lío que le causó a Gina durante su adolescencia... y quizá reavivar las llamas que una vez ardieron entre ellos.

Pero la única manera de derretir la nieve alrededor del corazón de Gina es subir la temperatura, tanto en el trabajo... como fuera de él.

Capítulo Uno

—Ya empezó otra vez.

Gina Taormina ni siquiera iba a mirar *aquello*, la enésima cesta gigante llena de cosas que *él* había elegido. —Devuélvela —le dijo a Candy, su mejor amiga y recepcionista en su *spa* de día, El Lirio Dorado.

—Vamos, Gina. El tipo solo quiere que le hagas caso.

En lugar de eso, Gina tomó el fajo de facturas. Y eso ya era mucho decir. —Devuélvela.

—Pero, Geen, es una increíble...

Gina golpeó el mostrador de granito de la recepción con el borde de las facturas. —No me importa lo que sea, Candy.

—¿Estás segura de eso?

Claroquedemoniosquelosestaba. —Devuélvela.

—Ay, vamos, Gina. Dale una oportunidad al chico.

Gina rodó los ojos y negó con la cabeza mientras se cerraba la chaqueta de técnica y caminaba hasta el lado de Candy en el mostrador de recepción, que era donde se encontraba el centro de operaciones del *spa*: la agenda de citas, el lector de tarjetas de crédito, la computadora, la impresora y los recibos del día anterior. —No salgo con estríperes.

—Pues es una verdadera lástima. Yo sí saldría con un estríper. Sin pensarlo dos veces.

Y al día siguiente, se habría ido. Gina lo había aprendido por las malas. Las excepciones eran contadas, y dado que era amiga de una de ellas y pariente de otra, sus posibilidades de encontrar una tercera eran casi nulas. Lo había intentado y, *vaya*, le había salido el tiro por la culata.

Gracias a Dios que nunca había actuado según lo que sentía por Gage, el socio de su primo Bryan. Especialmente ahora que Gage estaba con Lara. Nadie lo supo nunca, y la cosa nunca se puso rara con Bryan, lo que podría haber pasado. Sí, aparte de esas dos excepciones, definitivamente había superado a los estríperes. No, rectifico: había superado a los *hombres*. Según su experiencia, siempre tenían otras intenciones. Bueno, pues ahora ella también las tenía. Y no incluían nada que tuviera pene.

Abrió un cajón de un tirón para tomar un bolígrafo. —Devuélvela. Candy. Ahora.

Candy colocó la cesta —siempre eran cestas muy bonitas— sobre la agenda de citas. Probablemente para que a Gina no se le pasara por alto. —¿Me la puedo quedar?

—No, porque entonces él pensará que *yo* me la quedé, y esa es la última caricia al ego que Froggy necesita.

Cerró el cajón de un golpe con el muslo y salió de detrás del mostrador como si la cesta estuviera hecha de kriptonita.

Para ella, lo estaba.

—Bien, pero ¿y las otras caricias que necesite? ¿Y por qué demonios llamas a ese bombón por su apodo de la secundaria?

Porque así fue como conoció a Froggy, alias Darien Foster, en aquel entonces, y todos esos años de humillaciones por su parte no le habían dado motivos para pensar que era menos sapo que antes. Aunque ahora pareciera un modelo de portada de novela romántica. Nunca debería haber ido a esa reunión de exalumnos. Él habría seguido siendo un mal recuerdo.

Gina se apartó los rizos de la cara y miró hacia afuera. Otros cinco centímetros de nieve habían caído durante la noche. Tenía que sacar el resto de los adornos navideños y empezar a decorar. —Deshazte de ella, sea lo que sea. Quizás así por fin entienda el mensaje de que no estoy interesada.

Candy tamborileó una uña color rojo manzana sobre el elegante lazo navideño rojo y de encaje de la cesta. —Quizás quieras echarle un vistazo a esto antes de ponerte en plan «no estoy interesada». Es un detalle muy dulce.

Ese era el problema; los «regalitos» de Froggy, digo, de Darien, se estaban volviendo cada vez más dulces. Había empezado cuando regresó al pueblo para la reunión de exalumnos. Flores, luego chocolate, luego una sola rosa con el chocolate, pero después se había puesto listo y había comenzado a enviar productos para que ella los regalara en su salón.

Eso era un arma de doble filo; no podía permitirse regalar productos en ese momento porque necesitaba invertir su dinero en el negocio para poder *mantenerse* a flote. Estaba en el punto de inflexión en el que sus empleados necesitaban más horas, pero si no había clientes, no podría pagarles. Lamentablemente, el centro comercial estaba perdiendo inquilinos, por lo que el flujo de clientes sin cita no era el que había sido dos años atrás cuando empezó el negocio, y había invertido demasiado dinero en montarlo como para poder permitirse mudarse a otro lugar. Si podía pagar el alquiler, el propietario no podría echarla. Pero sin una afluencia de clientes, no sabía cómo iba a seguir lográndolo. Los productos gratis no eran la solución.

Pero Darien había empezado a dejar cestas llenas de esas cosas. Surtidos, como si se los estuviera regalando a *ella*, pero una sola mujer no podía usar tantas lociones, y tres cestas de lociones y aceites con diferentes aromas le llevarían a esa mujer más vidas de las que Gina tenía.

Odiaba que intentara llegar a ella a través de su negocio.

Odiaba que intentara llegar a ella en absoluto. —Solo devuélvela, Candy.

—Ojos que no ven, corazón que no siente, y cuanto antes, mejor. No necesitaba pensar más en Darien Foster. Ya era bastante malo que trabajara para su primo, Bryan, pero eso era lo más cerca que iba a estar. —Y echemos un vistazo a las citas de la próxima semana. Creo que estaremos bien de personal con lo que tenemos ahora.

—Mmm... —Candy se enroscó un largo rizo rubio en forma de sacacorchos alrededor de los dedos, con la clásica expresión de rubia tonta que la chica había perfeccionado cuando quería salirse con la suya. O cuando tenía que dar malas noticias.

Lástima por Candy que Gina supiera que, detrás del estereotipo de rubia que Candy adoptaba para sus propósitos, se escondía el cerebro de un miembro de Mensa. Por eso Candy estaba allí; había puesto ese cerebro en marcha y había hecho una fortuna en la bolsa. Trabajaba para Gina porque quería algo divertido que hacer durante el día, no porque necesitara el dinero.

Que era la única razón por la que Gina podía permitirse una recepcionista a tiempo completo.

—¿Mmm, qué?

—Tenemos una despedida de soltera reservada para el diecisiete. Para un tratamiento completo de *spa*.

Normalmente, una despedida de soltera sería algo bueno. Le permitía utilizar el *spa* un domingo, el día que solo abría para eventos especiales, y un evento de este tamaño le garantizaría el alquiler del mes. Pero como las semanas entre Acción de Gracias y Navidad no estaban resultando ser un hervidero de solicitudes de masajes, Gina había aprobado que cada una de sus masajistas se tomara unas vacaciones. No entendía el bajón; el clima frío parecía el momento perfecto para embadurnarse en aceite y recibir un buen masaje —por no mencionar que era un gran alivio para el estrés navideño—, pero las reservas eran escasas. ¿Acaso las mujeres no se preparaban para los estragos de las compras navideñas?

—¿De cuántas personas estamos hablando?

—Doce.

—¿*Doce*? ¿Quién tiene una corte nupcial tan grande?

—La hermana de Sophie Cavanaugh.

—¿*La* Sophie Cavanaugh?

—Solo hay una Sophie Cavanaugh.

Cierto. Sophie Cavanaugh era una presentadora del noticiero local que había ganado atención nacional durante la cobertura de una tormenta local, cuando salvó a un niño de ser arrastrado por la corriente en una calle inundada, mientras las cámaras grababan. No estaba de más que la mujer fuera preciosa, tuviera un cerebro de verdad en su cuerpo que dejaría en ridículo a Barbie, y que nadie —hasta ahora— le hubiera encontrado ni un solo trapo sucio desde que la historia se hizo viral. Y ahora venía al *spa* de Gina para la celebración de la despedida de soltera de su hermana. Si a Sophie le gustaba...

Tan solo el boca a boca podría valer más de lo que Gina podría *siquiera soñar* con gastar en publicidad. Y podría ser el empujón económico que El Lirio Dorado necesitaba.

—De acuerdo, empieza a llamar. Podemos rotar a las invitadas entre todas las estaciones, así que necesito al menos dos masajistas más aquí.

—Ya lo hice.

Por supuesto que lo había hecho. Porque Candy no era tan tonta como le gustaba que la gente pensara. —¿A quién conseguiste?

—Bueno...

—¿Qué, Candy?

—A nadie.

—¿Qué quieres decir con que *a nadie*? Las dos solas no podemos atender a doce mujeres.

—Ya lo sé. —Candy se agarró un mechón de pelo—. El rubio es de bote, ¿recuerdas?

—No estaba diciendo que fueras estúpida.

—Eso es lo que pareció.

—¿Podemos centrarnos en el problema? Sabes que te quiero y te valoro.

—Y cuando se me acaben los servicios de *spa* gratuitos, me vas a pagar lo que valgo, sí, sí, ya entendí. —Candy soltó un suspiro de resignación y se soltó el pelo—. La reserva de masajistas locales está agotada. Todas están ocupadas.

—Pero si nuestras citas ni siquiera están llenas, ¿cómo es que no hay nadie disponible?

—¿Dónde has estado? Llenamos el resto de la agenda de todas el sábado. Ese anuncio que pusiste el mes pasado debe de haberse hecho viral o algo. Que era lo que te iba a decir cuando llegaras esta mañana, antes de que nos distrajera el señor Casanova.

Genial. Froggy, digo, Darien, ahora estaba alterando las operaciones de su negocio. Como si no hubiera sido suficiente con haberlo hecho en su vida social en la escuela.

—¿Sabes qué, Candy? No devuelvas su regalo a donde sea que lo haya comprado. Devuélveselo a él. Con una nota que diga que no estoy interesada. —Gina tamborileó las yemas de sus dedos sobre el mostrador de la recepción —. Ah, ¿y qué tal si le envías una nota al coordinador de miembros de la Cámara de Comercio? A ver si algún masajista independiente se ha unido recientemente. ¿No se graduaron hace poco un montón de la escuela de negocios local?

Candy se sacó un lápiz de detrás de la oreja, una prueba de su grosor era que Gina ni siquiera había visto el lápiz allí. Ni los pendientes colgantes de bastón de caramelo tampoco. —Anotado. Una nota diciendo que no estás interesada, y otra diciendo que sí lo estás.

—Solo no las confundas.

—A ver, jefa, ¿acaso haría yo eso? —Ahí estaba Candy otra vez con su gesto de enroscarse el pelo y su mirada vacía que había perfeccionado.

Gina le dio un golpecito en la nariz. —Más te vale que no, si sabes lo que te conviene.

Candy apartó el dedo de Gina con un rápido movimiento. —Oh, créeme. Sé lo que les conviene a todos.

Que fue *exactamente* por lo que Candy intercambió las notas.

* * *

Dare se quedó mirando la cesta en el porche de su casa.

Maldita sea, ¿cómo se suponía que iba a conseguir que Gina siquiera le *hablara* si seguía devolviendo sus ofrendas de paz? De acuerdo, entendía por qué podría guardarle algo de rencor, pero la secundaria había sido veinte años atrás. No podía seguir guardando rencor todo este tiempo, ¿o sí? Eran niños. La pubertad y toda su incertidumbre, además de intentar encajar. Y luego estaba ese apodo de mierda con el que se había quedado. Froggy. Como si el cambio de voz hubiera sido su culpa. Pero los chicos de secundaria no le daban un respiro a nadie, y una vez que le pusieron ese apodo, se le quedó pegado.

Y desde entonces, Gina no había querido saber nada de él.

Vale, vale, eso podría tener algo que ver con que él hiciera ese comentario sobre sus, ejem, atributos en su muy distintivo graznido durante la clase de geografía, justo después de que el señor Nester les mostrara una diapositiva de las montañas Grand Tetons.

Toda la clase había estallado en carcajadas, el señor Nester se había puesto rojo antes de enviarlos a ambos a la oficina del director Dilworth. Lo que, para colmo de males, solo empeoró las cosas porque Gina se vio obligada a caminar con él —su verdugo— hasta el otro pabellón para llegar allí. Él, por supuesto, había intentado restarle importancia, pero Gina no estaba para bromas. Desde la perspectiva de veinte años después y con cierta comprensión de las chicas adolescentes (gracias a los relatos de su compañero de universidad y socio, Bill, sobre sus gemelas de trece años), entendía que los pechos de Gina habían sido lo último sobre lo que ella quería que se llamara la atención, pero, demonios, él había sido un chico adolescente. Tenía una perspectiva de primera mano sobre *eso*.

Y, sí, su mano había tenido mucho que decir sobre los pechos de Gina cuando era un adolescente.

Se movió, incómodo. Aparentemente, algo más todavía lo tenía.

Era increíble: una sola mirada en la reunión, esos preciosos rizos negros y sus ojos muy, muy oscuros en los que había querido perderse incluso en la escuela, y era como si estuviera de vuelta allí, sentado detrás de ella y oliendo su perfume o champú o lo que fuera que lo mantenía despierto por las noches. Y se refería a *despierto* en todo el sentido de la palabra.

Nada había cambiado.

Y ella *todavía* no quería reconocer su existencia.

Levantó la cesta y un sobre cayó de ella. Con su nombre en el frente.

O quizás sí...

Volteó el sobre y deslizó el dedo bajo la solapa. Esta era la primera vez que Gina le respondía directamente. Las otras seis cestas habían sido devueltas a la tienda de regalos donde las había comprado, sin ninguna nota.

Quizás estaba empezando a llegar a ella.

«*El* spa *está con exceso de reservas. ¿Conoces a algún masajista que pueda suplir?*».

Como nota, era tan personal como la de Tweety, el gato callejero que lo había adoptado seis minutos después de mudarse a su casa de alquiler, al expresarle alguna clase de afecto dejándole un conejo muerto en el porche. Aunque pensó que podría haber sido porque le había endilgado al gato un apodo de pájaro —que lo demandaran por su retorcido sentido del humor—, el veterinario le había dicho que en realidad era un gesto significativo, así que Dare lo había aceptado a regañadientes. Antes de tirar el supuesto «regalo» a la basura, claro está.

¿Era este el conejo muerto de Gina?

Vale, eso no sonó bien por tantas razones, *Atracción fatal* venía a la mente, así como que «la muerte del conejo» era un eufemismo para el embarazo; ambas cosas estaban en la periferia de su interés por Gina, pero de maneras que le gustaría pensar que eran mentalmente sanas y que progresarían en una línea de tiempo normal.

Sacudió la cabeza. Su cerebro estaba haciendo cortocircuito, como lo había estado haciendo desde que la vio en la reunión seis meses atrás.

El de ella también debía estar haciendo cortocircuito, si le estaba preguntando por masajistas.

Aunque, por otro lado, ¿quién era él para analizar un conejo regalado?

Él podía hacer masajes terapéuticos. Después de todo, era conocido por dar buenos masajes en sus tiempos. De día y de noche también.

Algo que quería que Gina descubriera.

De primera mano.

Capítulo Dos

—Creí que habías dicho que la rubia era de bote —siseó Gina la acusación mientras cerraba la puerta de su oficina, incluso antes de que Candy tuviera la oportunidad de sentarse.

Algo que Candy se tomó con toda la calma del mundo. Y tardó aún más en responder, asegurándose de que los pliegues de su pantalón de lino color crema estuvieran perfectamente alineados en el centro de su rodilla, y que sus uñas de color azul real combinaran con su blusa de seda. —Y lo dije.

Gina intentó contar hasta diez antes de responder.

Por desgracia, solo llegó a tres. —¿Entonces por qué *diablos* contrataste a Froggy, de entre todas las personas, para que trabajara aquí?

Candy cruzó una pierna sobre la otra y se encogió de hombros con una indiferencia que Gina deseó arrancarle de una bofetada. —Porque era el único disponible.

—Ni siquiera es un terapeuta con licencia —dijo Gina, señalando al tipo mientras salía del pasillo de las salas de masajes hacia el área de recepción.

Demonios, se veía bien con la camiseta tipo polo color durazno que usaban todos los terapeutas. Aunque a él se le ceñía al cuerpo de una forma en que no lo hacía con las chicas.

Iba a tener que reconsiderar el uniforme masculino.

No, iba a tener que reconsiderar el tema masculino, punto. No había querido que ningún hombre invadiera su espacio —a menos que fueran clientes— y mucho menos *ese* hombre.

Candy volvió a cruzar las piernas; sus tacones de aguja de cristal —que solo Candy podía lucir— brillaron bajo la única luz del techo. —Cierto. Pero está inscrito en clases y, por lo tanto, no tenemos que pagarle. En su lugar, obtiene créditos para su curso. Todos ganan.

—¿Desde cuándo está inscrito?

La primera grieta apareció en la fachada de Candy. —La escuela no quiso decírmelo.

—¿Y cómo se enteró de que necesitábamos un terapeuta?

—Algo sobre la nota que envié a la cámara de comercio.

—¿Y no había absolutamente nadie más a quien pudieras contratar?

La fachada se desmoronó y la mirada aguda de Candy se fijó en ella como un rayo láser. —Gina, puse anuncios en todos los sitios web. Nadie más que Darien ha *llamado* y necesitamos *algo* de tiempo para que quienquiera-que-sea se oriente en el spa antes de que Sophie y su hermana traigan a su séquito. ¿De verdad quieres que lo despida porque no te gustan los *regalos* que te envía?

—No, claro que no. —«Sí, quiero», pensó. Darien Foster era una piedra en su zapato. La había humillado en la escuela. No pudo haber sido más ruidoso con ese graznido justo cuando todos se habían callado: «Grandes Tetons, G.T., Gina Taormina. Te pusieron el nombre perfecto, Grandes Tetas».

Dios, qué humillación. Lo de *Grandes Tetas* se le quedó pegado hasta que su primo, Bryan, les dio una paliza a Darien y a otros tres chicos y lo castigaron por una semana; todo eso eran cosas por las que nunca perdonaría a Darien. Y ahora lo tenía trabajando para ella.

«Al menos no tenemos que pagarle». Había una especie de justicia poética en que él trabajara para ella gratis. Diablos, debería hacerlo el resto de su vida para compensarla por las repercusiones sociales de su burla. El pobre señor Nester nunca pudo volver a mirarla a los ojos después de eso. Sacó una A en esa clase porque estaba segura de que a él le pareció que la salida más fácil a la situación era aprobarla con las mejores notas.

A ella no le había importado; solo quería salir de la escuela y seguir con su vida. Lejos de *él*.

Sin embargo, con él de vuelta aquí, había cerrado el círculo.

Miró por la ventana junto a la puerta de su oficina. Ahí estaba él, agachándose para sacar un vaso de papel del dispensador junto al garrafón de agua.

¿Por qué el tipo tenía que ser un completo imbécil?

¿Quizás porque tiene *un trasero de primera?*

—Si esto no fuera por la hermana de Sophie Cavanaugh...

—No necesitaríamos más masajistas. No se puede tener todo en la vida, Geen.

Lo cual, cuando él se enderezó, echó la cabeza hacia atrás y se bebió el agua de un trago, le trajo imágenes de lamer glaseado de pastel de los tendones de su grueso cuello y, bueno... Demonios. Este iba a ser un mes endemoniadamente largo.

Podía sentir su mirada desde cinco metros de distancia.

Bien.

Dare echó la cabeza hacia atrás y bebió hasta la última gota del vaso de plástico. Que lo mirara todo lo que quisiera. Normalmente ganaba un par de cientos por noche de mujeres que miraban, pero if Gina Taormina quería mirar gratis, él no se iba a quejar.

Le sonrió a la estilista cuando ella lo saludó desde su estación. Su pelo morado era bonito. Encajaba con su personalidad, por las pocas frases que habían intercambiado cuando llegó, pero no estaba interesado. No en ella, al menos.

Se enderezó cuando la puerta de la oficina de Gina se abrió.

—Entonces, ¿exactamente cuántos masajes has dado? —Candy —sí, ese era su nombre real; lo había comprobado—entrecerró sus ojos azul eléctrico hacia él como si fuera un criminal cuando salió.

—No sabía que se suponía que debía contarlos. —Y, además, esos los había dado *mucho* antes del lunes por la noche, cuando leyó la nota de Gina; lo que fue antes del martes, cuando se inscribió en las clases de masoterapia.

—Dame una cifra aproximada.

—¿Más de uno, menos de mil? —Le dedicó su sonrisa más encantadora y ladeó la cadera. Las mujeres tendían a olvidar las preguntas difíciles cuando se distraían con su cuerpo.

Candy, sin embargo, por muy estereotipados que fueran su aspecto de rubia despampanante y su nombre, no cayó en la trampa. Simplemente arqueó una ceja. —Más te vale saber lo que haces o es mi pellejo el que está en juego.

En otros tiempos, ya le habría echado un vistazo a su trasero. Pero el de ella no le interesaba. El de nadie. Excepto el de Gina.

No había podido sacarse a Gina de la cabeza desde la reunión de exalumnos. Había estado súper enamorado de ella en la escuela y pensaba en ella cada vez que alguien mencionaba esos días. En realidad, pensaba en ella incluso si nadie mencionaba la escuela, pero cuando salía el tema, sus recuerdos se teñían de arrepentimiento por la pesadilla social que había creado para ella. Había sido estúpido e inconsciente, no cruel, aunque entendía por qué no le había caído bien en ese entáo. Pero ya habían pasado quince años desde la preparatoria y ambos habían madurado. Al menos podría reconocer que él intentaba hacer las paces. Después de todo, ella le había enviado la nota sobre el trabajo.

—Tu pellejo estará bien —Dare negó con la cabeza—. Perdón, eso sonó mal. Pero no te preocupes, sé lo que hago.

—No eres tú el que me preocupa —murmuró Candy mientras regresaba al mostrador de recepción.

Eso sí que era un comentario interesante y uno sobre el que le gustaría indagar, si no fuera porque Gina salía de su oficina.

—Uh, hola. —Hizo una mueca y luego suspiró—. ¿Puedo... posso verte un momento?

La primera vez que ella quería hablar con él... ¿De verdad creía que diría que no? Llevaba los últimos cuatro meses intentando hablar con ella. De eso se habían tratado todas las canastas.

—Claro. —Arrugó el vaso y lo lanzó a la papelera.

Entró a la oficina, notando cómo ella se encogía para no acercarse a él cuando se apartó del umbral para que entrara. Caray, sí que se la había jugado feo en la clase de Nester. Tenía que disculparse por eso —de nuevo, como adulto—, pero tenía la sensación de que no era de eso de lo que ella quería hablarle. —¿Qué pasa?—Quiero saber qué haces aquí.

—Mmm... ¿dando masajes? —Intentó mantener el sarcasmo fuera de su voz —eso no ayudaría—, pero no estava seguro de a dónde iba a parar esta pregunta. ¿Creía que estaba aquí para eludir las canastas?

Lo cual sería la verdad, pero aun así... sería bastante patético, ¿no? Estaba en la escuela de masoterapia; quería las prácticas. Bueno, hasta donde ella sabía. Lo que no explicaba por qué le enviaría una nota para preguntarle si conocía a alguien interesado en trabajar aquí, pero no estaba dispuesto a mirarle el diente a un caballo regalado.

Vaya, eso no sonaba bien.

—¿En serio? De todos los trabajos del mundo, ¿resulta que te dedicas justo al que necesito? Y, después de todas las canastas que enviaste y que te devolví, ¿de verdad crees que creo en las coincidencias?

—¿Quizás las canastas fueron mi forma de conseguir que me contrataras?

—Sí, eso funcionaría. Tenía la excusa perfecta; sabía que ella estaba enfadada con él por lo de la escuela, así que había intentado ablandarla para que lo contratara—. Quiero decir, tú, después de todo, me enviaste esa...

—Espera. Dejemos algo en claro ahora mismo. Yo no te contraté. Lo hizo Candy.

—¿Es tu socia?

Gina se cruzó de brazos bajo el pecho —y él intentó seriamente no mirar —. No tengo socio. Este es *mi* negocio.

Bueeeeeno...

—Bueno, uh, okay, pero si Candy me contrató y trabaja para ti, entonces, técnicamente, *sí* me contrataste, ¿no? —Y estaba esa nota. Pero tenía la sensación de que recordárselo no sentaría bien en este momento. En lugar de eso, arqueó la ceja izquierda y sonrió con más ganas para que se le marcara el hoyuelo. Las mujeres nunca podían resistirse a su hoyuelo cuando intentaba ser encantador.

—Eres increíble.

Dicho en otro tono, Dare estaría sonriendo, pero dado que era Gina diciéndolo con tanto desdén... la había fastidiado de nuevo.

—En serio, esto no va a funcionar. No puedo permitir que seas tan... tan...

¿Qué? ¿Encantador? ¿Atractivo? ¿Bueno? ¿Sexy? ¿Qué, exactamente, creía ella que estaba siendo?

«...insolente con los clientes».

—¿Insolente? ¿Yo? —Vaya palabrita. Y no una que lo hubiera descrito jamais. Él era el bromista. Siempre tratando de hacer sonreír a todo el mundo. Alegrarles el día. De ahí el problema en la clase de Nester. Todos, excepto Gina —y el señor Nester—, se habían carcajeado.

—Sí, tú. Lo digo en serio. No posso permitirme que ofendas a ningún cliente.

¿Ofender? *Él* era el ofendido. Claro, había sido un niño estúpido cuando la insultó, pero ya no era un niño. Sabía cómo ser profesional. —No soy ese tipo, Gina.

Ella arqueó una ceja. Si la suya era tan sexy en él como la de ella en ella, entendía por qué las mujeres caían a sus pies.

Pero Gina no estaba ni cerca de caer. De empujarlo, tal vez. Directo por un precipicio si tuviera la oportunidad, por lo que parecía.

—En serio, Gina, te juro que no voy a insultar a tus clientes. Después de todo, tus clientes son mis clientes, ¿verdad? —Mostró el hoyuelo por costumbre.

Ella simplemente arqueó la otra ceja. —Mira, Frog... eh, Darien. Tienes una sola oportunidad. Una queja, y te vas. ¿Entendido?

Sí, lo entendía. Asintió.

Y ese apodo... Debería habérselo esperado, pero, aun así. Ya era bastante malo que sus amigos todavía lo molestaran con eso; odiaba que ese nombre saliera de su boca.

Miró su boca.

Ella se dio cuenta de que lo hizo, tambémn. Lo supo porque sus labios se separaron. Solo un poco. Y su lengua salió por un segundo... antes de que sus labios se apretaran, adelgazándose hasta casi desaparecer.

Jesús. Quizás esto no era tan buena idea. Él estaba loco por ella y era obvio que ella no sentía nada ni remotamente parecido por él. Esto no podía terminar bien.

Capítulo Tres

—Escuché que estás trabajando para mi prima —dijo Bryan Lassiter como si nada mientras doblaba la última toalla y la guardaba en el gabinete, pero Dare lo conocía lo suficiente como para saber que nada que tuviera que ver con Gina era casual.

—Acabo de empezar.

—¿Qué? —Markus entró en el vestidor, quitándose la sudadera por la cabeza—. ¿No ganas suficientes propinas aquí? Quizás deberías hacer ese meneo de pelvis como Samps, el de allá. A él le consigue un par de billetes extra cada vez. —Le dio un latigazo en el trasero a Dare con la camisa mientras caminaba hacia su casillero.

—Todo el mundo es un experto. —Dare se quitó la camisa tipo polo que había usado en el spa y se enrolló la correa de cuero que usaba en el escenario alrededor de los hombros y el pecho, la cual era apenas un poco más grande que su tanga.

Jaló *esa* de su bolso de gimnasio, se quitó los shorts y se puso la segunda —y última— prenda de ropa que se quedaba puesta durante todo su espectáculo.

—¿Desde cuándo quieres ser una masajista? —Bryan se apoyó contra el gabinete y se cruzó de brazos—. Pensé que harías este trabajo hasta que apareciera la propiedad perfecta y pudieras volver a ser un magnate inmobiliario.

Dare no se iba a librar de este interrogatorio en el corto plazo.

—Bueno, eso todavía no ha pasado, y tengo los días libres mientras tanto. Y se dice *masajista*, en masculino; el femenino es para las mujeres. Aunque, en realidad, hoy en día es terapeuta de masajes. Lo cual es un trabajo tan bueno como cualquier otro hasta que termine aquí. —Sí, esto de bailar no era su plan final. Él y su socio, Bill, habían tenido un edificio de apartamentos hasta que Bill perdió la batalla contra el cáncer. Como la viuda de Bill tenía dos hijas de las que preocuparse, no le había interesado mantener la sociedad, así que él había vendido el lugar y se había mudado a casa, planeando conseguir un nuevo socio esta vez: su padre. La jubilación no era lo mejor para Pop. Pero primero, necesitaba la propiedad adecuada.

—¿Te vas a retirar pronto? —Bryan enarcó una ceja—. ¿Alguna idea que quieras compartir o planeabas soltar esa bomba justo después de que completemos la compra de la nueva ubicación?

Dare suspiró. *Ah, qué enredos tejemos cuando practicamos para engañar.* O algo así. —Falta mucho para eso, Bry. No te preocupes. Seguiré por aquí.

La mirada de Bryan lo taladró. —Ajá. —Se enderezó y metió las manos en los bolsillos traseros—. Solo no hagas nada que yo no haría. Y como Gina es mi prima...

Sí, eso estaría mal. Dare captó el mensaje alto y claro.

—Es solo un trabajo, Bry. —Se dio la vuelta y buscó en su casillero los pantalones de bombero que completaban su disfraz, luego se agachó para ponérselos.

—También lo es este. No me des una razón para despedirte.

—No lo haré. —Se levantó justo cuando Bryan se iba y se golpeó la cabeza con la puerta superior del casillero. Maldita sea. No había pensado muy bien en esa parte de su plan. Su principal objetivo había sido lograr que Gina le hablara. El trabajo en su local era la cereza del pastel.

Si no lo echaba a perder.

—¡Bueno, bueno, bueno! —Jace, haciendo su mejor imitación de Matthew McConaughey, entró casi corriendo al vestidor desde el escenario, frotándose las manos. Al tipo le gustaba exagerar su acento del medio oeste, y lo explotaba al máximo con la clientela—. Las mujeres están que arden esta noche.

Todavía era lo suficientemente nuevo como para que le gustara la atención. Eso duraría un par de semanas más y luego se convertiría en un trabajo, como para el resto de ellos. Los gritos eran bastante embriagadores al principio, pero luego la atención se volvía rutinaria. Claro, ser el objeto de las fantasías de las mujeres no era un trabajo difícil, pero Dare se tomaba en serio dejar el baile y volver al negocio de los bienes raíces. Y, con suerte, formar una familia. En ese orden. No sería una buena comidilla en la asociación de padres y maestros si su hijo anduviera diciendo que su papá se quitaba la ropa para las mujeres en su trabajo.

Entonces había vuelto a ver a Gina... Ahora, los dos mayores deseos de su juventud estaban en vías de convergencia, si lograba que al menos le *hablara*.

No lo entendía; ¿por qué le había preguntado si conocía a algún terapeuta de masajes disponible si no quería su ayuda? De acuerdo, puede que no esperara que *él* se presentara a trabajar, pero aun así, ella había preguntado.

—¿Qué tal, Dare? ¿Vas a encender algunos fuegos allá afuera para poder divertirte apagándolos? —Jace hizo girar sus chaparreras sobre su cabeza—. A las mujeres les encanta un hombre de uniforme.

—Querrás decir *sin* uniforme. —Markus le arrojó su toalla a la cabeza de Jace—. Pero ya sabes que no se puede confraternizar con las clientas.

—¿Cómo esperan los jefes que cumplamos esa regla cuando ellos no lo hacen?

Esta vez, el resto de los chicos le arrojaron sus toallas. —Porque ellos firman nuestros cheques, así que obedecemos. ¿Verdad, Dare? —Markus dijo la última parte lo suficientemente bajo como para que solo él lo oyera, pero Dare captó la advertencia en su voz con suficiente claridad.

Mierda. Realmente no había pensado en las implicaciones que su enamoramiento tendría en su trabajo. Claro, él y Bryan habían tenido una discusión sobre «el incidente de las tetas» cuando Dare había solicitado trabajo aquí hacía meses, pero se había disculpado —al igual que Bryan por haberlo golpeado en la escuela— y eso había sido todo.

Sin embargo, la cosa podía ser un poco más seria ahora, ya que Dare quería conocer a Gina en su totalidad, no solo sus tetas.

Se sentó rápidamente en el banco frente a su casillero. La maldita tanga no le permitía ocultar nada, lo cual, normalmente, no le molestaría, pero después de esa conversación con Bryan, y con él en la habitación de al lado... sí, no era lo ideal.

Dare agarró una botella de agua y se la derramó encima para enfriar las cosas allá abajo lo suficiente como para no ser el hazmerreír del vestidor. Su número estaba por empezar, así que necesitaba controlarse... es decir, poner sus asuntos en orden.

Tomó su manguera —la que usaba en su acto—, la de *plástico*, y se dirigió al escenario.

—Maldita sea, Candy, quiero irme. —Gina se levantó cuando el último bailarín abandonó el escenario. *No* iba a estar allí para el baile de Froggy, especialmente no en primera fila.

Los «¡siéntate!» de las mujeres detrás de su mesa la hicieron deslizarse de nuevo en su asiento.

—No te van a dejar ir —dijo Candy, inclinando la cabeza hacia las mujeres.

—Hiciste esto a propósito.

Candy enarcó las cejas. —¿Yo? Como si yo tuviera suficiente influencia para conseguirte asientos en primera fila. Eso lo hiciste tú solita, señorita Mi-Primo-Es-El-Dueño.

—Sabía que no debía haberte dejado convencerme de esto.

—Ay, por favor. Como si esto fuera un sacrificio. —Candy se metió en la boca la cereza marrasquino de su bebida—. Además, nunca se sabe qué tipo de conversación puede surgir en un evento de novias. Podrían estar buscando recomendaciones para la despedida de soltera.

—Podría recomendarlas a BeefCake, Inc. sin tener que volver a ver a los bailarines.

—Sí, pero ¿dónde está la gracia en eso? —Candy escupió un nudo perfectamente atado con el tallo de la cereza. Belleza *y* talento; no era de extrañar que tuviera a los hombres persiguiéndola—. Además, dijiste que tenías que hablar con Gage de todos modos, y *está* de camino a casa. Y sí que necesitamos cenar. —Empujó el borde del plato con sus quesadillas de pollo hacia ella—. Estamos matando toda clase de pájaros de un tiro.

—Conozco un pájaro que me gustaría matar... —murmuró Gina en voz baja mientras tomaba el último trocito de tortilla con queso. Su plan había sido dejarle el último cheque que le debía a Gage por el gabinete que había construido para el spa, «mencionar» que Darien estaba trabajando para ella y luego largarse de allí antes de encontrarse con el hombre en persona.

Pero Candy había insistido en entrar, luego había insinuado —no muy sutilmente— que tenía hambre, y lo siguiente que Gina supo fue que Bryan les había dado el «mejor» asiento del lugar y que iba a estar mirando a Froggy desde un ángulo en el que nunca quiso estar cerca de él.

Se terminó la quesadilla y se limpió las manos en la servilleta. —Vamos, Cand, larguémonos de aquí.

Candy la miró, sus labios naturalmente carnosos se torcieron. —Está bien. Bien. Tú ganas. Que sea una noche de sobria soltería. Déjame tomar mi bolso. —Candy se agachó para tomar su bolso del suelo y...—. Ay, no.

Levantó su bolso.

Su bolso vacío.

—Se me cayeron todas las cosas.

Ajá. ¡Ni de broma se las había caído!

—Te juro, Candy...

—Oh, no. No necesitas ayudarme, Geen. Espera un segundo mientras recojo todo.

Y con eso, Candy desapareció debajo de la mesa.

Y se tomó su tiempo para «recoger» las cosas.

El tiempo suficiente para que la música del siguiente acto comenzara.

—¡Hiciste eso a propósito! —siseó Gina cuando Candy se dejó caer de nuevo en su silla, sin un pelo fuera de lugar.

—Sí, porque disfruto que mi maquillaje y mi billetera estén en el suelo de un club de striptease. En serio, Geen, no todo gira en torno a ti, ¿sabes?

En este caso, sí. Candy tenía sus propias razones para querer que Gina estuviera aquí —cualesquiera que fueran— y Gina tenía las suyas para querer *no* estar. Desafortunadamente, la multitud de mujeres enloquecidas por los hombres detrás de ellas era más efectiva que las bebidas gratis para mantenerla en su asiento.

Pero... quizás *no* tan efectivo como el hombre sexy y ardiente que bailaba por todo el escenario.

—Santa Madre María... —El asombro de Candy era real.

Froggy había crecido.

Y, vaya, cómo se movía.

No, no se *movía*. Él... se contoneaba. No, se deslizaba. No... hacía algo en ese escenario que *tenía* que ser ilegal en más de un estado.

Cielo santo, el hombre podía imitar el acto sexual con un solo giro de caderas.

Y estaba girando un montón.

Necesitaba salir de aquí. Ahora.

Gina se deslizó de su silla. Si se mantenía lo suficientemente agachada, las mujeres tendrían que dejarla pasar, ¿verdad? No estaría obstruyendo su vista...

Miró al escenario. Santo Dios, qué vista.

—¿A dónde crees que vas? —Candy logró agarrar el brazo de Gina y hacerle la pregunta en el oído sin apartar los ojos del escenario—. ¿Ves lo que te vas a perder?

Claro que sí, lo veía. Y no quería.

—Vamos, Geen. No estás muerta. Olvídate de quién es y disfruta del espectáculo. Quiero decir, por Dios, ¿quién no disfrutaría esto? —Candy se abanicó con la servilleta de cóctel, todo mientras apretaba más fuerte el brazo de Gina.

A menos que quisiera armar una escena, Gina no tenía otra opción.

Se deslizó de vuelta a su silla.

—Sabia elección —Candy le soltó el brazo—. Ahora siéntate ahí y pórtate como una niña buena.

Definitivamente no se sentía como una niña buena viendo a Darien ahí arriba.

Esto estaba mal. Era casi... voyerista, verlo moverse así...

Oh. Santo. Dios. Sus caderas eran una locura.

También sus abdominales.

Su trasero tampoco estaba nada mal.

¿A quién quería engañar? Ese era el mejor trasero que había visto en... bueno, en toda su vida.

Y entonces se arrancó los pantalones con tirantes.

Una tanga.

Darien Foster llevaba una tanga.

En el escenario.

Frente a ella... no, *sobre* ella.

Oh, Dios mío, debería apartar la mirada.

¿Cómo iba a darle la cara en el trabajo?

¿Cómo iba a apartar la mirada?

Buscó a tientas su trago de sabor afrutado y se llevó a la boca la diminuta pajilla.

Apenas consiguió sacar dos gotas de líquido.

Al diablo con eso. Gina tiró la pajilla a un lado y se bebió todo el trago de un solo golpe.

—Ese era mío —murmuró Candy.

A Gina no le importó. Tenía la boca tan seca que necesitaría una jarra de esas cosas para humedecerla un poco.

Sus muslos, por otro lado...

Se retorció en el asiento. No, no iba a pensar en sus muslos.

Ni en los de él.

Ni en la forma en que se movían.

Ni en lo que había entre ellos...

Se bebió de un trago el otro cóctel de la mesa. Candy era la que había insistido en quedarse para el primer acto, así que podía aguantarse sin bebida.

—¿Estás viendo lo que yo veo? —había asombro en la pregunta de Candy y Gina supo que era real. No había muchas cosas en este mundo que pudieran poner ese tono en la voz de su hastiada amiga, pero, una vez más, Darien Foster estaba haciendo lo inesperado.

—No. No lo estoy viendo. Porque estoy mirando para otro lado.

Y lo hizo.

Bueno, echando un vistazo rápido por el rabillo del ojo mientras él se lucía en ese tubo de bombero...

—Bueno, diablos, si no lo quieres, iré yo por él. Creo que nunca he visto a un tipo capaz de hacer... —Candy tragó saliva y le arrancó el vaso de la mano a Gina para beberse las últimas gotas—... *eso*.

Sí, *eso* era bastante asombroso. Si podía hacer ese movimiento con una mujer...

Maldita sea. Esto era tan injusto.

Gina giró la cabeza esta vez. *No* iba a ver nada más de esto. Tenía que trabajar con ese tipo, por el amor de Dios. No debería estar viéndolo con menos que su ropa interior.

Por desgracia, no mirar no borraba la imagen de su mente. La imagen de Darien en esa tanga no era algo que pudiera *dejar de* ver.

Y, a decir verdad, no quería hacerlo. Puede que el tipo no le cayera bien, pero era tan mujer como cualquiera de estas mujeres que gritaban —¿espera, de verdad esa mujer iba a lanzar sus *bragas* al escenario?— y, definitivamente, Darien era digno de ver.

—Oye, Geen.

Ese tono en la voz de Candy no era un buen presagio.

Gina giró la cabeza ligeramente.

Candy asintió hacia el escenario. —Oye, quizá quieras darte la vuelta.

—No, no quiero. —De eso, Gina estaba segura.

—Mmm, no, en serio. Quizá quieras darte la vuelta.

—No, estoy absolutamente segura de que no quiero.

—Sí, sí quieres —Candy tenía una expresión extraña en su rostro—. Más te vale.

Con una sensación de pavor, Gina se giró lentamente hacia el escenario.

Darien estaba de rodillas —con las rodillas *bien separadas*—, una rosa en la boca y ambas manos extendidas.

Hacia ella.

Y su pelvis marcaba el ritmo de la música.

Mierda, mierda, mierda, mierda.

Entonces, curvó los dedos al compás de la música, como si la estuviera invitando a subir al escenario con él.

Sí, cuando el infierno se congelara, tal vez.

Negó con la cabeza y se echó hacia atrás en la silla todo lo que pudo.

Lo cual no era mucho.

Darien se deslizó más cerca del borde del escenario.

Gina empujó su silla hacia atrás.

Darien avanzó sus rodillas, *fuera* del escenario.

¿Qué estaba haciendo?

Gina empujó su silla un poco más hacia atrás, apoyándose en la mesa.

Lo que la acercó más al escenario.

Darien se deslizó sobre la mesa.

¿Hablaba en serio?

Y entonces las mujeres detrás de Gina empujaron su silla de *vuelta* hacia la mesa.

Oh. Santo. Dios.

La sonrisa de suficiencia de Darien se curvó por encima del tallo de la rosa.

Su pelvis también se elevó al ritmo de la música.

Estiró los brazos por encima de su cabeza, tensando aún más sus ya firmes abdominales. Gina trató de concentrarse en ellos porque lo que su pelvis estaba haciendo *justo ahí*, delante de ella, bueno... No quería mirar eso.

Después de todo, él era *Froggy*.

Se quitó el casco de bombero de la cabeza y lo arrojó al escenario. Luego sacudió su cabello castaño, algo largo, en el que a una chica le encantaría hundir los dedos, y algunas gotas de sudor cayeron sobre ella.

Normalmente, eso le daría asco, pero...

Se quitó la rosa de entre los dientes, moviendo ligeramente los hombros al ritmo de la música.

Santo cielo.

Sus labios se movieron. Gina lo vio, pero no pudo oír lo que había dicho porque había una cantidad desmesurada de gritos a su alrededor...

Oh. Es cierto. Estaba en el club con él. Y con docenas de mujeres. Y él la estaba poniendo en ridículo...

Gina empujó su silla hacia atrás. No había trabajado tanto para levantar su negocio como para dejarse convertir en alguien de quien la gente chismorrearía. Todo el mundo sabía que ella y Darien —bueno, Froggy— tenían un pasado terrible. Cuando se corriera la voz de cómo se estaba comportando él y de que ella estaba sentada allí, tan cautivada como cualquier otra mujer en ese lugar...

No. No iba a ser solo otra mujer suspirando por él.

Sí, pero, joder, mujer, qué bueno está.

Se acabó. Gina empujó con más fuerza, obligando a Darien a soltarla o arriesgarse a caer de cara en su regazo.

Vaya imagen.

Negó con la cabeza.

—¿Estás loca, mujer? —le gritó alguien al oído—. Vuelve ahí y disfrútalo por el resto de nosotras, ¿quieres?

No. De ninguna maldita manera. Estaba harta de ser el objeto de las bromas de Darien. Desde la reunión, había vuelto a molestarla. No sabía qué le pasaba, pero no iba a dejar que la humillara públicamente de nuevo.

—Es todo tuyo. —Se levantó de un salto de su silla y extendió la mano hacia ella—. Adelante.

Agarró su bolso y se abrió paso entre las sillas y las mesas, ignorando lo que creyó que era la voz de Candy. Candy podía quedarse y disfrutar de cómo Darien encendía a otra. Al menos esa mujer sería *parte* del espectáculo y no *el* espectáculo, como él la había hecho sentir. ¿Qué era esto, una especie de venganza por haberlo enviado a la oficina del director? Uno pensaría que ya lo habría superado. Especialmente porque *ella* había sido la humillada.

—Geen, ¿estás bien? —Bryan la agarró del brazo cuando pasaba prácticamente corriendo por la barra.

—Eh, sí, estoy bien. Es que hacía demasiado... calor, quiero decir, estaba abarrotado y sofocante ahí arriba. Necesito un poco de aire.

Afortunadamente, Bryan no la sujetaba con demasiada fuerza y pudo soltarse y salir corriendo por la puerta.

El aire helado de la noche la golpeó como una ráfaga. Maldita sea, había dejado su abrigo en el respaldo de esa silla.

Otro pecado más que achacarle a Darien Foster.

Aunque, en realidad, el aire frío se sentía bien. No le había mentido a Bryan; *hacía* calor y el ambiente estaba cargado cerca del escenario. Por supuesto, esa era la atmósfera que los bailarines buscaban, pero no era exactamente lo que ella quería cuando Darien estaba justo frente a ella.

Había estado bailando *para* ella.

Por ella.

Jesús, qué sexy era.

Y lo sabía, además.

Arrogante.

Narcisista.

Egocéntrico.

Las palabras rebotaban en su cerebro, junto a imágenes de él en la escuela, riéndose de ella, sonriendo con suficiencia incluso mientras caminaban hacia la oficina del señor Dilworth.

A él le había parecido gracioso. Pero claro, no era él quien tuvo que cargar con el apodo de las *Maxi Tetas* durante el resto de la secundaria *y* la preparatoria. Demonios, la gente *todavía* lo mencionaba. Pensaban que era divertido. Pensaban que su vergüenza ya debería haber pasado porque, ya sabes, eran unos niños.

Claro, así les parecía a todos los demás, pero ella todavía cargaba con las chicas. Y como seguía viviendo en el mismo pueblo, era muy probable que cualquier chico que la invitara a salir hubiera oído su apodo. Y con ese apodo venían ciertas suposiciones...

Estaba harta de tener que mantener las manos sobadoras donde debían estar. Solo porque una mujer tuviera pechos grandes no significaba que quisiera las manos de todo el mundo sobre ellos. Podía luchar contra un pulpo después de todas las primeras y únicas citas que había tenido con chicos a lo largo de los años. Y luego había llegado John —y luego se había ido— en medio de un desastre monumental. Él era nuevo en el pueblo, así que había roto su regla sobre los strippers y lo había dejado entrar. Y, por un tiempo, él había sido *ese* chico, el que esperaba encontrar y que la amaría por lo que había en su interior.

Y así fue: el interior de su cuenta bancaria, eso sí.

Para cuando se dio cuenta, sus ahorros y su autoestima habían disminuido gravemente, junto con la nariz perfecta de John (que ella había pagado), gracias a Bryan y a algunos de sus amigos.

Había una cierta satisfacción en eso, pero ¿por qué nadie podía desearla más allá de lo físico? Ciertamente no sería por ningún incentivo financiero en este momento, ya que había juntado hasta el último centavo para poner en marcha su local y hacerlo un éxito. Sabía que era posible encontrar a alguien. Bryan y un par de sus chicos —strippers, nada menos— habían logrado encontrar mujeres estupendas y enamorarse. No todos los hombres eran unos cerdos.

Pero parecía que todos los que se interesaban en ella sí lo eran. Empezando por Froggy, el más cerdo de todos.

Resopló ante eso, una rana que era un cerdo. Pero, sí, ese era Darien y nada iba a hacerla cambiar de opinión.

Ni siquiera verlo bailar.

Capítulo Cuatro

¿Qué *demonios* fue eso? —irrumpió Bryan en el vestidor, yendo directamente hacia Dare—. ¿Qué le hiciste a mi prima?

—¿Hacer? No *hice* nada. Bailé. Muy de cerca, como siempre lo hacemos. Pero sin tocar. Como de costumbre. ¿Cómo iba a saber que es una m...? —Se interrumpió. No era buena idea llamar mojigata a la prima del jefe—. Eh, ¿reservada? Quiero decir, las mujeres vienen aquí a disfrutar del espectáculo, ¿no?

Bryan lo fulminó con la mirada, pero Dare no había hecho nada malo. Demonios, él esperaba haberlo estado haciendo todo *bien*, pero nunca se imaginó que ella saldría corriendo del lugar solo por un baile sobre la mesa. Mierda, él los hacía todo el tiempo. Era su movimiento característico.

—Bueno, algo debiste haber hecho, porque Gina no se iría sin ninguna razón.

—Bryan, te juro que no hice nada que no haya hecho en otras ocasiones. Quizás tenía que atender una llamada telefónica. Una emergencia o algo así. —O una aversión hacia él más fuerte de lo que había creído posible.

O...

Tal vez... era todo lo contrario.

Tal vez le había gustado *demasiado* lo que él había estado haciendo. Después de todo, ella *había* venido aquí. Nadie la había arrastrado. Y sabía que él iba a bailar; estaba en la lista de presentaciones publicada junto a la puerta principal.

Dare se esforzó por reprimir una sonrisa. Ella había querido verlo en acción. Estaba logrando llegar a ella. Eso *tenía* que ser.

—Mira, hablaré con ella en el spa mañana. Estoy seguro de que no es nada. ¿Dijo algo cuando se fue?

Bryan ladeó la cabeza, entrecerrando los ojos. —Nada. Dijo que estaba bien. Que necesitaba un poco de aire. Que el ambiente estaba viciado o algo así.

O algo así.

Ajá. Gina se había excitado y alterado por él.

Bien. Su plan había funcionado. Quería que ella pensara en él hasta que no pudiera sacárselo de la cabeza. Así como ella estaba en la suya.

Se volvió hacia el casillero y tomó su toalla. Si se quitaba la tanga ahora, se delataría, así que, en lugar de eso, se envolvió la toalla alrededor de la cintura y tomó el jabón y el champú, respirando hondo para calmar a su amiguito y no sonreír como un idiota.

Se dio la vuelta. —Me aseguraré de que todo esté bien mañana, Bryan. No te preocupes.

—Más te vale. Le gustas al público, Foster, pero todo el mundo puede ser reemplazado.

Dare asintió y luego se dirigió a las duchas. Necesitaba asearse e irse a casa, porque tenía la sensación de que esa noche no iba a poder conciliar el sueño tan fácilmente.

* * *

Gina no podía dormirse. Tres copas de vino y su adrenalina seguía a tope.

¿Por qué había dejado que Candy la convenciera de ir al club? Podría haberle dejado el cheque a Gage en su casa fácilmente. O podría haberse ido después del primer bailarín.

Quizás porque tenías curiosidad. Después de todo, el tipo te gustaba en la escuela.

Sí, *antes* del incidente de las Megatetas. Eso mató cualquier sentimiento adolescente que tuviera por él en ese mismo instante.

Ajá. El tipo sigue siendo guapo.

Sí, bueno, de lo guapo no se come, y lo que había hecho no había sido nada guapo. Ella había tenido que vivir con las consecuencias desde entonces.

Se levantó del sofá y recogió la botella de vino vacía y la copa de la bandeja sobre la otomana. Beber sola no era una buena señal.

Tampoco lo era el golpe en su puerta a las... —entrecerró los ojos hacia el reloj de la repisa de la chimenea— dos y veintisiete de la madrugada.

Se arrastró hasta la puerta —tres copas de vino no le sentaban bien a una complexión de metro cincuenta y siete— y luego dejó la botella y la copa sobre la mesa del vestíbulo. —¿Quién es?

—Soy yo. ¿Podemos hablar?

¿Yo? ¿Como en *Darien Foster*? —¿No quiero hablar contigo. Nunca.

Él se rio entre dientes. —Va a ser un poco difícil cuando trabajemos juntos.

—Eso se puede des-arreglar. —Candy la mataría y podría despedirse de la fiesta nupcial, pero valdría la pena.

¿O no?

—No vas a despedirme. Me necesitas.

Abrió la puerta de golpe y lo fulminó con la mirada. —Dejemos una cosa en claro, Foster. Yo *no* te necesito.

Maldita sea, se veía bien todo arreglado.

Especialmente cuando sabes cómo se ve sin ropa...

Darien apoyó un brazo en lo alto del marco de la puerta, luego ladeó la cabeza lo suficiente como para poner esos ojos sensuales de alcoba que los modelos masculinos ponían en las páginas de las revistas. Sus ojos color avellana eran perfectos para esa mirada. —Déjame reformular eso. —Su barbilla se alzó un poco para que esos ojos de alcoba se clavaran en los de ella —. Tu negocio necesita masajistas y yo soy el único disponible por aquí.

—Qué conveniente, ¿no crees? —Se apoyó en el marco de la puerta y se cruzó de brazos.

Sus ojos se desviaron hacia el pecho de ella.

Maldita sea.

Aún más condenatorio, podía sentir sus pezones endurecerse.

¿Por qué demonios se había quitado su suéter holgado para ponerse este camisón?

Porque no esperaba ninguna visita a las dos de la mañana, y mucho menos a *esta* visita de las dos de la mañana.

Se recuperó lo suficientemente rápido como para que, si no estuviera acostumbrada a que los hombres le echaran un vistazo al pecho, no se habría dado cuenta. Pero lo estaba y lo había notado.

La comisura de su boca se crispó. —¿Estás diciendo que *yo* soy responsable de que tu negocio llegue al punto de necesitar contratar a otro masajista? Porque, de ser así, pensaría que me estarías agradeciendo, no amenazando con despedirme.

—Tú no tienes nada que ver con el estado de mi negocio. Me he partido el lomo para construir este spa y yo soy la razón del influjo de clientes. No tú. —La justa indignación era una panacea increíble para tres copas de vino y los atormentadores de la infancia engreídos.

—¿Has estado bebiendo?

—Eso no es asunto tuyo.

—Bueno, solo estoy tratando de averiguar si el fuego en tus ojos es por mí o por el alcohol.

Tenía esa maldita sonrisa arrogante que tanto odiaba.

Sí, ajá. Odias cómo eso lo hace mucho más sexi.

Lo odiaba. Odiaba que lo hiciera más sexi.

Espera... ¿qué?

—¿Te comió la lengua el gato? —Ahora tenía un maldito hoyuelo en la mejilla.

Le dio un golpecito en el pecho. —Escúchame, Rana. Nadie me ha comido la lengua y nadie lo hará.

—¿Es eso un desafío, Gina?

Lo dijo tan suavemente que las palabras no se registraron hasta que sus labios estuvieron sobre los de ella.

Y entonces *sí* que le comió la lengua.

Bueno, esto es vivir peligrosamente...

Los labios de Darien se inclinaron sobre los de ella. Sí, esto era peligroso, pero de una manera totalmente deliciosa sobre la que se había preguntado durante demasiado tiempo hacía tantos años.

Justo como se preguntaba cómo sería rodearle el cuello con los brazos y sentirlo contra ella...

La imaginación no tenía *nada* que envidiarle a la realidad.

Especialmente cuando sus manos se deslizaron alrededor de su cintura, abarcando su espalda, enviando hormigueos por toda su columna vertebral.

Hacía que sus rodillas temblaran. Su estómago revoloteara.

Su aliento saliera en jadeos cortos y gemidos...

—*Sí* que sabes tan bien como te ves. —Darien lo gruñó contra la comisura de su boca mientras trazaba besos de regreso al hueco debajo de su oreja.

Su aliento caliente hizo que sus rodillas cedieran. Gracias a Dios que la estaba presionando contra el marco de la puerta, su cuerpo esbelto y duro —una parte en particular— manteniéndola erguida.

Eh, ¿cielo? Esto se está yendo de las manos.

Ella sabía algo que le gustaría tener *en* la mano...

—Eh, Darien, no. —La cordura, por fin, se abrió paso a través de la bajada de defensas inducida por el vino y desenredó sus dedos de su cabello para empujar sus hombros realmente anchos y fuertes. Maldita sea, ella *no* quería que él la tocara. Nunca—. Suéltame.

—¿Por qué?

Las palabras le hicieron temblar en la parte sensible de la oreja.

—Porque... —Tuvo que esforzarse para encontrar una razón por la que esto no era una buena idea. Después de todo, ambos eran adultos. Y solteros.

Sí. Ella lo estaba. Soltera. Porque los hombres eran unos cerdos. Este, el más grande de todos.

—¡Suéltame! —Empujó con la fuerza suficiente para que él la soltara, pero también la sacó de su posición contra la puerta y cayó en el vestíbulo.

De culo.

Dios, qué humillación. Eso era todo lo que parecía sentir a su alrededor.

—Oh, vaya, Gina. ¿Estás bien? Toma. Déjame ayudarte a levantarte. —Rana extendió una mano (fuerte, musculosa).

No iba a tocar eso ni con un palo de tres metros, y mucho menos con una de las partes de su cuerpo.

Retrocedió a cuatro patas, tratando de ponerse de pie. —No, no. Estoy bien.

Pero entonces chocó contra la mesa del vestíbulo, y la botella de vino y la copa cayeron.

Por supuesto que se hicieron añicos en el suelo de pizarra del vestíbulo.

—Quédate quieta, Gina. No te muevas. —Rana entró en acción, ¿o fue *saltó*?

Se habría reído de eso, pero sus palabras calaron hondo. —¿Y adónde crees que voy a ir? —Había fragmentos de vidrio a su alrededor; no era una *idiota*, sabía del peligro potencial.

Lástima que no pensaras en eso antes *de devolverle el beso.*

Claro. Como si hubiera podido saber que se caería y rompería el vidrio. Su conciencia necesitaba irse a dormir.

Esa sí que es una buena idea.

Sola.

Aguafiestas.

Cielo santo, ¿esa parte de ella *no* recordaba por lo que este tipo la había hecho pasar?

No lo sé. Veamos exactamente *de qué es capaz.*

Su subconsciente necesitaba un serio reinicio sobre cómo eran los hombres si estaba deseando repetir la experiencia.

—¿Dónde guardas la escoba? —Darien dio otro paso hacia el vestíbulo, el vidrio crujiendo bajo sus pies.

—No necesitas quedarte, Darien. Puedo encargarme de esto.

—Gina, incluso si no hubieras bebido, no es buena idea que intentes moverte con todo este vidrio a tu alrededor. Déjame quitarlo del camino y luego podrás levantarte.

—*No* estoy borracha. Y tú no eres mi jefe.

—No puedes haber dicho eso.

¿Por qué lo había hecho? La hacía sonar como una niña petulante... o como una mujer de treinta y tres años que había bebido demasiado vino y no quería que el chico de sus sueños adolescentes (el mismo que también los había destrozado) la viera en su peor momento.

Demasiado tarde.

Suspiró. —Bien. Está en el armario de la despensa en la cocina. Justo por allá. —Ladeó la cabeza hacia la derecha.

—Vale. Ahora vuelvo. No te muevas.

—¿No habíamos establecido ya que no iba a hacer eso?

Él sonrió de nuevo, el hoyuelo destellando en su mejilla. —Maldita sea, esa boquita tuya te va a meter en problemas, mujer.

Ya lo había hecho. Pero, sabiamente, se mantuvo cerrada y no soltó ese pequeño detalle.

Lo oyó en la cocina e hizo un rápido inventario mental. Había vaciado el lavavajillas y guardado las ollas y sartenes. Nada de lo que avergonzarse que él viera.

Aparte de verla a ella de culo en el suelo...

Oh, *claro* que no. No iba a quedarse sentada allí como una borracha incapaz de cuidarse sola. Ciertamente podía arreglárselas para ponerse de pie en su propia casa sin hacer más daño.

Apartó los trozos de vidrio y luego metió los pies debajo de ella. Afortunadamente, se había dejado las pantuflas puestas; las suelas de goma protegerían sus pies de cualquier pedazo restante.

—Oye, creí que te había dicho que te quedaras quieta. —Darien apoyó la escoba contra la pared y extendió la mano hacia ella.

—Estoy bien. Puedo hacerlo. —Lo apartó con un gesto de la mano y puso las manos en el suelo para levantarse...

Contuvo el aliento.

—Te clavaste un trozo de cristal en la mano, ¿verdad?

Ella maldijo por lo bajo y volvió a dejarse caer sobre su trasero.

Duró apenas un segundo. —¡Ay! —Se puso de pie de un salto porque el trozo de cristal sobre el que se había sentado le dolía más que el que tenía en la mano.

Darien la levantó en brazos y caminó hacia la cocina. —Maldita sea, mujer. ¿Puedes dejar de ser tan terca por tu propio bien?

—¡Bájame! —Pataleó y sus pantuflas salieron volando.

—Ni loco. Eres un peligro para ti misma. —La sujetó con más fuerza hasta que llegaron a la cocina.

La puso de pie. Contuvo el aliento cuando sus glúteos se contrajeron alrededor de más de un trozo de cristal.

Volvió a contenerlo cuando él se arrodilló detrás de ella y le levantó el camisón.

—¿Qué crees que estás haciendo? —Intentó apartarle las manos de un manotazo y cubrirse.

—Gina, basta. Voy a sacarte el cristal.

—Puedo hacerlo yo sola perfectamente, muchasgracias.

—¿Así como te levantaste del suelo *perfectamente* bien tú sola? —Tiró del camisón con más fuerza hacia la derecha—. Quédate quieta y déjame sacarlos.

Gina quería morirse de la vergüenza. Estaba apoyada en el mostrador de la cocina con el camisón subido por encima del trasero, su ropa interior diminuta sin dejar nada a la imaginación y su némesis estaba muy de cerca con una parte de su anatomía que nunca quiso que *nadie* viera —y mucho menos *él*— mientras le sacaba trozos de cristal.

Iba a necesitar otra botella de vino para lidiar con la humillación de esta noche.

—¿Puedes pasarme una toalla de papel húmeda? —preguntó—. Estás sangrando.

Había que añadir una tercera botella a la cuenta.

Hizo una mueca de dolor al inclinarse hacia la izquierda para arrancar una hoja del rollo, y luego abrió el grifo.

Se la entregó sin decir una palabra. Porque, en serio, ¿qué podía decir?

Sufrió en silencio y se concentró en sacarse la esquirla de la mano. Afortunadamente, él también guardó silencio. Ya era bastante malo pasar por esto; oírlo burlarse de ella lo haría insoportable. Y, Dios sabía, ella tenía experiencia de primera mano con *eso*.

Le pasó la toalla por ambas nalgas y luego la presionó allí. —Creo que ya los saqué todos, pero vas a tener que mantener la presión para detener el sangrado. ¿Dónde guardas tu alcohol?

—En el gabinete de licores de la sala.

Él resopló. —No de ese tipo, genio. Alcohol para fricciones. Quiero limpiar mejor esas heridas.

—No vas a echar alcohol sobre heridas abiertas.

—¿Quieres que se te infecte? —Le dio una palmadita en el trasero—. ¿Aquí?

Buen punto.

Ella suspiró. —En el baño, debajo del lavamanos.

—Ahora vuelvo.

Sintió su calor cuando él se levantó detrás de ella mientras la mano de ella reemplazaba a la suya, y la imagen de cómo debía verse la escena se le grabó a fuego en el cerebro.

Sobre todo porque él no se movió...

Había algo en el aire. Algo pesado, expectante, pero entonces lo oyó exhalar mientras se daba la vuelta y se alejaba.

Soltó un aliento que no sabía que estaba conteniendo. No podía tener un respiro con este tipo...

Oh, diablos. Estaba en su baño y sus sostenes se estaban secando en la barra de la cortina de la ducha. Los de encaje, porque esos no los metía a la lavadora.

Maldita sea.

—Aquí está. —Volvió a entrar en la cocina.

Gina no se dio la vuelta.

—También encontré unas vendas y pomada antibiótica.

Encantador. Había estado hurgando por ahí. Intentaba recordar qué tenía debajo del lavamanos.

Gracias a Dios que su vibrador estaba en el cajón de abajo de su mesa de noche. Al menos no tenía que sufrir la humillación de que él encontrara *eso*.

—Esto va a arder un poco. —Darien volvió a arrodillarse detrás de ella.

Usó el dolor del alcohol como excusa para contener la respiración. No podía quitarse de la cabeza la imagen de él detrás de ella, con su trasero semidesnudo a centímetros de su cara.

Y, por *supuesto*, su cuerpo reaccionaría de una manera que no podía controlar.

Por Dios, por Dios, por Dios, que Darien no se dé cuenta.

Sus dedos se demoraron sobre su piel después de que aplicó la segunda venda. —Debería... —Se aclaró la garganta—. Debería quedar una más.

—De acuerdo. —Maldita sea, su voz tembló.

El sonido del paquete de la venda al rasgarse pareció retumbar en la habitación. El roce de sus dedos al ponérsela le pareció más pronunciado, su respiración más fuerte.

La de ella... más superficial.

El roce del algodón contra su piel pareció el estruendo de unos platillos cuando él le bajó el camisón a su sitio.

—Listo. —La voz de Darien le sonó más profunda—. Ya está.

Tenía toda la razón.

Gina se aferró al mostrador e intentó respirar hondo sin que se notara.

Aún podía sentir el calor de él a su espalda.

Luego un escalofrío cuando él se apartó.

—Voy a limpiar la entrada. —No se movió de detrás de ella—. Por favor, quédate aquí, ¿sí?

—Absolutamente. —Por más de una razón.

Sus miradas se encontraron en el reflejo de la ventana de la cocina. Gina juró no ser la primera en apartar la vista... pero entonces el momento se cargó demasiado y tuvo que hacerlo.

No levantó la vista cuando él salió de la habitación.

Con las piernas débiles, buscó el respaldo de una silla de la mesa y se dejó caer en ella.

¡Auch! Diablos, no podía sentarse.

Gina se arrastró hasta el refrigerador. Abrió la puerta, abanicándose la cara con el aire frío.

Bueno, menudo lío. No había forma de que pudiera enfrentarlo en el trabajo mañana. Demonios, ni siquiera quería enfrentarlo *ahora*.

—¿Dónde está tu bote de basura?

Parecía que no tenía opción. Así que Gina esbozó una sonrisa y se dio la vuelta. —A la derecha del fregadero.

Darien tiró el desorden y luego le entregó la escoba antes de tomar un puñado de toallas de papel. —Limpiaré el merlot para que no manche tu piso.

—Gra... —Se aclaró la garganta—. Gracias.

Por supuesto, por qué le estaba dando las gracias iba más allá de su entendimiento. Si él no la hubiera besado, nada de esto habría pasado. Todo era culpa suya desde el principio.

Enderezó los hombros. Sí. Todo era culpa suya. Nunca debería haber pasado. Y no iba a volver a pasar nunca más. Ella se aseguraría de eso. No más situaciones comprometedoras que siquiera permitieran la *posibilidad* de que volviera a ocurrir.

Necesitaba que se fuera. Ahora.

Salió de la cocina. Cuanto antes lo sacara de su apartamento, mejor.

Por *supuesto*, chocó contra él cuando regresaba.

Él la agarró del brazo. —Maldita sea, mujer. ¿No puedes seguir ni una sola orden?

Ella se soltó de un tirón. —Puedo caminar por mi apartamento sin tu permiso, Foster.

Él se pasó una mano por el pelo. —¿Sabes? Un «gracias» no estaría de más.

—¿Gracias? ¿*Gracias*? ¿Por qué? ¿Por irrumpir aquí a altas horas de la noche y tirarme al suelo?

Aquella maldita sonrisita suya apareció. —¿Te dejé pasmada, eh?

—No te pongas tan presumido. No me emociona precisamente que alguien me bese contra mi voluntad.

—¿Contra tu voluntad? —Dio un paso más cerca—. Eso es buenísimo, Gina. Estabas tan metida como yo. No hubo nada de «contra tu voluntad».

Ella retrocedió. —No te halagues.

—No es necesario. Sé el efecto que tengo en ti.

La mirada que le dirigió le decía que no se refería al beso.

No pudo evitar sonrojarse. —Creo que tienes que irte.

—¿Por qué? ¿No confías en ti misma a mi alrededor?

—Eres todo un caso, ¿verdad?

—Eso es lo que me dicen.

Gina se negó a morder el anzuelo. —Mira, Foster, gracias por limpiar el desastre que causaste... que no habría necesitado limpieza si no hubieras venido. Por cierto, ¿por qué viniste?

La miró unos segundos y luego volvió a pasarse la mano por el pelo. Su mano se detuvo para masajearse la nuca. —Yo, uh, vine a asegurarme de que estuvieras bien.

—¿Bien? ¿Por qué?

—Bueno, te fuiste del club a toda prisa y quería ver...

—Me fui del club porque no quería ser parte de tu espectáculo. —Lo señaló con el dedo en el pecho—. No soy un accesorio que puedas sacar para provocar una reacción cuando te dé la gana.

—¿De qué estás hablando? No eras un accesorio.

—¿En serio? ¿Estás diciendo que no actuaste a propósito como... como un...?

—¿Como un qué? ¿Un bailarín exótico actuando para el público? Tengo noticias para ti, cariño. Hago esa misma rutina tres noches a la semana y dos veces el fin de semana. No te distinguí del resto; estabas sentada en la mesa en la que suelo bailar.

Oh, Dios, que se la tragara la tierra ahora mismo. *Ella* era la que estaba haciendo un escándalo por algo que no tenía importancia.

—Ahora, ¿quién tiene una imagen inflada de sí misma?

Gina apartó la vista de sus ojos risueños. Era demasiado atractivo cuando bromeaba con ella.

Diablos, era demasiado atractivo, punto. Tenía que recordar que los hombres eran unos cerdos. Incluso los que tenían nombre de anfibio. —Es inapropiado. Trabajas para mí.

—¿Viniste a *mi* lugar de trabajo y me dices que *yo* soy inapropiado? No puedes decirme que no sabías qué tipo de lugar era antes de llegar. ¿O se te pasó por alto durante las otras rutinas antes de la mía? —Negó con la cabeza y dio un paso más cerca—. Creo que disfrutaste del espectáculo y no quieres admitirlo.

Ella lo fulminó con la mirada. —Ubícate, Foster.

—Demuéstrame que me equivoco. —Se inclinó y articuló muy claramente, sus labios formando las palabras...

No iba a mirarle los labios. —¿Ah, te gustaría eso, verdad? Para ir contándoles a tus amigos que Gina Taormina no pudo resistirse a ti.

—¿No puedes? Eso suena prometedor.

Su voz era como la seda mientras la acariciaba y Gina tuvo que reprimir un escalofrío ante la sensualidad de su tono. —Creo que es mejor que te vayas, Foster.

—Tengo una idea mejor.

¡Oh, qué bien!

Ni de broma. —Qué bueno que no le doy ningún valor a tus ideas.

Sus labios se afinaron y dio un (¡bendito!) paso hacia atrás. —De acuerdo. Bien. Como sea. Es tarde y ambos estamos cansados. —Le extendió un montón de toallas de papel—. Ten.

Le tomó el desastre, pero no se movió hasta que él salió por la puerta.

—Nos vemos en el trabajo en unas horas.

El maldito guiño que le hizo al darse la vuelta la hizo recorrer los seis pasos que cruzaban la entrada y casi cerrar la puerta de un portazo. Luego echó el cerrojo y puso la cadena. No volvería a abrir esa puerta esta noche a menos que hubiera un incendio.

Dare inhaló media docena de bocanadas de aire frío para calmarse. No debería haber venido. ¿Para qué torturarse? ¿Qué esperaba conseguir?

Bueno, el beso, para empezar. Tenía que admitir que eso *había estado* en su mente. Y aquí fue mejor que en el spa...

Diablos. ¿Cómo se suponía que iba a trabajar con ella y recibir sus órdenes ahora que sabía a qué sabía? Cómo se sentía en sus brazos.

Cuán firme, tonificado y curvilíneo era su trasero.

Cómo sabía que ella se había excitado...

Sí, eso último era un golpe mortal. Ella no había sido inmune a él, y le había costado cada gramo de autocontrol que se sorprendía de tener para *no* tocarla más íntimamente de lo que ya lo había hecho en su cocina. Aquellos sentimientos adolescentes que había tenido por Gina definitivamente habían madurado.

Consultó la hora en su celular. Tenía que llegar a casa si quería pegar ojo antes de volver a verla en unas horas.

Donde la tortura comenzaría de nuevo.

Capítulo Cinco

—Te ves hecha polvo.

—Vaya, pues muchísimas gracias, Candy. Sobre todo porque es tu culpa. —Gina ajustó la corona de hojas perennes en la puerta de cristal del spa antes de cerrarla tras de sí.

—¿Yo? ¿Y eso por qué?

La música navideña sonaba suavemente de fondo mientras Gina señalaba su abrigo colgado en el gancho junto a la puerta. Candy debió de habérselo llevado a casa. —Me arrastraste al club anoche.

—Ah, claro. Como si te hubiera torcido el brazo y puesto una pistola en la cabeza. Es toda mi culpa que pudieras babear por tíos buenos y tener una noche de sueños eróticos. Demándame.

Gina se quitó la bufanda, agradecida de que al hacerlo ocultara su rostro de Candy. El sonrojo probablemente la delataría por completo. —No tuve sueños eróticos. —Pero eso fue solo porque no durmió lo suficiente como para poder tenerlos.

Por suerte. Lo último que necesitaba era soñar con Froggy.

O besarlo, para el caso.

Candy enarcó una ceja. —¿Nada? ¿En serio? No me digas que ahora bateas para el otro equipo, porque esa es la *única* razón que se me ocurre para que no te deleitaras con sueños traviesos toda la noche. Yo sí lo hice. Me dio un poco de energía esta mañana.

—Demasiada información, Candy. —Gina giró el libro de citas para ver la agenda del día. Tenía que olvidarse de la noche anterior y centrarse en el negocio.

Lo cual era un poco difícil con un joven Michael Jackson cantando sobre mami besando a Santa Claus.

—Quizá deberíamos probar con música instrumental en lugar de estas cosas pop. Hacer este lugar un poco más digno.

Candy dio un golpecito con una larga uña verde esmeralda en el mostrador de recepción; hacía juego con su blusa. Era la mejor clienta de la manicurista, María. —¿En serio, Geen, qué te pasa? ¿Pasó algo que deba saber?

Eso fue darle demasiado en el clavo. Gina tomó el libro y se dirigió hacia su oficina. —Claro que no. ¿Qué podría haber pasado?

Mucho si tan solo lo hubieras permitido...

—Dios mío. Algo *sí* pasó. —Candy la siguió a su oficina y cerró la puerta mientras se deslizaba en la silla frente al escritorio de Gina—. Suéltalo.

—No pasó nada. —Gina apartó su silla —sentarse estaba descartado— y puso el libro de citas y su bolso sobre el escritorio—. Me fui a casa. Fin de la historia.

Podía sentir los ojos de Candy sobre ella.

Solo tardó seis segundos en lanzarse. Ese era el problema de trabajar con amigas; te conocían demasiado bien como para poder ocultarles algo.

—¿Qué pasó, Geen? ¿Volviste al club después de que me fui?

Gina resopló. —Ni loca. —Abrió el libro sobre su escritorio. Bueno, quizá lo abrió de un golpe—. Te lo dije. Me fui del club y me fui a casa. Me tomé una copa... —o tres— ... de vino. Me fui a la cama. —Y se quedó despierta hasta altas horas de la madrugada antes de sacar el vibrador de la mesita de noche solo para poder dormir una o dos horas.

Candy ladeó la cabeza, y sus largos rizos rubios cayeron sobre su hombro en un desorden sexi y totalmente natural que atraía a los hombres como un rayo tractor. —¿Estás segura de que no fuiste a ninguna parte anoche?

—Cien por ciento segura de que estuve en mi apartamento toda la noche.

—Mmm. —Candy se golpeó la comisura de la boca con un lápiz, y sus brazaletes se deslizaron por su manga—. Bueno, algo raro pasa. No voy a descansar hasta llegar al fondo de esto.

Gina fingió estar preocupada. —Genial. A ver si puedes preparar las salas de tratamiento en algún momento, ¿de acuerdo, Sherlock?

La mirada de Candy se demoró unos cuantos latidos de más. —Está bien. Ya voy a prepararlas. —Se dio la vuelta para irse y luego regresó—. Darien llamó.

Gina se esforzó por no mirarla. —¿Va a renunciar?

Candy exhaló. —Por Dios, Geen, ya basta. Lo necesitamos. Sé que eso va en contra de todo lo que crees, pero hasta que terminemos con la despedida de soltera de Amalie Cavanaugh, tienes que ser amable con él para que no renuncie. ¿Me entiendes?

—¿Qué dijo? —No pudo evitar levantar la vista.

—Dijo que vendrá al mediodía con una nueva clienta. —Candy se echó el pelo hacia atrás sobre los hombros, revelando un delicado encaje blanco en el pronunciado escote, con unas pequeñas bolas de Navidad prendidas allí. Solo Candy podía hacer que una blusa de árbol de Navidad pareciera de alta costura —. No está mal para ser el nuevo, ya trae nuevos negocios.

—Vaya, una clienta nueva y ya le cantas alabanzas. —Sí, eso fue odioso, pero ¿tan poca lealtad tenía Candy?

—¿Te estás escuchando? ¿A quién le importa quién traiga el negocio? Negocios son negocios. Lo que paga el alquiler, podría añadir. —Candy resopló—. Mira, se supone que esta es la época más feliz del año, pero no lo parece con Grinch Gina por aquí. ¿Puedes aguantarte y lidiar con él durante las fiestas?

Gina *no* iba a pensar en chupar nada relacionado con Darien. Ya era bastante malo que él le hubiera estado haciendo eso a su lengua anoche...

—Sí. Bien. Puedo. —Abrió el cajón de su escritorio para tomar... algo, y luego lo cerró de golpe.

—Vaya que necesitabas esa memoria USB.

—¿Eh? —Gina se miró la mano—. Ah. Sí. Yo, eh, tengo que hacer una copia de seguridad de algunos archivos. —Se agachó para tomar su laptop de la bolsa que estaba apoyada contra el escritorio—. Entonces, ¿a quién tenemos esta mañana?

—*Tú* eres la que tiene el libro de citas.

Le tomó un par de segundos procesar las palabras, luego Gina miró su escritorio. Cierto. El libro de citas.

—Ah. Vale. Sí. —Se apoyó en una mano mientras deslizaba un dedo de la otra por la página—. Charlotte tiene dos esta mañana y su tarde está completa. Stacey también está ocupada sin parar toda la tarde. Y mis clientas habituales vienen, así que es una agenda casi llena. —Gracias a Dios. Eso cubriría una buena parte de las facturas del mes. Y con la despedida de soltera... las finanzas se veían bien para este mes.

—Y Darien tiene una al mediodía y otra a las tres. La calma antes de la tormenta de la próxima semana, aunque Debby y Kaya tienen citas esta tarde para peinados, y María preguntó si podía traer a su sobrina para que ayudara con algunas manicuras y pedicuras, aunque es su día libre. Supuse que era bueno para el negocio.

—Absolutamente. ¿Sabemos si viene el técnico de la calefacción? —Gina había tenido que insistirle a la compañía de administración para que lo enviara. Con la mayoría de las tiendas del centro comercial cerrando, la administración no quería invertir mucho dinero en su mantenimiento. Pero Gina necesitaba el mantenimiento; *no* iba a quebrar.

—Sí, viene. Debería estar aquí alrededor de las diez.

—Bien. —Gina cerró el libro y se cruzó de brazos—. Todo como de costumbre.

—Sigue diciéndote eso —murmuró Candy mientras salía por la puerta, llevándose el espíritu festivo que encarnaban sus pantalones blancos y sus tacones del color de la nariz de Rodolfo el reno.

Era todo como de costumbre. Otro día en el spa. La noche anterior había quedado en el pasado.

Hasta que *él* entró por su puerta.

—Hola, jefa. ¿Cómo va todo? —La saludó como si no le hubiera metido la lengua hasta la garganta la noche anterior.

Y tú la tuya en la suya.

Ella saludó con una sonrisa rápida e impersonal, luego tomó un archivo de su escritorio y fingió mirar la factura que había allí.

Pero lo único que *vio* fue a la hermosa mujer que entraba detrás de Darien en una de las salas de tratamiento.

¿*Esa* era la clienta que había traído? La mujer parecía trabajar en el club, ¿y él iba a encerrarse en una habitación con ella mientras estaba desnuda? ¿Qué tan tonta creía Froggy que era?

¿Y a ti qué te importa con quién haga lo que sea?

No le importaba. Solo que no quería que se corriera la voz de que estaban ocurriendo aventuras sexuales en las salas de tratamiento. Había trabajado demasiado duro e invertido demasiado para que los rumores acabaran con su negocio, sin mencionar que la compañía de administración encontraría entonces alguna forma de rescindir su contrato de arrendamiento. O, Dios no lo quisiera, que el departamento de salud decidiera pasar a inspeccionarlos cuando Darien estuviera haciendo quién sabe qué a puerta cerrada.

Se quedó allí un rato, tamborileando el pie. No haría nada de verdad, ¿o sí?

Gina dejó caer la carpeta. Con Darien, nunca sabía qué iba a hacer.

Se ajustó el suéter y entró a zancadas por la puerta de la sala de tratamiento número tres. —Frog...

La cabeza de la mujer se levantó bruscamente del reposacabezas mientras Darien levantaba la vista de donde estaba trabajando en su brazo derecho.

—¿Pasa algo, jefa? —preguntó.

Con el escote de esa mujer, no...

Oh, diablos. Gina estaba prácticamente boquiabierta. Y definitivamente haciendo el ridículo. —Eh, no la anotó en el libro de citas.

—Ah. Bueno, verá... —Se enderezó y cubrió el brazo de la mujer con la sábana—. Yo, eh, pensé en darle a Michelle una sesión gratis, y así ella podría volver al club y contarles a todos lo genial que es, y eso traería más negocio.

—¿Una sesión gratis? —¿Por qué sonaba eso a algo ilícito?

—Sí. Ya sabe, ¿publicidad de boca en boca?

Mientras fuera solo su boca lo que él estuviera usando...

Michelle se llevó un brazo bajo la barbilla. —No hay problema con eso, ¿verdad?

Gina se mordió la lengua. Si eso era *todo* lo que estaban haciendo, estaba bien. Y tenía que admitir que, por lo que parecía, eso *era* todo lo que estaban haciendo.

Quería salir de esa habitación ahora mismo. Con algo de su dignidad intacta. —Sí, pero Fr... eh, Darien, la idea no es regalar el negocio.

—Vale, no se preocupe. Yo lo cubro.

Por supuesto que lo haría, y la haría quedar como la tacaña frente a una potencial clienta.

—No, está bien por esta vez.

—Estoy más que feliz de hablar bien de este lugar. O sea, cualquiera estaría loco si pensara que Foster no puede dar un buen masaje. Y como usted lo contrató, el resto de su personal debe estar a su altura también, ¿verdad? —Michelle, la oh-tan-servicial belleza en la camilla, sonrió con una gran sonrisa perfecta.

Por supuesto, con las manos de Darien Foster sobre su cuerpo desnudo, Gina también estaría sonriendo.

No es que estés celosa ni nada por el estilo.

—Cierto. —Gina se tragó el gruñido que preferiría soltar—. Gracias por darnos una buena recomendación.

—Es un placer. —Michelle suspiró y volvió a meter la cara en la camilla—. Haz lo que tengas que hacer, Foster.

Darien sonrió y le movió las cejas a Gina. —Oíste a la dama. Tengo mis órdenes.

Gina giró sobre sus talones y salió de esa habitación lo más rápido posible.

* * *

—¿Me estás escuchando? —Los brazaletes de oro y plata en la muñeca de Candy tintinearon mientras agitaba la mano frente a la cara de Gina, quien apilaba unas sábanas dobladas en el mueble *shabby chic* que Gage había instalado la semana pasada—. Necesitas concentrarte, Geen.

Gina apartó la mano de Candy de un manotazo. —Te estoy escuchando. Quieres organizar una reunión con Amalie Cavanaugh.

—No una *reunión*. Una visita. La traemos, le mostramos cómo planeamos organizar el día de spa de su fiesta de damas de honor, revisamos el menú...

—¿Menú? —Gina sacudió una toalla afelpada de color durazno, y luego empezó a doblarla.

Candy también tomó una toalla. —Sí. Comida. O sea, aperitivos, sándwiches de té, postres, ese tipo de cosas. —Puntuó cada palabra con un doblez de la toalla—. Estarán aquí al menos tres horas para que todas disfruten de cada experiencia, así que probablemente deberíamos darles de comer.

Gina bajó la toalla, ahora desdoblada. —¿Experiencia?

Candy suspiró y se la quitó. —Sí, *experiencia*. No puedes seguir llamándolos tratamientos, y «masaje», «facial», etcétera son tan comunes. Si quieres que The Gilded Lily se distinga, tienes que crear un ambiente diferente a cualquier otro spa que exista. —Puso la toalla doblada en un estante—. Empezando por la terminología. He estado investigando un poco y deberíamos cambiar la lista de servicios. Llamarla un menú y ofrecer diferentes *experiencias*. El Capricho Diario, El Rejuvenecimiento, La Desintoxicación, ese tipo de cosas. Incluso podríamos tener La Unión como un día para parejas. ¿Qué te parece?

Gina se sacudió mentalmente. Candy había estado ideando todas las ideas para *su* spa mientras ella... mientras ella había estado soñando con *él*. Agarró otra toalla y la dobló con la misma prolijidad que Candy. —Creo que es una gran idea.

—¿Qué parte, la visita con Amalie Cavanaugh o los servicios?

—Ambas, de hecho. —Gina colgó la toalla sobre el borde de la cesta y luego saludó con la mano a la Sra. McMonagle, que estaba allí para su tinte mensual—. Puedo contactar a Lara de Carvallo's Cups & Cakes para que prepare un paquete de postres. Y tengo un poco de champán que sobró de la inauguración que puedo sacar.

Candy tomó la toalla y la puso en el estante de arriba con la suya. —Y Lara puede exhibir sus folletos para que también sea publicidad para ella.

Gina chocó los cinco con ella. —Poder femenino. Hay que amar cuando las mujeres nos apoyamos.

Candy bajó la mano y ladeó la cabeza, con los ojos azules demasiado perspicaces. —Uh oh. Ya estás otra vez con tu racha de odiar a los hombres. ¿Qué hizo?

—¿Quién?

Candy resopló. —Claro. Si antes no estaba tratando de sacarte información, esto me acaba de confirmar la razón para hacerlo.

—Darien no hizo nada. —Gina tomó unas cuantas toallas de mano—. ¿Cómo podría? Ha estado ahí dentro cincuenta y seis minutos, dándole un masaje a Michelle.

—¿Cincuenta y seis, eh? —Candy se tocó el labio—. No «casi una hora», ni «les quedan cinco minutos», sino «cincuenta y seis minutos».

—Ya basta, Candy. —Gina sacudió la toalla de mano—. Darien no tiene nada que ver con mi comentario sobre las mujeres. Sabes que soy partidaria de empoderarnos para ser nuestras propias jefas, de hacernos cargo de nuestras vidas y no depender de un hombre para que nos las complete.

Candy levantó las manos. —Está bien, me retracto de la discusión sobre Darien. Y de la discusión sobre los hombres. Volvamos a nuestro plan. —

Entró en la zona de recepción—. Estaba pensando en hacer unos menús elegantes de cartulina acolchada, como los de los restaurantes de cinco estrellas, en lugar de una lista de servicios colgada en la pared. Quizá cambiar algunas de las luces de aquí por candelabros y apliques de cristal. Ponerles reguladores de intensidad. Añadir un pequeño banco acolchado por aquí y muchos cojines. Hacerlo parecer un poco más lujoso para que los invitados —no clientes— se sientan mimados.

Gina elogió a Gretchen Walker por la elección del color de sus uñas antes de seguir a Candy. —¿Por qué haces esto? ¿Por qué te importa el aspecto de este lugar?

Candy se puso las manos en las caderas. —Porque me importas. Quiero que el spa destaque para que tengas éxito. Quiero que tengas tanta confianza en tu negocio que se extienda a otras áreas de tu vida, para que no estés eternamente suspirando por cierto alguien que te hizo daño.

—No estoy suspirando por el sapo.

—¿Darien? Me refería a John. —Candy enarcó una ceja—. Pero *estaba* todo eso de los «cincuenta y seis minutos». Y *has* estado nerviosa desde que él entró. Y no me refiero a hoy, aunque estás nerviosa de una forma superespecial y no puedo creer que sea simplemente porque —bajó la voz, gracias a Dios— viste el paquete del hombre hacer un buen bailecito anoche. O sea, claro, eso debería ponerte nerviosa, pero por una razón totalmente diferente. Lo que podría haberse solucionado anoche en la privacidad de tu propio dormitorio y habrías llegado hoy toda relajada y radiante. Pero, en cambio, pareces lista para salir corriendo en cualquier momento y estás distraída. Tenemos a la que posiblemente sea la clienta más importante que tendrás en un tiempo y, sin embargo, te estás centrando en la puerta número dos.

Gina ni siquiera iba a *empezar* a hablar de lo de John. —Tres. —Ajustó la exhibición de esmaltes de uñas que María tenía para ofrecer.

—¿Qué?

Jugueteó con las tarjetas de presentación en su soporte. —Está en la sala de tratamiento tres.

—¿Ves? Se supone que no deberías saber eso tan rápido.

Gina sacó los folletos de su estante y los golpeó contra el mostrador, enderezándolos como si fueran una baraja de cartas. —Es mi negocio, necesito saber qué salas están ocupadas.

Candy suspiró. —Está bien, como sea. No estás distraída, estás siendo emprendedora. Y muy, muy obsesiva con la recepción. —Murmuró la última frase mientras tomaba los folletos de Gina y los volvía a poner donde acababan de estar—. Pero empecemos por llamarlas suites, no salas de tratamiento.

Gina se puso las manos en las caderas. —Las suites suelen tener más de una habitación, de ahí el término «suite».

—No te me pongas técnica. Estoy tratando de crear un ambiente aquí para que cuando Amalie y Sophie y sus diez amigas aparezcan, se vayan hablando de este lugar en todos los sentidos. Desde el ambiente hasta la experiencia, la relajación y la belleza, hasta la comida. O sea, el lugar está bien como está, pero *es* lo que es. Un spa de día. Hagámoslo un poco diferente del resto. Solo necesita unos pocos retoques para llevar a The Gilded Lily un paso más allá. Y, mira. Te acabo de ahorrar los honorarios de un decorador. Puedes darme las gracias ahora.

El entusiasmo fingido y desmesurado no lograba enmascarar ni de lejos el sarcasmo de Candy, y Gina tuvo que reírse. Lo cual era bueno. Necesitaba dejar atrás lo de anoche y olvidarlo. Porque, por muy genial que hubiera sido ese beso, la realidad era que Darien estaba haciendo lo que siempre hacía cuando estaba con ella, y estaba cansada de ser el blanco de sus bromas.

Hizo una mueca. Todavía le dolía un poco el trasero.

—¿Estás bien?

—Sí, estoy bien. Gracias. —Gina tomó la mano de Candy—. Te aprecio mucho, Candy. Siento si estuve de mal humor, y definitivamente trabajaré en mi actitud mientras él esté cerca. Pero solo hasta que termine lo de la fiesta de damas de honor. Necesitas seguir buscando otros masajistas porque si las hermanas Cavanaugh quedan satisfechas, se correrá la voz y necesitaré contratar a más gente. No puedo tener a Darien trabajando aquí para siempre.

Dare se apoyó contra la pared antes de doblar la esquina hacia la zona de recepción. Oyó la aspereza en las palabras de Gina. Maldición, realmente pensó que habían logrado un avance anoche. Obviamente, no es que *no* le hubiera gustado su beso, porque se había excitado. De eso no cabía duda.

Debería haber actuado cuando tuvo la oportunidad.

—¿Estás bien, Foster? —Michelle Weber sacó su larga cola de caballo negra de la parte trasera de su cuello mientras salía de la sala de tratamiento—. No te agoté, ¿verdad? Te dije que tenía los músculos tensos.

Sus palabras podían interpretarse de un par de maneras, pero sabiendo que a ella no le iban los hombres, él sabía a qué se refería. —Sí, estoy bien. Anoche trasnoché. Pensé que el mediodía me daría tiempo suficiente para dormir, pero deberíamos haber fijado tu cita para las dos.

Ella le dio un golpecito en el pecho. —Ah, pero oí que eras bueno para las citas de mediodía.

—¿Qué? —Hacía mucho tiempo que no tenía una aventura de mediodía, y definitivamente no desde que había vuelto al pueblo.

Ella lo agarró por la parte delantera de la chaqueta y caminó hacia atrás, arrastrándolo consigo. —Relájate, Dare. Solo estoy bromeando. Dejando a un lado el baile desnudo, tienes la imagen más impecable de cualquiera que conozca. Definitivamente de los bailarines. —Enarcó una ceja—. Pero tal vez podamos cambiar eso, ¿hmmm? —Añadió un pequeño gruñido justo cuando Gina levantó la vista en la recepción.

Vio un destello de... algo en los ojos de Gina. ¿Interés?

¿O asco?

—Entonces, ¿quedamos para el lunes? —dijo Michelle con voz seductora, aunque lo suficientemente alta como para llegar a la recepción—. Creo que me gustaría una hora y media. Para resolver bien todas las contracturas, ya sabes, después de la doble función del domingo.

La mujer podía hacer que cualquier cosa sonara sucia... Y lo estaba haciendo. Y Gina estaba escuchando.

¿Quizá demasiado?

Dare sonrió y se inclinó lo justo hacia Michelle para que pareciera sugerente. —Eres una chica muy, muy mala, Weber.

—Y que no se te olvide. —Le plantó un beso justo en los labios, luego se giró, azotándolo en la cara con su pelo antes de contonear su trasero perfecto justo al pasar por delante de Gina.

—Excelente servicio, Sra. Taormina. Les doy mi más alta calificación. Me aseguraré de que todo el mundo sepa que *todas* sus necesidades pueden ser satisfechas en The Gilded Lily.

Gina le dirigió una mirada mientras ponía una mano en el brazo de Michelle. —Quizá no quieras decirlo de esa manera. No quiero que nadie se haga una idea equivocada de lo que pasa aquí. Nada de finales felices y esas cosas.

Michelle miró a Gina de arriba abajo, y luego le guiñó un ojo a Dare. —Una verdadera pena. —Luego salió contoneándose, sus pantalones de yoga con estampado de leopardo haciendo que sus largas piernas parecieran las de un felino acechando a su presa.

Menos mal que bateaba para el otro equipo; su descarada sexualidad era un poco demasiado fuerte para su gusto, pero tenía que admitir que era potente.

O tal vez era porque estaba en la misma habitación que Gina y no podía quitarse de la cabeza el beso de anoche ni la escena de la cocina.

Su cuerpo se agitó de una manera que definitivamente no lo había hecho cuando tuvo la piel de Michelle bajo sus palmas.

—Así que, Darien. —Gina le dedicó una sonrisa radiante que era tan falsa como no lo había sido su reacción hacia él la noche anterior.

Maldita sea. No necesitaba revivir eso ahora mismo. Delante de todo el mundo. —¿Sí?

—Parece que sí sabes lo que haces ahí dentro. —Inclinó la cabeza hacia la sala de tratamiento—. Si pudieras cubrir unas horas mañana, te lo agradecería. Vamos a trabajar en algunas ideas de renovación, así que no podré atender mis citas, y prefiero no cancelarlas.

De hecho, le estaba pidiendo ayuda. Quién lo diría... Él trabajaba en Beef-Cake, Inc. mañana y se suponía que debía arreglar la escalera del ático de su vecina, pero probablemente podría posponerlo hasta el domingo. O tal vez contrataría a Gage para que se encargara. Después de todo, no podría avanzar con Gina si no estaba cerca de ella.

Y después de ese beso, definitivamente quería avanzar.

Capítulo Seis

Gina supo en el momento en que Darien entró al spa a la mañana siguiente. Era como si sus terminaciones nerviosas tuvieran un sensor especial solo para él.

—Oye, Geen —Candy chasqueó los dedos con manicura francesa frente a la nariz de Gina—. ¿Estás ahí, cariño? —hizo sonar el chicle que masticaba, imprimiendo un completo acento sureño en la última pregunta, una señal inequívoca de que Candy estaba irritada. Candy podía cambiar de acento como cambiaba de zapatos, pero su dama sureña interior solo salía a relucir cuando estaba sobrecargada de trabajo o emocionada por algo.

Gina esperaba de verdad que no fuera por Darien.

Espera... ¿qué? A ella le importaba un comino si Candy estaba interesada en Darien. Excepto para advertirle que no lo hiciera. Pero, desde luego, no porque a ella le importara en quién estuviera interesado él.

—Eh, Gina, te das cuenta de que tenemos que elegir estos artículos *hoy*, ¿verdad? El diecisiete se nos viene encima como un tren de carga y no me importa quién te esté distrayendo. Si quieres que este spa entre en la lista de los lugares imperdibles de la ciudad, tenemos que dejar a Sophie y a su hermana con la boca abierta, así que concéntrate en esto que tienes aquí delante, cielo. Ya podrás babear por el Chico de los Abdominales el dieciocho. De hecho, hasta te ayudaré si consigo que prestes toda tu atención a estas muestras de tela.

—No estoy babeando por Darien.

—Ajá —Candy siguió haciendo sonar el chicle al ritmo del pop navideño que había elegido para hoy. Gina iba a empezar a encargarse de la lista de reproducción—. Por eso ahora es Darien y no Froggy. Y mi nombre es Katie Scarlett —desplegó otra muestra de tela dorada sobre las otras seis que ya habían visto —. Ahora, ¿qué te parece esta para el interior de la moldura de caja de sombra?

—Es preciosa. Igual que la media docena anterior. ¿No podemos simplemente elegir una y ya?

—Bueno, claro que podemos *simplemente elegir una*, pero como que pensé que querrías seleccionar un tema. Seguir un patrón que podamos mantener en todo el lugar.

Gina se enderezó. —¿*En todo el lugar*? Candy, no tengo ese tipo de presupuesto de remodelación en mi cuenta bancaria —en especial si el negocio no repuntaba—. Pinté antes de abrir el local. ¿Qué tiene de malo como está ahora? —Gina miró a su alrededor. Le había metido mucho sudor y esfuerzo a esa pintura. Y a las molduras. Y a la iluminación. Y a los azulejos. Gage le había dado el precio más bajo posible por ser prima de Bryan, pero, aun así, su presupuesto había sido ajustado. Muchas noches se había quedado hasta altas horas aplicando mortero al reverso de los azulejos, maldiciendo a John y a su propia estupidez por haber creído en él.

—No tiene nada de *malo* —Candy recogió las telas doradas y las puso sobre las muestras de molduras que había traído—. El lugar está *perfectamente bien* como está y te irá *perfectamente bien* con el negocio. Pero te mereces más que estar *perfectamente bien*, Gina. Este lugar podría ser espectacular. Distinto al resto. Por encima de ellos. Con los contactos de Sophie... No podemos dejar pasar esta oportunidad.

—Entiendo eso, Candy, pero a menos que tú personalmente cosas los cojines y cuelgues los diseños de las paredes, no vamos a pasar de la etapa de compra —aunque sus dedos sí sintieron un cosquilleo al pensar en tener esa tela en su spa. Se le daba bastante bien la decoración, pero había tenido un presupuesto limitado. Con uno como el que Candy quería, claro, el lugar podría parecer un baño romano. El problema era que Gina no tenía fondos de la realeza.

Candy dejó de masticar chicle. —Tengo el dinero, Geen, y si tan solo dejaras de ser tan terca...

—No —Gina negó con la cabeza para dar más énfasis. Habían tenido esa conversación demasiadas veces como para tenerla de nuevo—. Ya hemos hablado de esto. Este es mi lugar y lo sacaré adelante o fracasaré por mi cuenta. No voy a aceptar el dinero de mi amiga.

—Entonces no lo *aceptes*. Piénsalo como una inversión. O un préstamo. Puedes devolvérmelo cuando este lugar empiece a expandirse por todo el negocio que tendrá. Lo cual sucederá. ¿Recuerdas el dicho «hay que gastar dinero para ganar dinero»? Si gastas ahora, tendrás suficiente para pagarme después. *Especialmente* después de que Sophie y su hermana se enamoren de nosotras.

Estaba tentada. Muy tentada. Candy de verdad tenía dinero por ahí sin hacer nada. —¿Y nuestra amistad? La cambiaría.

—Solo si tú lo permites. Yo no pienso hacerlo. O está en mi banco ganando intereses o te está haciendo un bien a ti. Mira, si quieres pagarme intereses para sentirte mejor, podemos hacerlo. Deja que mi extraña genialidad analítica le sirva de algo a alguien más que no sea yo y un par de miles de accionistas cuyos dividendos he aumentado. ¿Por favor?

Gina negó con la cabeza, esta vez con una sonrisa. Candy le estaba *suplicando* que aceptara su dinero. ¿Qué clase de amiga sería si decía que no?

Sin mencionar que, aunque el spa se veía bien, no era espectacular. Que era lo que debía ser para ganar el respaldo de una Sophie Cavanaugh. —Te pagaré intereses y eres la mejor amiga del mundo.

—Lo sé —Candy volvió a hacer sonar su chicle mientras metía todas las muestras en el carrito con ruedas junto a la mesa—. Entonces, usemos el patrón de escamas marroquíes para los insertos y esta moldura más delgada de aquí. Llamaré a Gage para ver qué tan rápido puede venir...

—No —en esto, Gina iba a ser inflexible—. Soy perfectamente capaz de usar una sierra de inglete, un poco de *découpage* y una brocha. Yo puedo armar esto.

—¿Para el jueves?

—¿Qué pasa el jueves?

—El día que las Cavanaugh vienen a su reunión. Lara estará lista con las bandejas de selección y me gustaría que dos de los terapeutas les dieran un avance de masaje.

—¿Un avance de qué?

—Ya sabes, un avance de lo que vendrá. Un masaje. Digo, no hay mucho más que María pueda hacer que sea diferente de otras manicuristas, y dudo que Sophie o Amalie quieran un corte de un peluquero nuevo tan cerca de la boda, pero los masajistas van a ser decisivos para el trato. Así que... —Candy se quitó el chicle, lo envolvió en un trozo de papel, lo tiró a la papelera y luego entrelazó los dedos en su regazo cubierto de cuero. Solo Candy podía lucir un vestido de cuero ceñido y el poncho de color crema a juego que llevaba—. Voy a ver si Darien viene en su día libre para ser uno de los terapeutas.

—Quieres que él...

—Dé uno de los masajes, sí. Estoy pensando que debería ser a Sophie. No querríamos poner nervioso al futuro novio —Candy se inclinó hacia adelante—. Piénsalo, Gina. El tipo es guapísimo. Y si se corre la voz sobre su otro trabajo... Tendrás mujeres haciendo fila desde aquí hasta el club para que les dé un masaje. Dejamos que Sophie pruebe un poco de eso y seguro que hará que se le suelte la lengua.

Eso era lo que a Gina le preocupaba. Sophie era preciosa. Y Darien estaba soltero.

Y no debería importarte.

No le importaba. Era negocio. —Creo que estás peligrosamente cerca del acoso sexual, si no del tráfico sexual o la prostitución, Candy. Como mínimo, de la discriminación de género.

—Ay, por favor —Candy agitó las manos y luego dejó caer las muñecas sobre sus rodillas cruzadas—. Eso es solo si algo, ya sabes, sucediera. Y si se intercambiara dinero. Darien es un profesional. O sea, debe tener miles de mujeres lanzándosele encima y, sin embargo, se dice que vive como un monje.

—¿Y eso cómo lo sabes?

—Ay, por favor, Geen. No me fastidies. Estuviste en el club. Las mujeres se lo comían con los ojos. Y aun así, fue directo hacia ti.

—No, no lo hizo. Esa es la mesa en la que siempre baila.

Candy se recostó y estiró sus botas de gamuza color camel frente a ella. —¿Y tú cómo sabes eso? ¿Me has estado ocultando algo? ¿Has ido al club sin mí? —Candy suspiró—. ¿A qué hemos llegado si tu mejor amiga te abandona en la noche de chicos?

—No hay tal «noche de chicos» —¡cómo se le ocurría!

—Entonces, ¿cómo sabes que es su mesa habitual? ¿Te lo dijo él?

Oh. Rayos. Sí, lo había hecho. Justo antes de besarla. —Yo, eh... Bryan dijo algo sobre eso cuando me iba.

Candy entrecerró los ojos. —¿Bryan, eh?

Gina asintió y fingió interés de nuevo en las telas.

—¿Y por qué Bryan estaría hablando de Darien contigo?

Se encogió de hombros y deslizó la mano bajo su muslo, cruzando los dedos al hacerlo. —Solo dijo que parecía que me había sentado en la mesa equivocada.

—Y, sin embargo, no te advirtió. Te hace pensar, ¿no?

Exactamente lo que no quería hacer. —No es para tanto, Candy.

—Ajá, ¿cielo? ¿Estuviste ahí esa noche? En realidad, sí fue *para tanto*, si sabes a lo que me refiero.

Claro que sí. De primera mano; en realidad, de primer muslo. Y estómago. Y un par de otras partes del cuerpo, pero, sí, Gina sabía exactamente a qué se refería Candy.

La tela se volvió *mucho* más interesante. —¿Estás segura de que deberíamos usar este patrón? Podría ser demasiado recargado.

Candy resopló. —¿Con que esas tenemos? De acuerdo, puedo captar una indirecta tan descarada.

Gina no dijo ni una palabra. No iba a morder el anzuelo. No con Candy. Candy haría que soltara toda la historia si no tenía cuidado.

—Pero, para que lo sepas —Candy le dio un codazo—. No creo que tengas nada de qué preocuparte. No tenía ojos para nadie más que para ti.

—Él no... —a Gina se le cayó la tela—. Espera. ¿Qué? ¿Estás loca?

—Ni un poco. Tú, sin embargo... —Candy recogió las muestras y se puso de pie—. Eso está por verse, ya que apenas le hablas al tipo y él te ha estado enviando regalos durante semanas. Algunas mujeres tomarían eso como una señal de que está interesado.

—O simplemente quería que lo contratara.

—Sí, porque trabajar en un spa es el sueño de ese hombre hecho realidad. Sin importar que gane un dineral en su trabajo nocturno. Seguro que esta es su manera de volverse legítimo y todo eso —Candy soltó una risita—. Te lo sigo diciendo, cielo, no todos los hombres son como John.

Quizás, ¿pero Darien? Candy escogió al único hombre que Gina *sabía* que era exactamente igual a su ex.

· · ·

John.

El nombre sonaba bastante inofensivo, pero con lo que Candy había dicho, el nombre de ese tipo era suficiente para hacer que a Dare le hirviera la sangre.

Alguien había herido a Gina. Alguien que no era él, lo que hizo que Dare se sintiera feliz y furioso al mismo tiempo. Deseaba que el dolor que él le había causado hubiera sido el peor que ella hubiera sufrido en su vida, pero el tono de voz de Candy —y la reacción de Gina a los comentarios de Candy— le decían que ese tal John le había hecho mucho más daño.

Así que ahora tenía *dos* demonios que combatir. Genial. Como si *su* problema no fuera lo suficientemente difícil.

Dare respiró hondo y echó los hombros hacia atrás. Bueno, al menos el trabajo de remodelación que ella necesitaba le daría más municiones para conquistarla. Podría significar un horario apretado y no dormir mucho, pero no podía dejar pasar la oportunidad de pasar más tiempo con ella.

—Oye, Candy —dobló la esquina hacia la oficina de Gina, asintiéndole a ella pero centrándose en Candy. No quería parecer demasiado intenso. Ni demasiado desesperado. Además, Candy no lo rechazaría.

—¿Sí, *papacito*? —Candy le pestañeó de una manera que lo hizo reír. La mujer era demasiado despampanante para tomarse en serio su coqueteo. ¿Por qué no podía interesarse en ella? Sería divertido y fácil hablar con ella. A diferencia de Gina, que prácticamente lo fulminaba con la mirada mientras él se apoyaba en el marco de la puerta.

No le dio importancia. Eso le facilitaría a ella echarlo a él y a su oferta de su oficina, y fácil era lo único que no podía hacerle. Lástima, sin embargo, porque esto *podría* ser fácil si ella tan solo dejara atrás el rencor.

Así que iba a tener que esforzarse. Literalmente.

—Las oí hablar sobre el apretado calendario de remodelación. Tengo algo de tiempo libre —cruzó los dedos a la espalda; no tenía tiempo libre. Pero, por Gina, lo encontraría—. Puedo ayudar. Gratis, por supuesto. El tiempo libre es, después de todo... —dejó ver sus hoyuelos—. Gratis.

Gina levantó una mano. —Oh, no creo...

—Pues yo sí —Candy le lanzó una mirada que solo alguien de otro planeta no entendería—. Tenemos un tiempo limitado y no quieres pagarle a Gage para que lo haga. Tienes tus limitaciones de presupuesto y nosotras tenemos limitaciones de tiempo, así que Darien aquí acaba de hacer que todo encaje —

se giró hacia él, su cabello moviéndose alrededor de sus hombros de una manera que le indicó que no era la primera vez que usaba esa melena para terminar una conversación—. Gracias, Darien. ¿Puedes empezar esta noche?

—Ah, esta noche... Bueno, no hasta después de que cierre el club. Los sábados son nuestra noche fuerte.

Sí, puede que le hubiera puesto un poco de énfasis al *fuerte*. Supo que Candy lo había captado cuando se mordió el labio mientras luchaba por no mirarlo de arriba abajo. La mujer era todo un caso; ¿por qué no podía interesarse en ella?

Finalmente miró a Gina. Ella se esforzaba por no fruncir el ceño, se notaba. O eso o llorar. Algo hacía que su labio inferior temblara.

¿Ira, tal vez?

Ninguna de esas opciones era buena. Necesitaba que le sonriera. Que le hablara. Que llegara a gustarle. —¿Quieren pasar un rato por el club primero? Yo las invito, por supuesto. La cena corre por mi cuenta. Luego podemos volver aquí y ponernos a trabajar.

—No puedo —Candy sacudió el cabello, guiñándole un ojo para que solo él lo viera—. Tengo planes.

—¿Gina? —era lo único que podía esperar.

—Gracias —dijo Gina—, pero voy a ponerme a trabajar ahora mismo.

Así que no fue la mejor conversación, pero al menos era un comienzo. Y tendría mucho tiempo esta noche para hablar con ella.

* * *

Pues, vaya idea esa.

Dare miró a Gina... que estaba dormida boca abajo sobre el cojín del banco en el que había estado trabajando, con la engrapadora debajo de la mano.

Se arrodilló a su lado, sonriendo cuando su aliento apartó unos mechones de cabello de su cara. Odiaba despertarla, pero había trabajo por hacer y muy poco tiempo para ello. Se odiaría a sí misma si no cumplía con el plazo, y él no quería ser responsable de eso.

Le apartó esos mechones, disfrutando un poco más del momento. Disfrutando de que no lo fulminaba con la mirada. Su rostro estaba en paz, las líneas en «V» entre sus cejas habían desaparecido, su cara relajada, sus labios suaves e hinchados...

Sí, esa sería la razón para despertarla. Demasiado tentadora, si no.

Le dio un golpecito en el hombro. —Vamos, Bella Durmiente. Hora de despertar.

Ella soltó un suspiro, sus labios revolotearon.

Dare estaba en un dilema. Quería besarla. El impulso se apoderaba de él con tanta fuerza que tuvo que reconocerlo. Hacía mucho tiempo que no sentía la *necesidad* de besar a una mujer. *Ganas*, sí, ¿pero *necesidad*? Sinceramente no podía recordarlo. Probablemente a ella, en el décimo grado; y eso no había sucedido entonces.

Pero lo de la otra noche... Eso simplemente había sucedido, había sido algo del momento. Pero ahora, estar aquí con ella así, sin nadie alrededor, en la oscuridad de la noche, solo ellos dos, y ella viéndose tan endemoniadamente bonita...

Sus labios rozaron los de ella, apenas un toque.

Ella murmuró con satisfacción, girando ligeramente la cabeza, y a Dare le costó todo su autocontrol no profundizar el beso. Pero la quería despierta para eso, no en un estado de somnolencia, probablemente soñando con algún tipo que no se llamara John. O Froggy.

Sí, lo mataría si ella se despertaba fulminándolo con la mirada mientras los labios de él estaban sobre los suyos.

Dare se reclinó hacia atrás. Tardó unos segundos en controlar su respiración. En hacer que sus manos dejaran de temblar.

Exhaló. Realmente tenía una tarea difícil por delante, pero ya que tenía esta oportunidad, iba a aprovecharla al máximo. Lo que significaba despertarla de cualquier sueño que le hubiera puesto esa sonrisa en la cara.

Le gustaría pensar que soñaba con él, y que ese beso la había hecho sonreír aún más.

—Gina. —Le apartó el pelo de la cara, resistiendo el impulso de ahuecarle la mejilla.

Ella se acurrucó contra el banco. O era el malo que la despertaba o el malo que la dejaba dormir y perder este tiempo para trabajar en el spa. Una situación en la que perdía de todas formas.

Más o menos como había sido toda su relación con ella.

Necesitaba cambiar eso, a partir de ahora.

Deslizó los dedos por la mejilla de ella. —Gina. Cariño. Tienes que despertar. Tenemos trabajo que hacer.

. . .

Dios mío, hasta escuchaba a Darien en sus sueños.

Gina giró la cabeza contra algo suave. ¿Acaso no podía sacárselo de la cabeza ni por unas horas? Hacía años que no pensaba en él y ahora que había vuelto, ¿incluso invadía sus sueños? ¿No podía una chica tener un respiro?

—Gina. Despierta.

Algo le tocó el hombro.

Oh, Dios. Eso era demasiado real. No estaba soñando. Él estaba aquí.

Gina parpadeó. Ahí estaba él, con esa sonrisa y esos hoyuelos tan potentes como los recordaba.

¿Qué hacía en su departam... Oh. El spa. Había estado trabajando en el banco y se había...

Oh, por el amor de Dios. Se había quedado dormida. Qué humillación.

Por favor, por favor, por favor, Dios, que no haya estado babeando.

Giró la cabeza, escondiéndola en su pelo, e intentó limpiarse cualquier rastro de baba disimuladamente. Qué vergüenza.

Lo de siempre con Darien.

—¿Estás despierta, Bella Durmiente?

—No me llames así. —Arrastró los labios por la tela de piel de oveja sintética y lo fulminó con la mirada; un efecto que se arruinó por el enorme mechón de pelo que le cubría la cara.

—¿Por qué no? Estabas durmiendo y eres hermosa.

Su corazón dio un brinco ante ese cumplido. Y ella también, poniéndose de rodillas. —No... Solo... no lo hagas. —Sacudió la cabeza para quitarse los rizos de la cara—. Esta es una relación de trabajo, recuérdalo.

El rostro de él adoptó una extraña expresión por un segundo, pero luego volvió a sonreír.

Malditos hoyuelos. Hacían que fuera difícil seguir enojada con él.

—Bueno, entonces. Será mejor que empecemos esta *relación de trabajo*, ¿no crees? —Se puso de pie y le tendió la mano—. ¿Por dónde quieres que empiece?

Que no la tocara sería un buen comienzo, pero eso sería mezquino de su parte, así que tomó su mano...

Y la soltó en cuanto se puso de pie. —Eh... —Se apartó más rizos de la cara

—. Las paredes de la recepción necesitan pintura, luego yo haré las vitrinas con las inserciones de tela.

—Suena como un plan. —Se dio la vuelta, aparentemente indiferente al hecho de que ella le hubiera soltado la mano tan rápido.

Lo cual era bueno. No necesitaba darle nenhum tipo de aliento.

—¿Dónde está la pintura?

Señaló pasillo abajo, donde había arrastrado todos los materiales que Candy había comprado más temprano. —En el clóset. Yo terminaré este banco y luego me pondré a medir la moldura. —Eso la mantendría en un lado del área de recepción mientras él trabajaba más adelante.

La ventaja de trabajar detrás de él sería la vista. Como la que tenía mientras él caminaba tranquilamente por el pasillo.

Sacudió la cabeza. ¿Por qué siquiera estaba mirando? Por alguna razón, Darien se había propuesto volver a su vida y volverla loca. No lo entendía. ¿Por qué ahora? ¿Por qué ella? Como dijo Candy, debía de haber un millón de mujeres facendo fila por su atención; ¿por qué se fijaría en ella?

Siempre podrías preguntarle.

Cierto. Podría. Pero entonces él pensaría que estaba interesada y no lo estaba. Ese barco había zarpado hacía mucho tiempo.

Pero ciertamente llegó a puerto anoche.

Puso los ojos en blanco. Si su subconsciente fuera una persona real, le daría un golpe en la frente.

—¡Ay!

…Lo que sonó como lo que Darien acababa de hacer, ya que una mezcla de golpes, tintineos y chirridos metálicos emanó del armario de suministros.

—¿Estás bien? —gritó.

—De maravilla.

No pudo evitar sonreír ante ese juego de palabras con el color durazno del uniforme. Era lo más cercano que había podido llegar al dorado sin que su personal pareciera estatuillas de los Óscar. Y los lirios tigre en los que derrochó para el mostrador de recepción permitían que «dorado» y «lirio» equivalieran a durazno. Claro, había optado por nochebuenas para las fiestas, pero las de color salmón eran bastante parecidas.

Ambas funcionaban en su mente. Pero se alegraba de añadir estos acentos en los que Candy había insistido. Su amiga tenía razón; la decoración actual, aunque agradable, serena y profesional, no destacaba. Quería algo que Amalie y Sophie recordaran.

—Oye, jefa. —Darien asomó la mitad superior de su cuerpo fuera del clóset—. ¿Cuál pintura?

Por supuesto, siempre estaba *él*. Ellas lo recordarían a *él*.

—Mmm, las del estante de abajo a la derecha. —Gina sacudió la cabeza. Y, *de nuevo*, Candy tenía razón. Si la presencia de Darien hacía que las mujeres hablaran, valdría la pena aguantarlo.

"—Así que no encontré nenhuma cinta de pintor ahí atrás. Menos mal que soy bueno para recortar. —Darien cargó dos galones de pintura, una cubeta con brochas y algunas herramientas, y la bandeja de pintura y el rodillo en un solo viaje, cuando a ella le había tomado tres.

Sí, lo aguantaría durante la despedida de soltera, pero después de eso, podía ir a desplegar sus encantos a otra parte.

Porque entonces ya no lo necesitaría más.

* * *

Lástima por ese pensamiento.

Gina marcó la pieza de moldura a metro sesenta de su cinta métrica. Darien era increíblemente útil. Sabía lo que hacía, también. Y si olvidaba quién era y lo que le había hecho todos esos años atrás, en realidad era *agradable*. Era divertido. Tenía un montón de historias y no tenía miedo de compartirlas con ella. Se menospreciaba a sí mismo y era humilde, y cuando se reía...

Sacudió la cabeza y apoyó la muñeca en la sierra ingletadora. Cuando él se reía, su estómago se agitaba.

Y no en el mal sentido.

Que era exactamente la razón por la que tenía que irse.

—Oye, Mujer Maravilla. —Darien silbó.

—¿Mujer Maravilla? —Se giró, la liga del pelo deslizándose por su improvisada cola de caballo—. ¿De dónde sacaste eso?

—Oye, cualquier mujer que pueda manejar una sierra de mesa como tú y verse bien haciéndolo es una maravilla para mí. —Bajó de la escalera.

—¿Qué libro estás leyendo? ¿El catálogo de Sears de 1950?

—Me alegra ver que no has perdido tu sentido del humor entre tanto aserrín. —Dejó el rodillo en la bandeja de pintura y se sacudió las manos; esos malditos hoyuelos aparecieron de nuevo.

—¿Querías algo, Darien?

Supo en el momento en que las palabras salieron de su boca que eran las equivocadas.

Él arqueó una ceja y se acercó a ella pavoneándose. —Bueno... ya que lo pones así.

—Detente ahí mismo. —Sostuvo la cinta métrica frente a ella. Como arma era patética. Pero como barrera simbólica...

Sí, seguía siendo patética.

Pero Darien se detuvo. Levantó las manos. —Solo me preguntaba si tienes algo de comer en este local. Cené hace un rato y bailar da hambre, ¿sabes?

Hambre.

Él.

Bailar.

Sí, ella lo sabía.

—Mmm... debería haber algo en el cuarto de suministros, en el frigobar. Quizás una manzana o un yogur.

—Vaya, ustedes las mujeres sí que saben cómo llegar al corazón de un hombre. —Dio media vuelta mientras Gina les decía a las mariposas que emergían en su estómago que volvieran a hibernar. O a la metamorfosis, lo que fuera.

En realidad, lo que pasaba era que era tarde. Y estaba cansada, y estaban solos aquí. Creaba una... atmósfera. Una intimidad que trabajar juntos a la luz del día no tenía. El cielo negro de la noche fuera de las ventanas actuaba como una cortina, protegiéndola a ella y a Darien del resto del mundo. Como si nadie pudiera verlos. Sabía que no era cierto, but when she was with him, it was as if... as if...

Como si solo fueran ellos dos contra el mundo.

Okay, eso era demasiado dramático. Porque estaba agotada.

Colocó la moldura contra la pared. La cortaría mañana. Desenchufo la sierra, luego le puso la lona protectora encima. Era hora de dar por terminada la noche.

—Oye, pensé que todavía nos quedaban las dos últimas paredes. —Darien le dio una mordida crujiente a la manzana que ya casi se había comido.

Se quitó las gafas de seguridad y se frotó la nuca. —Si quieres quedarte a pintarlas, sería genial, pero yo podría cortarme un dedo con esta cosa, porque estoy tan cansada que no veo bien.

—Bueno, entonces, —lanzó el corazón de la manzana a la bolsa de basura en el suelo— en aras de la seguridad, tanto la tuya como la del público en general, debería llevarte a casa.

«¿De quién?» quiso preguntar, pero no lo hizo. Eso sería meter la pata.

No es lo único que quieres me...

Recogió la moldura. Obviamente había pasado el punto de *cansada* y se dirigía firmemente hacia *delirante*. —No. Gracias. Estoy bien.

Él inclinó la cabeza, sus ojos entrecerrándose mientras la miraba.

Era una mirada endemoniadamente sexi.

Okay, se acabó. O te subes a tu auto o te le tiras encima, pero tiene que haber algún tipo de acción ahora mismo.

—¿Estás segura de eso, Gina? —Su voz era suave. De dormitorio.

¿De dormitorio? ¿Es eso siquiera una palabra?

Lo era cuando él decía su nombre así.

Gina se sacudió la niebla mental de la que, tristemente, no podía culpar al alcohol, sin esperar a que su conciencia la golpeara metafóricamente en la nuca. Como debería. —Sí. Estoy segura. Simplemente... de maravilla.

Él se rio entre dientes mientras daba un paso hacia ella. —Bueno, si estás de humor para bromear, entonces supongo que estás bien para manejar.

—Te sigo diciendo, Foster, no eres mi jefe. —Apoyó el borde de la moldura en el suelo frente a ella como un bastón. O una espada. Algo para evitar que se acercara demasiado.

Sí, eso no funcionó. Dio demasiados pasos dentro de su espacio personal y le quitó la moldura de las manos. —¿Recuerdas lo que pasó la última vez que dijiste eso?

Y así nomás, con su voz baja, esa mirada sexi y el recuerdo de la otra noche, sus piernas se convirtieron en gelatina.

Sería tan fácil...

Oh, claro que no. Enderezó la espalda. —¿Y *tú* recuerdas lo que te dije después? Que no va a volver a pasar. Y no pasará.

¿Cómo era posible que tuviera espacio para dar otro paso adelante?

—De verdad. —Apoyó la moldura contra la mesa detrás de ella.

Ella tragó saliva. —De verdad. —¿Por qué lo suyo sonaba a pregunta y lo de él sonaba a... a una... promesa?

De alguna manera, sus dedos terminaron rozando apenas la parte inferior de su barbilla y, estúpida barbilla que tenía, se lo permitió. Incluso siguió su directiva.

Así como sus labios se separaron mientras los de él descendían.

Dios santo, el hombre olía bien.

Sabía mejor.

Se sentía… increíble.

—¿Ves? —Su aliento en la comisura de su boca envió cosquilleos que rebotaron por todo su cuerpo.

Su palabra tardó unos segundos en atravesar el laberinto de descargas eléctricas que incendiaban sus terminaciones nerviosas, pero cuando lo hizo…

Se liberó de ese abrazo.

Y chocó contra la mesa.

Lo que la hizo caer.

Gracias a Dios, Darien tenía buenos reflejos porque logró atraparla antes de que su trasero golpeara el suelo.

Y entonces se dio cuenta de dónde estaba la palma de su mano.

—¡Suéltame! —Se zafó de sus brazos tan rápido que de todos modos terminó aterrizando en el suelo de trasero, pero estaba tan furiosa que no sintió nada más que su orgullo herido. Cómo se *atrevía* a manosearla mientras fingía ayudarla a salir de una situación que *él* había provocado.

—¿Que te *suelte*? —Sus ojos se abrieron como platos—. No estaba *sobre* ti. Te estaba *ayudando*. Pero si prefieres que no te salve de caerte de culo, solo dímelo y me mantendré bien lejos.

Se puso de pie. —No habría estado en esa posición si no me hubieras…

—¿No te hubiera qué? ¿Besado? No te estás quejando porque te besé, eso es seguro. Te quejas porque te gustó. —Se cruzó de brazos.

Ahora ella se cruzó de brazos. —No es cierto.

—Oh, vamos, Gina. ¿Qué tenemos, cinco años? Te gustó tanto como a mí. Tanto como te gustó la otra noche, también. —Agarró su sudadera con capucha del banco que ella había retapizado y la señaló—. No estás enojada conmigo; estás enojada contigo misma porque, por alguna razón, no quieres sentirte atraída por mí. Bueno, adivina qué, cariño. Despierta y huele los lirios. Te *sientes* atraída por mí y yo, que Dios me ayude, me siento atraído por ti. Así que, ¿por qué no resuelves qué vamos a hacer al respecto antes de que tengamos que volver a vernos mañana? —Se puso la sudadera de un tirón mientras caminaba con paso airado hacia la puerta—. Y maneja con cuidado a casa, ¿quieres? O terminarás culpándome por tu accidente y, Dios sabe, no necesito más culpa en mi conciencia en lo que a ti respecta. —Cerró la puerta de un portazo detrás de él, las campanillas tintineando frenéticamente.

Gina se puso de pie de un salto. ¿Atraída por él? ¿*Atraída* por él? Vaya, qué tipo tan egocéntrico, narcisista, ensimismado...

Verdades.

Esa única palabra le quitó todo el ímpetu a sus aires de indignación.

Se sentía atraída por él y *estaba* enojada por ello.

Y estaba aún más enojada porque él tenía razón sobre toda la situación.

Capítulo Siete

—Por Dios, Gina, ¿acaso duermes alguna vez? —Debby, una de las estilistas, se quitó su abrigo de piel sintética fucsia—. No esperaba que estuvieras aquí tan temprano.

Gina tampoco, pero como *no* había podido dormir... —Hay muchas cosas que hacer antes de que lleguen Sophie y su hermana.

—Qué emocionante, ¿verdad? —Debby sacudió el abrigo en la puerta principal, dejando entrar una ráfaga de aire de diciembre, junto con la nieve que Gina había estado tratando de mantener afuera—. Uy, lo siento. Ya lo limpio.

—Estoy segura de que no serás la única que lo haga hoy. —Gina sacudió la cabeza para quitarse unos rizos rebeldes de la cara mientras alisaba las últimas inserciones de tela en la pared. Llevaba ya dos horas aquí; le vendría bien una siesta.

—¿Estamos con la agenda llena? —Debby colgó el abrigo en el armario y luego se puso un delantal dorado sobre el uniforme.

—La agenda dice que sí, pero con este clima, no sé cuántas clientas van a llegar de verdad.

—Escuché que va a parar pronto y a empezar otra vez en mitad de la noche. Seguro que Charlotte y Stacey están ansiosas por irse de la ciudad. —Debby encendió las luces de su estación—. Ojalá yo también fuera.

Gina también. No había tenido vacaciones desde... Bueno, desde las que pagó cuando a John supuestamente le robaron la billetera en el aeropuerto. El cabrón nunca le devolvió el dinero de las comidas, el alojamiento ni de todos los tours que hicieron. Puede que Costa Rica no fuera un país del primer mundo, pero las vacaciones no habían sido baratas.

A diferencia de John.

Retrocedió para estudiar la decoración de la pared y asegurarse de que estuviera recta y uniformemente colocada, apartando a John de su mente. Había estado obsesionada con él, pero había aprendido la lección.

Entonces, ¿por qué estuviste despierta media noche pensando en Darien?

No había estado pensando *en* él; había estado tratando de averiguar qué *hacer* con él.

Tanto monta, monta tanto...

—Bueno, um... —Debby se aclaró la garganta—. Me preguntaba...

Gina la miró por encima del hombro. —¿Qué?

—¿Hay..., ya sabes...? —agitaba las manos—. O sea, quiero decir, ¿hay algo...?

Gina se dio la vuelta. —¿Qué pasa, Deb?

—¿Tú y Darien están...? O sea, si te gusta, lo entiendo totalmente y nunca haría nada que, ya sabes, pusiera en peligro nuestra amis...

—Por Dios, no. —Gina no pudo soltar las palabras lo suficientemente rápido—. No. Simplemente... no.

—¿Estás segura? —Debby se echó un mechón de su cabello caoba violáceo por encima del hombro—. Porque parece que le gustas y pensé que...

—Darien Foster no está interesado en mí. Es... es solo alguien que conozco desde hace tiempo y...

Te ha besado hasta dejarte sin sentido.

—No. Definitivamente no hay nada entre nosotros. Adelante. Siéntete libre. —Gina tomó la moldura que había precortado para poner sobre la tela—. Pero, ¿podrías pensarlo *después* de la fiesta de la novia? No quiero ningún drama durante el evento, y si las cosas no funcionan entre ustedes, podría volverse incómodo. —Eso era quedarse corta—. Además, él no estará aquí después de la fiesta de la novia, así que sería mejor para todos.

Oh, sí que estaría aquí. De eso, Gina podía estar segura.

Dare se detuvo justo antes de doblar la esquina. Había entrado por los muelles de carga porque no quería ocupar un lugar en el frente por si seguía nevando todo el día y la compañía de quitanieves no llegaba a tiempo. Su camioneta podía manejarse mejor en la nieve sin arar que la mayoría de los autos de los clientes.

También había esperado encontrar a Gina en su oficina, pero cuando escuchó su voz al frente, se dirigió hacia allí.

—¿No estará? —la voz de Debby sonaba decepcionada—. Rayos. Voy a extrañar tener ese bombón por aquí.

—Siempre puedes ir a BeefCake, Inc.

Debby se rio entre dientes. —Ya lo hice, jefa. Por eso mi pregunta.

Dare se inclinó un poco más.

—Como te decía, Deb, no hay nada entre Darien y yo, pero te agradecería que mantuvieras tu libido bajo control hasta después de la fiesta de la novia.

¿Nada entre ellos? Para él un par de besos no eran nada, pero si para ella sí lo eran... Iba a tener que trabajar en eso.

Sin embargo, no iba a trabajar en Debby. Gina era la única mujer que quería.

—Oh, bueno, claro. O sea, si a ti te parece bien...

—Adelante, Deb. No podría importarme menos.

Ajá. Claro. Por eso su cuerpo había reaccionado como lo hizo la otra noche en su cocina.

Dare sonrió. Gina podía negarlo todo lo que quisiera, but se sentía atraída por él.

Consideró por un momento aceptar la oferta de Debby solo para provocar una reacción en Gina, pero no sería justo para Debby. Además, él no era el tipo de hombre que ilusionaba a una mujer simplemente para poner celosa a otra, y aunque se sentía halagado de que ella estuviera interesada, la verdad era que a él no le interesaba.

Afortunadamente, su conversación cambió al horario del día y les dio uno o dos minutos antes de anunciar su presencia. Avergonzaría a Debby si supiera que él la había escuchado, y pondría a Gina a la defensiva. Definitivamente no era donde la quería.

—Hola, chicas. —Dejó su caja de herramientas en el medio muro entre el área del salón y el pasillo hacia las salas de masajes de atrás—. ¿Creen que estaremos ocupadas con este clima?

—Algo. Las raíces canosas son un incentivo poderoso. —Debby logró ocultar su expresión de sorpresa lo suficientemente rápido como para que, si él no hubiera escuchado su conversación, probablemente no lo habría notado.

Gina, por otro lado, se sonrojó hasta la raíz del cabello.

Sus labios se torcieron. Tenía tantas ganas de confrontarla por su afirmación de que no había nada entre ellos, pero no lo haría. Sería mejor dejarlo para otro momento y lugar.

—¿Estás segura de que quieres que pinte mientras están aquí, Gina? —se aseguró de usar su nombre para que no pudiera evitar responder una pregunta directa.

Sin embargo, sí podía evitar mirarlo mientras lo hacía. —Una vez que empiecen con los tintes, no importará si estamos asando hígado encebollado aquí dentro. De ahí las velas aromáticas en todas las salas de tratamiento.

—Sabes, podríamos instalar un sistema de filtración de aire solo para el área del salón. No eliminaría por completo el olor, pero se desharía de una buena parte. De esa manera, podrías reducir tu presupuesto para velas. —Y el tiempo extra de construcción le daría más motivos para estar cerca de ella. Les había funcionado anoche; ella de hecho había bajado la guardia.

Hasta que él fue demasiado lejos y la besó.

En realidad, el beso no había sido lo que había forzado la situación, sino tratar de hacerla admitir que le había gustado. Necesitaba tomarse las cosas con más calma.

Pero, diablos, era difícil estando cerca de ella.

—Gracias por tu opinión, Fo... Darien. La pondré en la lista de Cosas a Considerar una vez que el negocio mejore. —Tomó la pistola de clavos—. Estoy lista para clavar esto. ¿Crees que puedas terminar las otras paredes antes de que lleguen tus citas?

—Sus deseos son órdenes, mi lady. —Hizo un gesto con la mano frente a su rostro mientras hacía una reverencia.

El movimiento pasó desapercibido para Gina, ya que se había dirigido a la pared del fondo, pero Debby soltó una risita.

¿Por qué no podía desear a nadie más que a Gina?

¿Por qué demonios la deseaba a ella? No le daba ni el más mínimo estímulo, apenas le hablaba a menos que él la obligara, y le había dejado más que claro que no quería nada con él.

Hasta que sus defensas habían caído en su apartamento.

Esos sonidos que hacía en el fondo de su garganta... Su aroma... La sensación de sus labios sobre los de él, su lengua enredándose con la suya...

Esa era la razón por la que no se rendía.

Dare tomó su caja de herramientas, usándola para proteger su «herramienta» de todos. La metáfora le hizo reír. Lo cual era mejor que gemir.

Pero, diablos, lograr que Gina le diera una oportunidad estaba siendo más duro de lo que había pensado.

Y lo decía en todos los sentidos posibles.

Capítulo Ocho

—¿Y quién es el papacito?

—Me encanta el nuevo ambiente, Geen.

—Buen trabajo arreglando el lugar, cariño.

Los comentarios no pararon en toda la mañana y las señoras no hablaban de la pintura, aunque sí la mencionaban de vez en cuando. Eso era *después* de que averiguaban todo lo que querían saber sobre Darien.

Darien se tomó el interés con naturalidad. Gina lo observaba, de cerca. Y no porque se viera bien con la camisa tipo polo que se le ajustaba a sus anchos hombros y le resaltaba los pectorales, sino porque era muy atento con cada mujer que le hablaba. Como si fueran las únicas en el lugar. Sus dos clientas prácticamente no pararon de elogiarlo después de sus masajes.

Otro encantador. Uno pensaría que ya habría aprendido.

—¿Gina? —Darla Strayer tomó una galleta de Navidad de la bandeja que una de las clientas había traído y que estaba sobre el mostrador de la recepción.

Gina apartó su atención de Darien. —¿Sí?

—El nueve... me preguntaba si puedo reservar un tratamiento de día completo para mi hija y para mí. Sé que es de última hora, pero el novio de Bridget acaba de romper con ella y estará de vacaciones de invierno, así que pensé que sería un lindo detalle de mi parte hacer algo por ella. ¿Sabes cómo es cuando te rompen el corazón por primera vez?

Me lo dices a mí. —Por supuesto, Darla. Las anoto. ¿Algún masajista en específico?

La mirada de Darla se desvió hacia Darien, que estaba moviendo la escalera hacia la pared lateral, los músculos de su espalda flexionándose de una manera bastante espectacular bajo su camisa. La mujer prácticamente estaba babeando.

—Bueno, pensé...

—Te anoto con Darien. —Gina intentó no suspirar. Tenía un personal perfectamente bueno; ¿por qué *él* tenía que ser el que la gente quería?

—Oh, no para mí. Para Bridget. —Darla le guiñó un ojo—. Nada como *eso* para hacer que una chica se olvide de otro tipo, ¿verdad?

Gina esbozó una sonrisa forzada. *El cliente siempre tiene la razón.* Pero, ¿en serio? ¿Una chica de diecinueve años? A Darien no le interesaría una niña.

¿Y por qué te importa?

—Para Bridget, entonces. —No le importaba—. ¿Y para ti?

—Quien sea. No soy exigente.

Ajá. Por eso se estaba comiendo a Darien con los ojos. —Okay, están ambas anotadas para el nueve para un masaje, un manicura/pedicura y un peinado a partir de las nueve. —Stacey se iba ese día y Charlotte ya estaba ocupada, así que anotó a Darla con ella—. ¿Te parece bien?

—Perfecto.

Gina asumió que eso significaba que la hora de la cita le venía bien a Darla, no que era un comentario sobre el trasero de Darien, aunque Darla prácticamente lo estaba acariciando con la mirada.

Gina rellenó la tarjeta de la cita y se la entregó a la mujer junto con su tarjeta de crédito y el recibo. Darla los metió en su bolso sin parecer notarlos.

—Nos vemos entonces, Darla.

—Ajá.

Y así continuó. Cliente tras cliente comentando sobre la nueva decoración, incluida la de dos piernas.

Darien era todo un éxito.

—Buena elección con el chico nuevo, Gina. —Stacey rodeó el mostrador de recepción para poner algo en el libro de citas—. Es un imán para las chicas. Apuesto a que sus citas están llenas hasta el próximo siglo.

Candy se sacó una paleta de la boca mientras echaba a Gina del asiento de la recepción después de su descanso de la tarde, que, en el mundo de Candy, implicaba investigar acciones para la bolsa de la próxima semana. —

Parece que se están llenando. Fue una muy buena idea mía traerlo. ¿Verdad, Geen?

Odiaba que Candy tuviera razón. Y odiaba que Candy no solo *supiera* que tenía razón, sino que se estuviera *regodeando* en restregárselo en la cara. La maldita Froggy, de todas las personas. —Supongo, pero no estoy segura de cómo va a ayudar a poner este lugar en la forma que necesita estar, si está *tan* ocupado.

Candy la señaló con la paleta —naranja, a juego con su suéter y sus uñas —. —Deja que yo me preocupe por eso. Soy una diosa de la programación. Tú solo vuelve con tus herramientas y sigue cortando esa moldura. Se acerca una tormenta esta noche, así que tenemos que apurarnos con esto por si perdemos un día.

—¿Así que ahora eres contratista general?

—Oye, le ofrecí pagarle a Gage, pero tú estabas en plan «yo me encargo», así que... más te vale que te encargues. El plan solo funciona si las hermanas Cavanaugh ven el producto terminado. Ah, y hablando de eso, los candelabros llegan el miércoles.

—¿Candelabros? ¿Qué candelabros?

—Tranquila. Lo tengo todo cubierto. Sabía que intentarías recablear el lugar tú misma y solo Dios sabe qué pasaría si lo haces, así que arreglé para que Trent, el amigo electricista de Gage, viniera a encargarse. Gratis, debo añadir.

—¿Se parece a Darien? —preguntó Kaya mientras se acercaba al mostrador para pasar la tarjeta de crédito de Caroline Jacobs por su nuevo corte de pelo —. Si es así, ¡me lo pido!

—No puedes pedirte a los chicos. —Gina resopló.

—¿Quién dice? Es el código de chicas. La primera que se lo pide se lo queda. Todas las demás tienen que hacerse a un lado. —Kaya pasó la tarjeta e introdujo el total—. Como Debby le ha echado el ojo a Darien, yo me pido al siguiente chico guapo que entre por esas puertas.

Gina negó con la cabeza. —Chicas, estamos manejando un negocio, no un burdel.

Candy arrancó el recibo de la impresora y se lo entregó a Kaya. —Los burdeles *son* negocios, Geen, pero creo que te refieres a un rancho. ¿No es así como los llaman en Las Vegas?

Gina suspiró y se alejó del área de recepción. Todas se habían vuelto locas. Hacía una semana, tenía un personal perfectamente respetable y profesional, y ahora, gracias a Darien, todas se habían convertido en unas calenturientas depravadas.

Esta despedida de soltera no podía terminar lo suficientemente pronto para que pudiera recuperar a su personal y su vida —y su propia libido— a la normalidad.

Se dirigió de vuelta al cuarto de suministros donde había instalado su sierra de ingletes.

Por supuesto, *tenía* que pasar por delante de la sala de tratamiento —es decir, *suite*— número tres *justo* cuando Darien salía.

—Oye —dijo él.

Oye. Por qué esa sola palabra debía encender sus terminaciones nerviosas, no lo sabía. Aunque podría tener algo que ver con sus bíceps flexionándose mientras doblaba una lona protectora. —¿Ya terminaste por hoy?

Se preguntó ella, esperanzada.

Darien ladeó la cabeza, sus ojos entrecerrándose. —Eh, sí. El trabajo nocturno, ¿recuerdas?

Como si pudiera olvidarlo. —Bueno, entonces, gracias por venir hoy. Hemos, eh, oído cosas buenas.

El casi babeo de Darla era un testimonio de ello.

—Volveré después del show esta noche.

—No es necesario. Se espera una tormenta. Vete a casa.

—¿Y dejarte haciendo todo el trabajo pesado? Tengo una camioneta; ¿qué es un poco de nieve?

Algo peligroso si se quedaban atrapados aquí, eso era. —Soy perfectamente capaz de encargarme de las cosas pesadas, ¿sabes?

—Igual que fuiste perfectamente capaz de encargarte de la botella rota en tu apartamento la otra noche, ¿no? Por cierto, ¿cómo está tu, eh, herida?

—No es asunto tuyo. —Se cruzó de brazos.

—Ah, pero *fue* asunto mío durante unos buenos diez minutos. —La sonrisa arrogante y demasiado encantadora de Darien apareció. Con hoyuelos y todo.

Maldito sea.

Su cara ardió. —Un caballero no me recordaría eso.

—Nunca dije que lo fuera. Aunque, se sabe que ayudo a una dama en apuros. Como tú puedes atestiguar.

Se ajustó la bata, negándose a morder el anzuelo. —En serio, estaré bien.

No necesito que te destroces esa cara bonita en un accidente o algo así. Este es mi local; yo me encargo.

—¿Bonita, eh? Estás dispuesta a admitir que hay algo que te gusta de mí. Aparte de mi beso, claro está.

¿Podía arderle más la cara?

¿Podía él estar más bueno?

Gina respiró hondo. Estaba jugando con ella. Como siempre. —En serio, Foster, no estás de turno esta noche. No vengas. Haz tu show, vete a casa, toma una ducha, métete en la cama. O lo que sea que hagas después de un show. —Algo en lo que no quería pensar—. No te necesito esta noche.

El brillo en los ojos de Darien —tan parte de él que no lo había notado realmente hasta que desapareció— se atenuó. —Bien. Te escucho. Alto y claro. —Se pasó una mano por el pelo y luego abrió la boca... pero la cerró.

Luego se dio la vuelta y se marchó.

Gina lo vio irse, ese caminar desgarbado, alto e inherentemente sexy que la hizo observarlo todo el camino por el pasillo, a través de la puerta y luego fuera de su vista.

Exhaló. Esto era bueno. Mejor que bueno. Sí, él era sexy y, sí, la excitaba, pero si la experiencia pasada servía de algo —y solo un tonto repetía los errores del pasado esperando un resultado diferente—, esto terminaría mal.

Un galán una vez, un galán siempre. La cabra siempre tira al monte.

* * *

—¿Quieres que me ponga *qué*? —Dare miró las... *mallas*... que colgaban frente a él.

Las mallas de leopardo.

—La última vez que revisé, Gage, los bomberos no usan pantalones de yoga cuando combaten incendios.

—Vamos a cambiar las cosas para el segundo acto. Para mantenerlo fresco. —Gage le arrojó las ofensivas prendas.

Dare las estrujó en su puño. —Los estampados de animales pasaron de moda en los setenta.

Gage se encogió de hombros y le lanzó un par de rayas de tigre a Darryl. —Oye, todo vuelve. Las mujeres quieren verlos, y cito, «en ajustadas pieles de animales». Como asumo que no se refieren a pieles de verdad, vamos a probar con estas. Tenemos de guepardo, cebra, jirafa...

—¡Pido la de elefante! —Jace contoneó las caderas por si no entendían la referencia.

Samps —Carlo Sampani— le dio un manotazo en el pecho. —Novato, tomarás lo que te den y te gustará. Además, todos sabemos que Markus se queda con la de elefante.

La comisura de la boca de Markus se curvó, pero no dijo ni una palabra. No era necesario. No había discusión posible.

—¿De verdad hicieron grupos de enfoque sobre lo que se supone que debemos usar? Pensé que la idea era *no* usar nada. —Dare podía sentir sus pelotas subiendo a su cuerpo al pensar en aplastarlas con esa tela ajustada.

—Pusimos tarjetas de encuesta en las mesas. Más vale darles a las damas lo que quieren, y como no somos damas, no podemos saber qué es eso a menos que nos lo digan.

—Diablos, la mitad de las chicas con las que salgo ni siquiera saben lo que quieren —murmuró Dominic mientras se frotaba el pelo mojado con la toalla que, segundos antes, había estado alrededor de sus caderas.

Dare negó con la cabeza. —¿Así que tenemos que cambiar nuestras rutinas sobre la marcha?

Gage enarcó una ceja. —Puedes hacer lo que quieras ahí arriba; no es que busquen exactamente una rutina. Haz ese gateo de pantera que normalmente haces al final un par de veces más, perrea en el escenario, infla los bíceps... No están aquí por la coreografía, solo por los cuerpos que hacen esos movimientos.

Sí, sí, Dare lo sabía, pero a veces era una porquería ser un trozo de carne sobre ese escenario.

Aun así, pagaba sus cuentas y contribuía al fondo para la nueva propiedad... y, hablando de eso, necesitaba hablar con su agente inmobiliario otra vez. Ver si había encontrado algo prometedor. Bailar estaba perdiendo su encanto.

Mascullando por lo bajo, Dare se subió las mallas por las piernas. En realidad, sus bolas no estaban tan incómodas como había pensado y su verga... Mmm. De hecho, estas apretaban mucho menos que el suspensorio y no tenían ningún elástico ajustado en la parte interior de los muslos. Podrían no estar tan mal, en realidad.

—¿Estás bien, amigo? —le dio un codazo Finn mientras metía su ropa en el casillero junto al de Dare—. Pareces raro esta noche.

—No. Solo que... no sé. Quizás es por la tormenta que se acerca. —Se había perdido una señal en el primer set, pero solo los chicos lo habrían notado. Era como dijo Gage; las mujeres no venían aquí por una coreografía increíble.

—Qué va, hombre. Conozco esa mirada. Es una chica, ¿verdad? ¿Te está rompiendo las pelotas?

Dare resopló. —Ya quisiera. Ni siquiera quiere hablar conmigo.

—Ah —asintió Finn—. ¿Qué hiciste?

Dare lo miró. —¿Por qué asumes que hice algo?

Finn le dio un golpe en el hombro con el suyo. —Porque siempre es nuestra culpa, amigo. Si no hablan... o peor, si están *bien*... nosotros somos los que hicimos algo. Así que solo discúlpate por la cagada que te mandaste y sigue viviendo. La vida es demasiado corta para pelear por pendejadas.

De cualquier otra persona, esta charla motivacional podría estar llena de sarcasmo, pero la prometida de Finn había sido asesinada un mes antes de su boda y él siempre les recordaba la fragilidad de la vida.

Algo que Dare conocía demasiado bien.

Gage asomó la cabeza en el vestidor mientras *Pony* de Ginuwine comenzaba a sonar en el escenario. Un cliché, pero habitual desde que *Magic Mike* había llegado a los cines. Y aunque fuera rutinario, encendía al público para el segundo acto. —Vamos, muchachos. Las damas esperan.

Si tan solo ella lo hiciera.

Dare salió en grupo con el resto para la gran entrada, que ahora consistía en un montón de tipos arrastrándose por el escenario, gruñéndole al público.

Quienes se volvieron completamente locas.

Dare sacudió la cabeza. Nunca entendería cómo funcionaba la mente de una mujer.

Aun así, no le costaba mucho saber por qué Gina estaba enojada con él. Y sí, tenía derecho a estarlo.

Le debía una disculpa. Incluso si no la aceptaba. O no le hablara. Era hora de que le dijera las palabras. De sacar este maldito elefante de la habitación.

Se contoneó por el escenario, apretando y flexionando para lograr el máximo efecto, dándole a las mujeres lo que habían venido a buscar. Recogería sus propinas, se ducharía, se vestiría y luego iría al spa para poder hablar con Gina.

Cayó de rodillas, luego onduló sus abdominales, inclinándose hacia atrás mientras lo hacía, bajando las manos por su pecho y luego enganchando los pulgares en la cinturilla, jugueteando con las mujeres.

—¡Quítatelo, Foster! —El piropo vino desde la izquierda del escenario. Michelle, animándolo. Qué cortesía tan profesional.

Él sonrió y bajó la tela unos centímetros.

Michelle y su novia Meggie hicieron que el público se pusiera de pie, agitando los brazos, estallando en silbidos, y los chicos rodearon el escenario detrás de él, dándole su momento.

Dare se movió marcando el ritmo, recordando cuando lo hacía para Gina.

Las luces destellaron sobre él, y el sudor perlaba su piel. Echó la cabeza hacia atrás, sacudiendo su cabello que debía cortar, pero no lo hacía porque funcionaba para el trabajo.

Frankie, el DJ, subió el bajo y este pulsó a través de las tablas del suelo, en sus espinillas y rodillas, a través de sus terminaciones nerviosas, asentándose en su pelvis.

Si tan solo Gina estuviera aquí.

Movió las caderas con más fuerza, apretando los glúteos, y se deslizó de rodillas por el escenario, bajándose las mallas muy lentamente.

Las mujeres lanzaban billetes al escenario, algunos de los cuales se pegaban a su pecho.

Dare sonrió, luciendo esos hoyuelos, captando la mirada de las mujeres de en frente, haciéndoles pensar que estaba haciendo esto solo para ellas.

A pocos metros del borde, rodó sus abdominales en el suelo y luego hacia arriba, quedando cara a cara con una morena que llevaba una tiara y una banda de DESPEDIDA DE SOLTERA.

Hora del show. Las despedidas de soltera eran un árbol de dinero garantizado.

Le guiñó un ojo.

Efectivamente, sus amigas comenzaron a hacer llover billetes sobre él, en su mayoría de un dólar, pero creyó ver algunos de cinco, un par de diez. Tal vez hasta uno o dos de veinte.

Movió las piernas hacia atrás y se arrastró como un soldado el resto del camino hacia ella, sin romper nunca el contacto visual.

Llegó al borde del escenario, lo agarró y luego hizo un rápido despliegue de piernas para quedar sentado en el borde, con las rodillas abiertas. Luego la llamó con un dedo, mientras sus caderas bombeaban al ritmo de la música.

Se sonrojó hasta las puntas del cabello.

Sus amigas acercaron su silla.

Dare sonrió, luego saltó del escenario, con la cinturilla abrazando sus caderas a milímetros por encima de la línea entre lo respetable (¡qué chiste!) y lo indecente, empujando los límites, vendiendo la fantasía, mientras le hacía un poco de *pop and lock*.

Luego agarró el respaldo de la silla junto a los bíceps de ella y giró sus caderas y abdominales al compás de la música, por encima de ella, muy cerca, pero sin tocarla. Excitante. Provocador.

Sus labios se entreabrieron cuando él empujó las caderas, y pudo oler el aliento a mojitos, algo normal en las futuras novias. Estaba lo suficientemente tomada como para disfrutar del espectáculo, pero no tanto como para no recordarlo... o para hacer el ridículo.

Sí, a él no le gustaba avergonzar a las clientas. Vender la fantasía, sí, pero nunca llevarlo demasiado lejos.

Volvió a deslizar su cuerpo sobre el de ella, luego se dio la vuelta leeenta-meeente, su rostro fue lo último en moverse. Luego arrastró los dedos por sus oblicuos, rozando su caja torácica, apretando los glúteos todo el tiempo, juntando las palmas sobre su cabeza... y luego sacudió el trasero.

Suspiros y gritos estallaron a su alrededor y sintió las manos de ella en sus caderas. Bryan y Gage tenían una estricta política de no tocar a las clientas, pero dependía de cada bailarín decidir hasta dónde dejarían llegar a las mujeres.

A Dare le parecía bien que ella se aferrara a sus caderas, incluso cuando intentó jalarlo a su regazo. Podía hacer un baile privado, pero nunca haría contacto real.

Se agachó, contoneándose mientras la montaba a horcajadas. Se echó hacia atrás, meneándose un poco, bombeando los puños mientras se estiraba, igualando el ritmo de la música.

Los dedos de ella lo apretaron, clavándole las uñas mientras tiraba de él hacia atrás, y esa fue la señal para que Dare se alejara. Levantó una pierna en alto e hizo todo un espectáculo lento pero grandioso para darse la vuelta.

Abrió los brazos, haciendo que sus pectorales ofrecieran su propio espectáculo, y se arrodilló, con la pelvis aún marcando el ritmo, luego se balanceó de lado a lado sobre sus rodillas… hasta el último compás, cuando tomó la mano de ella y le besó el dorso.

Ella se dejó caer en su silla, con una expresión en el rostro que Dare tenía la sensación de que solo su futuro novio había presenciado antes.

—¡Puta madre! —gritó alguien.

Su trabajo aquí había terminado.

—¡Oh, Dios mío! —dijo otra.

—¡Llévame a casa contigo!

Él sonrió ante ese comentario. La lección más importante que se aprendía en la industria: no mezcles los negocios con el placer. Sabía, de primera mano, lo difícil que podía ser; bailar para Gina casi le había provocado un dolor de huevos.

Arriba en el escenario, Charlie estaba barriendo el dinero para meterlo en el contenedor y Dare añadió los billetes que se le habían pegado de camino a las duchas del backstage. No le preocupaba la recaudación; Charlie, un contable jubilado de toda la vida, era tan escrupulosamente justo que repartía las ganancias hasta el último centavo antes de tomar su parte. Gage y Bryan, incluso con lo que vendían, dirigían una operación de primera clase, lo que explicaba su éxito y expansión a otros locales.

—¡La rompiste! —Jace chocó los cinco con él cuando entró al vestidor.

—Cosas del oficio. —Y ahora esa noche había terminado.

Se quitó las mallas de un tirón, las arrojó en la bolsa de la ropa sucia y luego se envolvió una toalla en las caderas.

Una ducha y Gina estaban a la vuelta de la esquina.

* * *

Pero también lo estaba la tormenta de nieve.

Dare miró por la puerta trasera del club. Tenía que pasar. Justo cuando no podía esperar a salir de allí para ver a la mujer de sus sueños, recibía el mayor baldazo de agua fría que la Madre Naturaleza podía ofrecer.

—Mierda —dijo Gage, apareciendo detrás de él—. ¿De dónde salió eso?

Dare señaló hacia arriba. —¿Del cielo?

—Ya lo sé, listillo, pero se suponía que no empezaría hasta después de las dos. Ahora tengo una multitud de mujeres borrachas para las que voy a tener que buscar Ubers.

—O podrías hacer que se queden a dormir aquí esta noche.

Gage arqueó una ceja. —Como un zorro en el gallinero. No es una buena idea.

—Tampoco lo es llamar gallinas a un montón de tipos musculosos, pero, oye, es tu cara.

Gage maldijo de nuevo y sacó su celular. Pulsó una aplicación. —Demonios. Ni un Uber a la vista.

—Prueba con Lyft.

—¿Tú crees? —preguntó Gage con sarcasmo—. La mitad de los conductores de Uber también trabajan para Lyft. ¿Qué te hace pensar que van a salir para el otro servicio?

Dare se encogió de hombros, teniendo la sensación de hacia dónde se dirigía esto. —Vale la pena intentarlo.

—Sí, sí. —Gage exhaló y tocó su teléfono de nuevo—. Yyyy... eso es un no. Carajo. No puedo estar fuera toda la noche otra vez. Mi sobrino tuvo otra cirugía y se está poniendo demasiado grande para que Missy lo maneje sola. —Se pellizcó el puente de la nariz—. Mira, Dare, sé que no tengo derecho a pedirte...

—Empieza a reunirlas. Por suerte para ti, nosotras las «gallinas» somos lo suficientemente machos como para manejar camionetas cuatro por cuatro. Estoy seguro de que podemos llevarlas a casa a salvo.

Y, para la una y media, todas lo estaban.

Dare se despidió con la mano de la futura novia y su dama de honor, luego revisó la carretera —lo que era más por pura costumbre que por esperar ver a alguien realmente afuera en este desastre— antes de dirigirse a casa mientras la nieve seguía cayendo.

La ruta lo llevó a pasar por el spa y pensó en detenerse, pero las luces estaban apagadas y el coche de Gina no se veía por ninguna parte. A menos que estuviera bajo una pila de nieve cada vez más grande, en cuyo caso, no iría a ninguna parte y la vería por la mañana cuando ambos hubieran dormido un poco y pudieran tener una mejor perspectiva del día.

Excepto que se dio cuenta de que eso no iba a suceder cuando entró en la intersección y casi se sale de la carretera por el derrape.

Como ya le había pasado a Gina.

Capítulo Nueve

—¿Tienes un problemita por aquí, señorita?

Gina levantó la vista de su celular, donde había estado intentando encontrar una compañía de grúas que *no* estuviera limpiando las carreteras, todas las carreteras menos en la que estaba ella, al parecer.

Tenía que ser Darien la única persona que anduviera por ahí con este desastre *y* que, además, la encontrara a ella.

Pulsó el botón para bajar la ventanilla. —¿Qué haces aquí? —La nieve le cubrió el regazo en un santiamén.

—Aparentemente, te estoy rescatando. —Hizo un gesto con la mano hacia su coche—. De nuevo.

—No necesito que me rescates —dijo mientras subía la ventanilla hasta que solo quedó una rendija de un par de centímetros; e incluso así entraba demasiada nieve. El asiento del copiloto se iba a cubrir de nieve si él no cerraba su ventanilla.

—¿En serio? ¿Hay por aquí algún servicio de grúas «Caballero de brillante armadura» que yo no conozca? —Enarcó una ceja—. ¿No? Entonces, vamos. Mi camioneta está aquí. Puedo llevarte a casa.

—No quiero ir a casa contigo.

Apoyó el brazo izquierdo en el volante mientras los limpiaparabrisas barrían el parabrisas frenéticamente, apenas dando abasto con la nieve. —

Cariño, no te estaba pidiendo que vinieras a casa *conmigo*. Te ofrecía mi ayuda. Nada ilícito en eso.

Y una vez más, con su sonrisita torcida y sabelotodo, ella era el blanco de su broma.

Estaba tan cansada de serlo. *Esa* era la razón por la que no podía haber nada entre ellos; nunca sabría a qué atenerse con él.

Cariño, no es precisamente de pie como queremos estar...

Poniendo los ojos en blanco, bajó un poco más la ventanilla. —Mira, Darien. Puedo llegar al spa por mis propios medios y quedarme allí. De todos modos, tengo que estar ahí por la mañana.

—Lo que me hace preguntar, ¿por qué no hiciste eso desde el principio? ¿Qué haces aquí afuera? Este clima es traicionero.

Porque había querido irse en caso de que él apareciera.

Pero ni loca iba a admitirlo.

Se quitó los copos de nieve de las pestañas. —Entonces, ¿qué haces tú aquí si es tan horrible?

—Porque tengo una 4x4 y he estado llevando a mujeres ebrias a casa desde el club esta noche para que ninguna se estrelle contra un poste de teléfono. —Miró fijamente su coche—. O termine en una zanja al lado de la carretera. Vamos. —Se inclinó para abrir la puerta del copiloto y luego sacudió la nieve —. Olvidemos el pasado y te llevo a casa sana y salva esta noche. Mañana será otro día.

Tenía razón. El spa estaba al menos a media milla y no llevaba botas ni guantes. Y tener los dedos congelados no sonaba nada atractivo.

Suspiró y cerró la ventanilla antes de abrir la puerta del coche. —¿Estás citando a Scarlett?

Él subió la ventanilla y luego salió por su lado. —¿A quién?

Bajó del coche y pisó un montón de nieve muy, muy fría. ¿Por qué no se había puesto botas hoy? —¿Scarlett. O'Hara. De *Lo que el viento se llevó*?

Él rodeó la parte delantera de la camioneta. —Nunca la vi.

—¿Qué? ¿Quién no ha visto *Lo que el viento se llevó*? —Se impulsó para ponerse de pie y tuvo que agarrarse al marco de la puerta cuando un pie se le resbaló. Genial. Una capa de hielo bajo la nieve. Normal que su coche no hubiera tenido ninguna oportunidad—. Es como una tradición estadounidense o algo así. Mi mamá y yo nos quedábamos despiertas con montones de palomitas de maíz cada vez que la ponían.

—Qué suerte tienes. Ten. —La agarró del brazo—. El primer paso es el más traicionero.

No bromeaba, pero no por la nieve o el hielo. Su mano en la muñeca la afectó de formas que el frío no podía igualar.

Solo llega a la camioneta, solo llega a la camioneta. Entonces me soltará.

Se concentró en el mantra —y en el hielo— y logró llegar a la camioneta sin hacer el ridículo.

Se subió y se abrochó el cinturón cuando él cerró la puerta, y luego se aseguró de estar bien sujeta lo más lejos posible de él para cuando él volviera al asiento del conductor.

—¿Segura que quieres que te lleve al spa? Tu casa no me queda lejos.

—Sí, estoy segura. Está bien. Me ahorrará la molestia de tener que llamar a la grúa temprano para poder volver mañana.

Él se encogió de hombros. —De acuerdo. —Volvió a incorporarse a la carretera.

Gina miró con rabia a su pequeño híbrido. Bueno para el consumo de gasolina, pésimo para el hielo. Se cruzó de brazos y apoyó la cabeza en la ventanilla.

—No muerdo, ¿sabes?

Lástima.

Reprimió ese pensamiento. —Perdón. No me di cuenta de que la conversación era el precio del rescate.

—Creía que habías dicho que no necesitabas que te rescataran.

—Y no lo necesito. No lo necesitaba. Pero seguro que tú lo tergiversarás así. —Quería un baño y una botella de vino. Y no necesariamente en ese orden.

Pero no con Darien cerca. El vino estaba prohibido cuando él estaba en escena.

Él suspiró, y fue tan sonoro que ella lo miró. —¿Qué?

La miró y ella vio… algo… en su mirada a lo que no pudo ponerle nombre. No era ira. Ni frustración. Desde luego, no era diversión. Pero era una nueva expresión para él.

Puso la camioneta en marcha y pronunció un críptico: —Aquí no.

No preguntó dónde. Lo único que quería era llegar a The Gilded Lily y darle las buenas noches. Acompañado de un *gracias*, porque, por mucho que la irritara, esto había sido más de lo que cabía esperar de él.

Pasó por la intersección donde su coche se había rendido y luego entró en el estacionamiento del spa. El quitanieves aún no había llegado, así que las llantas de Darien patinaron un poco.

—No te preocupes —dijo él—, estas preciosidades tienen buena tracción.

Hasta que dejaron de tenerla.

La bendita 4x4 de Darien acabó dando un par de vueltas en el estacionamiento antes de detenerse de un derrape, en paralelo a la puerta principal.

Apagó el motor y la miró. —Bueno, al menos no tenemos que caminar mucho.

Sus hoyuelos no negaban la realidad de que ahora iba a quedarse atrapada en el spa con él hasta que alguien los sacara de allí.

Suspiró. —Vamos. Entremos. —Se desabrochó el cinturón y casi aterriza de culo al bajar de la cabina.

—Gina...

—Ya sé, ya sé. El primer paso es el más traicionero. —Se apoyó entre la puerta y el asiento hasta que tuvo los pies firmes bajo ella, y luego caminó arrastrándolos hacia la entrada del spa, deseando que los dedos de sus pies conservaran su riego sanguíneo un poco más. La nieve le azotaba los labios y le cubría las pestañas. Había una ventisca ahí fuera.

—¿Estás bien? —Darien apareció mágicamente a su lado. ¿Por qué él no tenía ningún problema para moverse?

Se quitó de nuevo los copos de nieve de las pestañas. Botas. Él había tenido la previsión de llevar botas. Debería haber prestado más atención al pronóstico del tiempo ayer en lugar de preocuparse por volver a verlo.

—¿Dónde está tu llave? —Extendió la mano.

—Aquí. —Tenía los dedos entumecidos y, por supuesto, se le cayó a la nieve.

Unos minutos tensos después, Darien la encontró y logró abrir la puerta mientras Gina soplaba sobre sus dedos ahora húmedos y congelados para evitar que se le congelaran.

—¿Dónde guardas el café? Prepararé un poco. —Encendió las luces de la recepción.

—En el... ar... armario... en la... sa... sala de... de... descanso. —Gina se frotó los brazos para recuperar la sensibilidad.

—Ahora vuelvo. Tenemos que hacer que entres en calor.

Por mucho que odiara admitirlo, estaba muy contenta de que él hubiera insistido en llevarla de vuelta, pero ¿por qué, por una sola vez, no podía ella estar en una posición de ventaja con él? Se había ido de The Gilded Lily para *no* verlo de nuevo esa noche, porque, en su Universo Kármico, él *habría* aparecido si se hubiera quedado.

Apareció de todos modos, por eso ese Universo te está diciendo que dejes ir el pasado. Que lo pasado, pasado está. Tú misma lo dijiste: era un adolescente. Los adolescentes hacen todo tipo de estupideces.

Sí, pero parecía tener una debilidad por la gente que le hacía estupideces *a ella*. Necesitaba romper el ciclo. Darien incluso era un estríper como John.

—Vale, el café está en marcha. —Darien entró de nuevo en la recepción con un aspecto demasiado bueno para estar atrapados juntos en una tormenta de nieve a medianoche.

Ella, por otro lado, podría ser descrita como cualquier cosa *menos* animada y arreglada. El hielo se estaba derritiendo en su pelo, por lo que sus rizos iban a brotar como sacacorchos, y estaba segura de que tenía la nariz bien roja.

—Tomé uno de los calentadores que usamos en las camillas de masaje. Debería servir mientras esperamos el café. —Enchufó la manta de felpa—. Toma, quítate ese abrigo. Sé que este no es el uso recomendado para este aparato, pero a grandes males, grandes remedios. Tus labios han pasado del azul y van camino al morado.

—Dices las co... cosas más du... dulces —logró decir entre el castañeteo de sus dientes.

La envolvió en la manta. —Podría decir que te ves muy guapa con los copos de nieve en tus rizos, pero me da la sensación de que eso me ganaría un ceño fruncido de los grandes.

A *ella* le provocó más de unas cuantas mariposas en el estómago.

Lo que la dejó sin palabras.

—¿Qué? ¿Ninguna respuesta mordaz? Debes de tener *mucho* frío. —Tomó su abrigo—. Lo colgaré en el cuarto de servicio para que se seque y luego volveré con tu café. Quizá quieras sentarte en esa cosa peluda que hiciste ahí. Parece lo suficientemente acogedora como para calentarte.

Él también.

Lo cual era un problema.

Gina se quitó los ineficaces zapatos, luego se sentó en el banco y cruzó las piernas debajo de ella, arropándose con la manta. Sus pies empezaban a sentir un hormigueo a medida que recuperaban la sensibilidad, pero sabía que era mejor no golpearlos contra el suelo. Podría hacerse daño así. Era mejor aguantar el dolor.

—¿Supongo que no tienes brandy por aquí? —Darien entró en la recepción con dos tazas de café—. Eso te calentaría.

—L... lamentablemente, beber en el tr... trabajo está mal visto en este es... estado. —Tomó la taza que él le ofrecía—. Gr... gracias.

Él se sentó a su lado. —De nada.

Y eso, básicamente, fue todo. Ella sorbía su café, él sorbía el suyo.

Pero no fue incómodo, sorprendentemente. Más bien un silencio cómplice.

Una primera vez para todo.

—Haces un buen café.

La saludó con su taza. —Gajes del oficio cuando llegas a casa después de las dos de la madrugada. Necesito algo que me despierte por la mañana.

No digas: «Querrás decir, alguien». Simplemente no lo digas.

Vale, pero podía pensarlo.

Pero, *¿por qué* lo estaba pensando? Una taza de café y una buena acción no borraban el hecho de que este era Darien. *Froggy*. El atormentador de sus años de formación.

¿Por qué no cuenta? No tenía por qué rescatarte.

Se ajustó la manta sobre los hombros.

—¿Todavía tienes frío? —Dejó su taza en la mesa de las revistas—. Ven. Déjame ayudarte.

—No, está bien. Puedo...

Sus dedos le rozaron el cuello.

Se quedó helada.

De una manera que le produjo un hormigueo electrizante y ardiente por toda la espalda.

Los dedos de Darien no se movieron.

Tampoco ella.

La nieve golpeaba las ventanas un poco más fuerte ahora, más helada, el repiqueteo como música de fondo para su silencio.

Un silencio que ya no era tan cómplice.

Y ella tampoco tenía tanto frío.

Y sus dedos aún no se habían movido...

Espera. Estaban empezando a hacerlo.

En deliciosos círculos en la nuca.

Oh, sí, él podría calentarla muy bien.

Agarró su taza con más fuerza.

La mirada de él descendió a sus labios.

Que se entreabrieron.

Su garganta se apretó, restringiéndole la respiración.

Se humedeció los labios secos.

Él se movió en el banco, sus dedos continuando dibujando esos círculos.

Y quizá se inclinó un poco...

Gina contuvo el aliento. Iba a besarla de nuevo. Y no estaba segura de cómo se sentía al respecto.

Entonces ríndete y déjame a mí dirigir el espectáculo porque, cariño, no vamos a dejar pasar esta oportunidad.

Gina no iba a discutir con su subconsciente.

Se inclinó un poco. Bueno, quizás un poco más que un poco. Lo suficiente para hacerle saber que estaba bien.

—Gina. —Su voz era tan baja y sexi.

—Darien... —Logró no suspirar al decir su nombre, conservando algo de su dignidad.

Dignidad que desapareció cuando él se echó hacia atrás, quedando dolorosamente claro que *ella* era la única con la intención de hacer lo que *creyó* que él había tenido la intención de hacer, pero que ahora ya no.

Ay, Dios, otra vez no.

—Lo siento —dijo él en voz baja.

¿Lo sentía por no besarla? ¿O por darse cuenta de que ella quería y él no?

Se echó hacia atrás, con la espalda tiesa como una tabla. El café se derramó por el borde de la taza cuando casi la estrelló contra el alféizar de la ventana a su lado, luego arrancó el enchufe de la manta del tomacorriente. Increíble cómo la ira candente y la humillación podían espantar el frío más rápido que incluso la promesa de un beso que no iba a suceder.

—No sé de qué estás hablando. —El señor Sabelotodo podía tomar su ego inflado y buscarse la vida para volver a casa, muchas gracias.

Quitó los pies de debajo de ella y los plantó en el suelo.

¡Ay, ay, ay! Ráfagas masivas de dolor ardiente le recorrieron las pantorrillas y contuvo una mueca.

Pero no la palabrota.

—Mira, déjame explicarte. —Darien la tomó de la muñeca, pero Gina se zafó.

—No hace falta. Estoy bien. Gracias por traerme hasta aquí. Me voy a acostar. —Se envolvió en la manta como si fuera una armadura y se dirigió hacia una de las salas de tratamiento. Las camillas no eran lo suficientemente grandes como para dormir sin caerse, pero las salas tenían puertas que se podían cerrar. Lástima que el código de construcción no permitiera que tuvieran cerraduras.

Se dirigió hacia la recepción. Usaría la silla de allí para trabar el picaporte de la puerta.

¿Para mantenerlo a él afuera o a ti adentro?

No tiene gracia.

—Gina, espera.

Darien llegó a la silla antes que ella, así que dio un giro brusco y regresó a las salas de tratamiento. —Buenas noches, Darien.

—Maldita sea, Gina, ¿puedes escuchar, por favor? —La tomó del brazo.

Ella se deshizo de la manta y esta se deslizó sobre el brazo de él. Prefería tener frío que ser marcada por su calor. —Es tarde, estamos agotados y la presión barométrica está alterada o algo así. Demos por terminada la noche, ¿de acuerdo?

Sus hombros cayeron y la soltó, la tensión o lo que fuera se drenó de él. Bien. La dejaría en paz.

Se dirigió al santuario de la sala de tratamiento. O la suite. Lo que sea.

—Quería decirte cuánto siento lo que dije en la clase de Nester. Fue imperdonable.

Dejó de caminar.

¿Ahora? ¿Sacaba el tema *ahora*? ¿Después de veinte años y pico de que eso pesara sobre ella y tenía que sacarlo a colación *ahora*? Cuando estaba helada y mojada y cansada y...

Herida. Todavía tan herida. Humillada.

Parpadeó. Dos veces. —No quiero hablar de eso. Es cosa del pasado. Se acabó. Ya está.

La alcanzó y sus dedos se deslizaron por su brazo. —Pero no se ha acabado si ni siquiera quieres hablar conmigo. No si te hace odiarme.

Debió haber seguido moviéndose.

—Por favor, ¿Gina? ¿Me das la oportunidad de compensarlo?

Entonces se dio la vuelta. —¿Compensarlo? ¿Exactamente cómo planeas hacer eso, Darien? No puedes borrar dos décadas de burlas, miradas y humillación total. —Fue a envolverse en la manta, y entonces recordó que se la había quitado. Maldición.

—Sé que no puedo volver atrás y arreglarlo. No puedo *des-decir* lo que dije. Pero no fue mi intención que sucedieran las consecuencias. Solo fue un comentario a la ligera de un niño irreflexivo cuya boca funcionaba más rápido que su cerebro. Lo supe en el momento en que vi tu cara...

—Querrás decir en el momento en que todos empezaron a reírse.

—Sí, en ese momento también. Lo sé. Lo siento. No puedo deshacerlo, pero tienes que saber que no estaba tratando de herirte intencionalmente.

—Vaya, pues me hace sentir mucho mejor saber que podrías haberlo hecho mucho peor si lo hubieras estado *intentando*.

Se pasó una mano por el cabello. —Eso no es lo que quise decir. Esto... esto no me está saliendo bien.

—Exacto. Así que nada ha cambiado. —Le arrancó la manta de los dedos —. Demos por terminada la noche, ¿quieres?

Entró en la habitación y se contuvo en el último momento para no dar un portazo. En cambio, la cerró hasta que el pestillo hizo clic, luego se deslizó por la parte de atrás de la puerta y se cubrió con la manta, prohibiéndose llorar.

Llorar era ridículo. Ya era una adulta; lo había superado.

Pero las risas... Las burlas que vinieron después... La forma en que *todavía* se mencionaba hasta el día de hoy. Cruzó los brazos sobre las rodillas y apoyó la barbilla allí. Ese maldito comentario estúpido la había perseguido todos estos años. Especialmente cuando sus citas se ponían «manilargas». Razón por la cual había bajado la guardia y se había enamorado de John, alguien que era nuevo en la ciudad, atractivo, atento y que nunca había escuchado la historia. No que hubiera importado; él estaba más interesado en su cartera que en sus pechos. Lo que había traído su propio conjunto de problemas. Pero se habría dado cuenta de *eso* si no hubiera estado tan concentrada en que no fuera un manilargo. Todo se remontaba a lo que Darien había hecho.

Darien llamó a la puerta. —Gina, por favor. ¿Podemos hablar?

No podía hacer esto esa noche. —Buenas noches, Darien.

Lo oyó deslizarse por la puerta, sintió que cedía un poco contra su espalda bajo su peso, apenas cinco centímetros los separaban ahora.

—Lo siento. No había pensado en lo que te haría. Fui un imbécil, tratando de hacer reír a los chicos. No consideré tus sentimientos. Lo siento por eso, Gina. Si tuviera la oportunidad de hacerlo de nuevo, nunca lo habría dicho. Demonios, en el momento en que las palabras salieron de mi boca supe que era lo incorrecto.

—Pero no podías retractarte.

—Lo sé. —Suspiró—. La cosa es, Gina... —Su cabeza golpeó contra la puerta—. Estaba tratando de acercarme a ti.

Ella soltó una risita, pero no había humor en ella. —Bueno, ciertamente lo lograste. Tanto que eres la única persona de la escuela que nunca podré olvidar.

—No era mi intención herirte. Quería ser ingenioso y encantador y que me *vieras*. Siempre mirabas a través de mí, y lo odiaba. Tenía esta ridícula idea de que me encontrarías tan divertido que querrías hablar conmigo. Y que eso llevaría a otras cosas. Solía sentarme detrás de ti en clase y observar tu cabello mientras rebotaba cada vez que te movías. La forma en que lo echabas hacia atrás con un elegante movimiento de tu mano. Y ese perfume que usabas... Me volvía loco.

Gina se quedó con la boca abierta. Este era Darien Foster, el chico con el que había soñado durante demasiadas noches de adolescencia hasta que le desgarró el corazón con un comentario descuidado... ¿uno que había lanzado para *tratar de que ella lo notara*? No tenía sentido y la dejó perpleja.

—Solo quería hacerte reír. Hacer que me notaras. Que me miraras, que me dijeras algo, pero nunca lo hacías. Hasta entonces.

Porque había estado muy acomplejada. Él había sido una de las personas guapas, y ella, con su melena rizada y encrespada y sus pechos enormes... se había sentido como un bicho raro. Indigna.

Dolió admitírselo a sí misma. Pero, sí, se miraba en el espejo cada mañana. No se parecía a las otras chicas. Sabía lo que todos veían. Pero él... Darien... él había sido...

Había sido su fantasía.

Y luego él la había arruinado.

—Estaba tan contento de tener una razón para decirte algo, y en público, para que no pudieras ignorarme. *Tenías* que hablarme.

—Oh, claro que te hablé. Durante todo el camino a la oficina del señor Dilworth. Creo que las palabras fueron «abusón», «idiota», «canalla» y...

—«Tarado», «cerdo», «engreído», «neandertal»… me acuerdo. Pero *estabas* hablándome.

Gina levantó la cabeza, entrecerrando los ojos ante el pálido brillo naranja del reloj, la única luz en la habitación. —¿Por qué querrías que te hablara? Ni siquiera te caía bien. Te burlabas de mí.

Lo sintió moverse contra la puerta, y luego ya no estaba sentado contra ella. —¿Podemos hablar de esto sin la puerta entre nosotros? Te debo una explicación y, esta vez, me gustaría que no hubiera malentendidos entre nosotros.

—¿Malentendidos? *¿Eso* es lo que llamas convertirme en el hazmerreír de toda la clase, un malentendido?

El picaporte giró. —Déjame entrar, Gina.

La petición pareció tener un doble sentido.

Miró el picaporte, sabiendo que quería dejarlo entrar, pero con miedo de hacerlo. Porque si le creía, si aceptaba su disculpa, no tendría la ira como defensa contra él.

Si le crees, no tendrás ninguna razón para necesitar una.

Y esa era probablemente la parte más aterradora de todas.

¿Vas a dejar que el miedo defina tu vida?

Y lo que es más importante, ¿vas a dejar que John *la defina?*

Se levantó y tiró del picaporte. John no iba a llevarse otra parte de su vida.

Candy tenía razón; Darien no era John y no todos los hombres eran unos cerdos.

Algunos eran… ranas.

Sonrió mientras la puerta se abría.

—¿Puedo? —Darien señaló hacia la habitación.

Ella extendió la mano con un gesto amplio.

La luz tenue del letrero de SALIDA, requerido por el código, siguió a Darien mientras saltaba sobre la camilla de tratamiento y palmeaba el lugar a su lado. —Prometo que no muerdo.

—Bien. Tu ladrido ya fue bastante malo.

—Auch. —Hizo una mueca de dolor mientras ella saltaba a su lado—. Me lo merecía.

—Sí, te lo merecías. —Deslizó las manos bajo sus muslos, lo que cumplía una doble función: evitar que revelaran la tensión que sentía *y* evitar que migraran hacia él, dos facciones muy diferentes luchando por el dominio en este momento. Como ninguna de las dos era una buena idea, anuló la posibilidad de ambas.

Él se giró ligeramente, la luz tenue resaltando la barba de un día en su barbilla. —Sé que no puedo deshacer el pasado, pero como dije en aquel entonces, lo siento. En verdad, honestamente, de todo corazón lo siento.

—Solo te disculpaste en la oficina de Dilworth porque él te obligó. Nunca lo dijiste delante de todos los demás.

Él agachó la cabeza. —Debería haberlo hecho. No estoy orgulloso del chico que era. Cometí un error, uno que admito plenamente haber cometido. Si levantarme en nuestra próxima reunión de exalumnos y disculparme públicamente lo hiciera mejor para ti, lo haría en un abrir y cerrar de ojos.

—Ay, Dios, no. —Negó con la cabeza—. Si lo hicieras, todo volvería a empezar. No necesito revivirlo.

—¿Alguna vez has dejado de hacerlo?

De nuevo, su resoplido no contenía ni una pizca de humor. —En realidad nunca superamos la preparatoria, ¿verdad?

—Me gustaría pensar que podemos. Porque me gustaría pensar que ahora tengo un poco más de autoconciencia. Créeme, si pudiera, le patearía el trasero a Dare de catorce años tan fuerte que el chico no podría sentarse durante un mes.

No pudo evitar una pequeña sonrisa ante eso. —En estos días, te arrestarían por abuso infantil.

—Y Dare de catorce años se metería en problemas por acoso.

—Pero la gente no trataba a los acosadores de esa manera en ese entonces. —Ajustó sus manos—. La gente no tiene idea del poder de las palabras.

Él se aclaró la garganta. —Si sirve de algo, nunca le he hecho algo así a nadie desde entonces. Aprendí mi lección. Solo lamento que haya tenido que ser a tu costa.

Gina hizo una mueca. Él cargaba con tanta culpa como ella con su bagaje. Y, honestamente, no debería. Él no había sido consciente entonces de lo acomplejada que estaba. Había sido un adolescente, seres que notoriamente no piensan en nadie más que en sí mismos. No había estado tratando de herirla. Lo veía ahora. Simplemente no había sido capaz de verlo *entonces*.

Si hubiera sido malicioso, si se hubiera propuesto deliberadamente herirla, entonces podría quejarse. Pero no lo había hecho. Como adulta, se daba cuenta de eso.

Entonces, si creía que él no había querido herirla, tenía que perdonarlo, igual que si la hubiera golpeado accidentalmente con la rama de un árbol o algo así. Había sido un acto irreflexivo que había causado daño.

Como adulta, reconocía la verdad en eso y era hora de superar su yo adolescente.

Sacó una mano de debajo de su muslo y se la tendió. —Tregua.

Esos malditos hoyuelos suyos aparecieron en todo su esplendor. —Gracias.

Debería haberse preparado para el calor que la recorrió cuando los dedos de él se cerraron sobre los suyos, pero no lo había hecho, así que instintivamente retiró la mano.

Bueno, lo intentó. Darien no la soltó.

—Gina.

Su voz era baja y suave, y estaban en una habitación iluminada solo por la luz del pasillo y los números del reloj digital.

Y sentados juntos en una camilla de masaje, de todos los lugares posibles.

Con el corazón latiéndole con fuerza, lo miró a los ojos. El brillo que normalmente había en ellos se había transformado en otra cosa. Algo parecido a lo que había habido la noche en que la besó.

Él le miró los labios.

Ella se los lamió; después de todo, se le habían resecado de repente.

Él gimió y desvió la mirada.

Ella no se movió. Ni siquiera para apartar la mano.

Darien exhaló y volvió a mirarla.

Entonces, le soltó la mano. —Confía en mí, Gina, me encantaría llevar esto al siguiente nivel, pero no quiero apresurarme. Estar aquí, atrapados por la nieve contigo, el ambiente, lo que nos hemos dicho... es algo muy intenso. Te he deseado por mucho tiempo, pero no quiero que pienses que mi disculpa fue solo para llevarte a la cama. No voy a aprovecharme de nuestra situación y de nuestras defensas bajas para hacer algo que ponga en peligro lo que hemos empezado esta noche. Así que... —Le ahuecó el rostro y luego la besó suavemente en la frente—. Voy a salir por esa puerta, tomaré otra de estas mantas y me acurrucaré en la sala de tratamiento más alejada de esta. De esa manera, no habrá paseos de medianoche.

Encontró su voz. —Es... después de la medianoche.

Sus hoyuelos le guiñaron un ojo. —Así es. Lo que significa que la mañana está a la vuelta de la esquina y vamos a tener que dormir un poco. —La besó en la frente de nuevo.

Luego un poco más abajo: la punta de la nariz.

Y luego...

Se le cortó la respiración cuando los labios de él se cernieron sobre los suyos.

Su mirada la traspasó. —Y entonces podremos hablar mañana.

Su aliento era cálido contra sus labios...

Pero eso fue todo.

Los dedos de Darien recorrieron la línea de su mandíbula mientras él se deslizaba fuera de la camilla. —Dulces sueños.

No se vale. Quiso decirlo en voz alta, pero la voz —y el aliento— se le habían quedado atorados en la garganta.

Lo vio salir por la puerta, con sus hombros en forma de V que se estrechaban hasta una cintura delgada, a contraluz por la luz del pasillo, y una imagen de lo que había debajo de su camisa apareció en su mente.

No se vale. El tipo la ponía toda caliente y alterada y luego salía de la habitación como si nada.

Se giró de lado. —Buenas noches.

Ah, sí, le había afectado.

Gina se mordió el labio para contener la sonrisa mientras lo saludaba. Bueno, al menos podría irse a dormir sabiendo que él pasaría por su propio tipo de tormento.

Si es que podía dormir.

* * *

—Vaya, vaya, vaya, ¿qué tenemos aquí? —La risa de Candy despertó a Gina—. Estaba toda preocupada por ti cuando vi la camioneta de Darien atascada en un montón de nieve afuera, y sin embargo, entro y te encuentro muy a gusto, acampada en una habitación con una manta enorme y calentita a tu alrededor, pero sin rastro de él. ¿Significa esto que te deshiciste de su cuerpo en alguna parte o se está escondiendo bajo esa manta contigo?

Gina parpadeó ante la luz intensa que Candy había encendido y se apartó la masa de rizos de la cara. —Ninguna de las dos. —Apartó la manta para demostrarlo. Dios no quisiera que Candy tuviera la más mínima idea de lo que había pasado anoche; o, más bien, de lo que *no* había pasado. Gina nunca dejaría de oírlo—. Está en la número cinco. Déjalo dormir.

—Oh, esto suena demasiado jugoso para dejarlo pasar. —Candy se frotó las manos y luego se subió de un salto a la camilla—. Cuenta, cuenta.

Gina se puso de pie. —No hay nada que contar. Mi auto está en la zanja en Monroe y él casualmente estaba llevando a casa a algunos de los clientes del club. Me trajo de vuelta aquí, pero la nieve era tan fuerte que su camioneta se atascó.

—Bueno, qué conveniente. Amiga, tengo que reconocértelo; seguro que sabes cómo preparar el escenario.

—No hubo ningún escenario, Candy. Y dado que estamos en extremos opuestos del pasillo, creo que eso demuestra mi punto. No pasó nada. —Cruzó los dedos mientras se ahuecaba el cabello en la nuca.

—Ajá. —Candy se golpeó el labio con su uña naranja—. Eso no significa que no pasó nada; solo significa que no quieres admitir lo que pasó. —Se bajó de la camilla de un salto y se dirigió a la puerta—. Pero lo averiguaré, Gina. Sabes que lo haré.

Sí, probablemente lo haría. Cuando Gina finalmente se derrumbara y se lo contara. Pero postergaría eso tanto como fuera posible. No necesitaba la «ayuda» de Candy para empezar algo con Darien; según él, ya había empezado.

Pero, ¿qué era? ¿Qué quería él?

Y lo que es más importante, ¿qué quieres tú?

Esa era la pregunta del millón.

Candy se detuvo en el umbral, mirando hacia atrás por encima del hombro. —Qué cara tienes. ¿Quieres contarme algo al respecto?

Gina sintió que se sonrojaba con fuerza, así que se agachó a recoger la manta, dejando que su cabello le cayera por delante para ocultar la evidencia. —Me ayudó a salir de la tormenta, nos fuimos a dormir. Por separado.

—Tengo la sensación de que hay más en la historia.

Gina echó hacia atrás su cabello. —Sí, la hay. Se llama desayuno y café y luego ponerse a trabajar para terminar este lugar. ¿Supongo que las carreteras están despejadas? ¿O desempolvaste tu escoba?

—Ja, ja, muy graciosa. —Candy retrocedió para dejar que Gina la precediera fuera de la sala de tratamiento—. La policía está pidiendo a las personas no esenciales que se queden en casa. Las carreteras están un poco complicadas.

Y el estacionamiento es un desastre, así que va a tomar algo de tiempo desenterrar a tu novio.

Gina puso los ojos en blanco. Lástima que Candy estuviera detrás de ella. —No es mi novio.

—Bueno, ciertamente no es la persona non grata que era hace veinticuatro horas. No me has arrancado la cabeza ni has dicho una sola cosa desagradable sobre él. Eso es un récord en lo que a ti respecta.

—¿Por qué estamos teniendo esta conversación? Es domingo, ¿qué haces aquí? No eres personal esencial, bueno, excepto en tu propia mente... Espera. ¿No es ese el conjunto que llevabas ayer? —Gina se dio la vuelta. Ese suéter naranja era *muy* distintivo. Especialmente porque lo había visto ayer—. Candy Jane Carson, ¿es esta tu caminata de la vergüenza?

Candy de repente se puso muy ocupada ordenando la mesa de revistas en la recepción.

—Si crees que estuve caminando con esto, Gina, tal vez quieras ver a un médico por cualquier lesión en la cabeza que hayas sufrido cuando tu auto se salió de la carretera anoche.

—No evadas la pregunta.

—No estoy evadiendo. Te respondí. No estuve caminando.

Gina se cruzó de brazos. —De acuerdo, manejando entonces. ¿Dónde estabas? ¿Con quién estabas?

—No es gran cosa, Geen. —Agitó la mano como si espantara una mosca —. No hay nada de qué hablar.

—Ajá. —Gina sabía todo sobre los «nada de qué hablar».

—En serio, no es gran cosa.

Gina enarcó una ceja. —Lamento oír eso.

La cara de Candy adoptó una expresión extraña, pero luego esbozó una sonrisa. —Esa fue buena.

—Lo sé. Y sigues evadiendo la pregunta.

Candy se mordisqueó el labio inferior. Eso era nuevo. Gina nunca había visto a su amiga indecisa sobre nada.

Gina se acercó y la agarró del brazo. —¿Estás bien? ¿Pasó algo? ¿Necesitamos llamar a la policía o llevarte a un hospital? —Siempre había todo tipo de cosas raras y horribles en las noticias estos días.

—No. Nada de eso. Es... —Candy miró al techo como si fuera a encontrar allí la respuesta que quería.

—¡Buenos días! Traigo café. —Las campanillas tintinearon cuando Darien abrió la puerta—. Oh. Hola, Candy.

El alivio cruzó el rostro de Candy mientras miraba a Darien de arriba abajo. —Ajá. —Su mirada se deslizó hacia Gina y se soltó de su brazo—. Ya veo que mis servicios ya no son necesarios. —Se dirigió hacia la puerta principal, añadiendo un contoneo extra a su trasero mientras caminaba alrededor de Darien—. Ahora que veo que ambos están vivos y bien y no atascados en una zanja en algún lugar, los dejaré en paz. —Tomó la agenda de citas, luego agarró su abrigo del perchero y se lo echó al hombro mientras salía contoneándose por la puerta principal, su cabello rubio en un sorprendente contraste con ese suéter y la chaqueta negra que definitivamente *había estado* usando ayer.

—¿Interrumpí algo? —Darien dejó las bolsas en el mostrador de recepción.

—Solo un interrogatorio. —Gina se quedó mirando a Candy. Algo pasaba —. Vio tu camioneta en la nieve, a mí bajo una manta, y sumó dos más dos y le dio once. O algo por el estilo. —El aroma a café la atrajo al mostrador; bueno, quizás no solo el café—. Mmm, eso huele genial. ¿Dónde lo conseguiste?

—En la estación de bomberos. Abrieron sus puertas y están sirviendo a cualquiera que pueda llegar. —Levantó una bolsa—. Espero que te gusten las donas con chispitas.

—¿De chocolate?

—Por supuesto. Sé que una forma de llegar al corazón de una mujer es con chocolate.

Gina levantó la vista, con la mano todavía en la bolsa de donas. —¿Eh, qué?

Darien de hecho se avergonzó. —Es, eh, una forma de decir.

—Oh. —Rebuscó un poco más en la bolsa—. De acuerdo, entonces.

—Sí, quiero decir, lo de anoche fue un punto de partida, ¿verdad? Sin presiones.

¿Sin presiones? ¿Después de veinte años de historia entre ellos? —Bien. De acuerdo. Si tú lo dices.

—¿*Bien*? ¿Qué dije mal?

Bueno, el hecho de que anoche había dicho que la deseaba y esta mañana estaba todo despreocupado diciendo «es un punto de partida»... ¿Había sido real esa disculpa? ¿Era real que él la deseara? Después de todo, *no* la había besado. —Nada. Está bien. —Se metió media dona en la boca antes de que salieran las palabras equivocadas—. Oh, Dios mío, esto es celestial.

—Tienes azúcar en el labio. —Agitó sus propios dedos para mostrarle.

Se rozó el labio inferior.

—No, todavía está... —Dio un paso más cerca y le pasó el pulgar por el labio.

Luego le ahuecó una mejilla.

Y la otra.

Se inclinó. —Traga la dona, Gina.

Ella parpadeó, con la mirada atrapada por ese brillo en sus ojos.

—No quiero que te ahogues cuando te bese. —Asintió—. Traga.

Lo hizo. De un trago.

Y entonces él la besó.

Fue tan mágico como la última vez.

Pero fue demasiado corto.

Se apartó mientras ella todavía tenía los ojos cerrados.

—Caray, mujer, te ves lo suficientemente dulce como para devorarte ahora mismo.

Abrió los ojos. Ahí estaba. Ahí estaba ese brillo. Ahí estaba esa mirada. Él *sí* la deseaba.

Y ella lo deseaba a él.

Ahí estaba. La verdad. Tan clara como la sonrisa en su rostro. Bueno, no había nada de simple en esa sonrisa. Ni en él.

Entonces, ¿qué te detiene? No es como si te fueras a casar con el tipo.

Exacto. —¿Entonces qué te detiene, Darien?

Darien gimió, la miró a los ojos por un latido o dos y luego... apretó su boca contra la de ella.

Sabía a canela, café y azúcar.

Y a él.

Gina lo rodeó con sus brazos, la dona cayendo sobre el mostrador de recepción. Con suerte.

Canalizó a su Scarlett interior y ya se preocuparía por eso más tarde.

Él deslizó una mano por su espalda mientras la otra se enredaba en su cabello, inclinando su cabeza para poder profundizar el beso.

Ella se lo permitió, su lengua enredándose con la de él, el café y la canela haciendo el beso mucho más intenso.

Estaba besando a Darien. El Sapo. El tipo que le había hecho la vida un infierno… todo porque *quería que ella se fijara en él.*

Cuando la palma de él se deslizó hacia su cadera, atrayéndola contra él, ella definitivamente *se fijó* en él.

Afuera, un auto tocó la bocina.

Darien se apartó con un suspiro. —Supongo que esa es nuestra señal.

—¿Señal? —Frotó su mejilla contra la de él, que estaba sin afeitar, amando el rasguño contra su piel.

—De que tenemos que ponernos a trabajar. —Le mordisqueó los labios—. Por mucho que me encantaría besarte todo el día, tenemos invitados especiales que vienen esta semana.

Cierto.

Los Cavanaugh.

Su negocio.

El trabajo.

Lo había olvidado por esos breves momentos.

El auto volvió a tocar la bocina. Gina levantó la vista y vio a Candy negando con la cabeza con una enorme sonrisa en su rostro mientras pasaba en coche por la puerta principal.

Iba a tener que dar algunas explicaciones.

Capítulo Diez

—Martillo —dijo Gina, extendiendo la mano desde lo alto de la escalera.

Darien le puso la herramienta en la mano. —Listo.

—Punzón.

Él se lo pasó. —Listo.

Ella colocó el punzón en la marca de la pared donde había medido desde el techo y lo clavó con el martillo. —Destornillador.

Él lo pasó de su mano izquierda a la derecha, haciéndolo girar un par de veces en el aire antes de dárselo.

Maldito engreído.

—Listo.

Lo dejó en el estante detrás del resto de las herramientas para que no rodara y se cayera, y luego extendió la mano sin mirar atrás. —Tornillo.

—Tú dirás cuándo y dónde, cariño.

Gina levantó la vista al oír *eso*.

Darien tenía una sonrisa bobalicona en la cara. —Esperaba que la invitación fuera un poco más romántica, pero si tú me lo pides, yo obedezco.

Ella tomó el detector de vigas y se lo lanzó.

Ahí le diste justo, Geen.

—Invitadas especiales, ¿recuerdas? —lo señaló con el punzón—. Las insinuaciones solo nos van a retrasar.

Él dejó el detector de vigas en la caja de herramientas. —O nos darán una muy buena excusa de por qué este lugar no está listo. Digo, vienen para una fiesta de boda; entenderán lo de la tensión sexual.

Ella no entendía lo de la tensión sexual. ¿Cómo podían ella y Darien haber pasado de ser adversarios a... esto... en unas pocas frases?

Porque obviamente ambos lo querían.

—¿Qué me dices? —Darien se puso el lápiz de carpintero sobre el labio superior y movió las cejas mientras sostenía el tornillo—. Solo tienes que decir que sí.

Ella se lo arrebató de los dedos. —Las hermanas Cavanaugh podrían entenderlo, pero Candy va a requerir un nivel de explicación completamente diferente, y con lo que ya voy a tener que explicar, no sé si quiero ir más allá. Parece que no tuviste suerte, amigo.

Estaba bien con que este lo-que-fuera fuera un punto de partida, pero en cuanto al sexo... Aún no estaba en ese punto.

Eh, amiga. ¿Recuerdas el beso en el apartamento? Ciertamente estabas en ese punto *entonces.*

Bueno, claro, fisiológicamente estaba *en ese punto*, pero mental y emocionalmente... todavía no. Esto era demasiado nuevo. Demasiado esperanzador. Demasiado... frágil.

Quieres decir que tú *eres demasiado frágil.*

Sí. Lo era. La habían herido antes, y no solo él. Había tenido que construir algunas capas a su alrededor. No podía simplemente quitárselas como si no hubiera tenido razones para construirlas en primer lugar. Tendrían que ser desprendidas lentamente. Con tiempo y confianza.

O con unos dedos hábiles, y él definitivamente los tiene. Entre otras partes del cuerpo necesarias.

No iba a pensar en las partes del cuerpo de Darien. —¿Me pasas ese frontón de pared? El de la derecha con las hojas de acanto.

—Para eso vivo, mi señora.

Ella se rio de su falso acento británico, luego se puso el tornillo entre los labios y el destornillador detrás de la oreja para prepararse para colgar la decoración.

—Vas a tener que darle la noticia a Debby, ¿sabes? —le entregó la pieza.

—¿Qué noticia? —dijo con el tornillo en la boca mientras alineaba el agujero de la madera tallada con el que había hecho.

—Sobre que hay algo entre nosotros. Va a ser incómodo si intenta coquetearme.

Gina escupió el tornillo. Rebotó contra la pared, dejando una pequeña abolladura en la pintura fresca. —Rayos.

—Podemos arreglar la pintura.

—No. Me refiero a lo de Debby. El Código de Chicas y todo eso.

—Sí, el Código de Chicas. He oído que hay repercusiones muy duras por romperlo.

—Tú bromeas, pero no le va a gustar. Digo, una no se le insinúa, eh, al interés amoroso de su amiga, a falta de un término mejor.

Él se agachó a recoger el tornillo. —Dudo mucho que me viera como un interés amoroso. Quizás un interés sexual, pero su corazón no se va a romper. No soy tan creído como para pensar eso.

—¿Exactamente qué tan creído eres?

—Lo suficiente como para saber que me miras cuando crees que no me doy cuenta —sostuvo el tornillo.

Ella no lo tomó mientras un calor le subía por el cuello hasta la cara.

—Te ves tan bonita cuando te avergüenzas.

—Entonces debí haber sido Miss América en la clase de Nester.

—Para mí lo eras.

Vaya, cielos. ¿Cómo se suponía que debía responder a eso?

No lo hizo. Simplemente se quedó allí en la escalera, sosteniendo la pieza tallada de acanto, parpadeando hacia él.

Darien suspiró y se guardó el tornillo en el bolsillo. —Mira, sé que tenemos mucho trabajo que hacer, pero ¿crees que podrías bajar de tu pedestal por un minuto o dos?

—¿Con qué fin?

—Bueno, con suerte, tus labios sobre los míos —le ofreció una mejilla con descaro, y no la de la cara, mientras se alejaba de la escalera—. Necesito sustento hasta que podamos buscar algo para almorzar.

—Ay, Dios. Vaya que estás echando el resto, ¿no? —aun así, bajó uno o dos escalones.

—Nena, no tienes ni idea de las ganas que tengo.

Lo descubrió cuando la levantó en brazos desde el último peldaño.

Unos minutos y varios cientos —posiblemente miles— de latidos después, la sentó en el mostrador de recepción y se paró entre sus piernas. Deslizó las manos por sus brazos, tomó la pieza de madera y la dejó a un lado. Luego apoyó las manos junto a sus muslos en el mostrador y le dio un mordisquito en la nariz. —Por Dios, Gina, ¿cómo es que no hemos estado haciendo esto durante los últimos veinte años?

—¿Estabas fuera de la ciudad?

—Oh, claro, échame la culpa a mí —la besó de nuevo—. Pero sí, tenía que irme. Como me odiabas, no quería quedarme y arriesgarme a encontrarte.

Ella rodó los ojos. —No te fuiste por eso.

Él se encogió de hombros. —En parte.

Aunque era agradable fingir que era tan importante para él, habían sido unos críos. Ella sabía todo sobre los caprichos de los adolescentes egocéntricos. —Ajá.

Él le ahuecó la barbilla y el brillo de sus ojos se tornó serio. —Oye, si voy a poner mi corazón sobre la mesa, más vale que lo haga bien. Me has gustado durante años, así que si no pongo todo mi esfuerzo en hacer que esto funcione, ¿cuál es el punto? —se inclinó y le besó la mejilla. Bueno, más bien donde su mejilla se encontraba con el lóbulo de su oreja, y su aliento era cálido y le provocaba un cosquilleo allí—. Hueles increíble.

Ella resopló. Justo la distracción que necesitaba para no quedarse enganchada en su *me has gustado durante años*. Era casi demasiado bueno para ser verdad. Y ya había recorrido ese camino antes. —Eso se llama *Eau de Paint*.

—Sherwin Williams debería embotellarlo. Tiene toda mi atención.

Ella ladeó la cabeza, y un par de rizos rebeldes le cayeron sobre los ojos. —¿Alguna vez hablas en serio?

—Tengo mis momentos, pero ¿por qué ser tan serio cuando es mucho más divertido reír?

—Recuerdas que estamos haciendo una obra, ¿verdad?

—Claro, pero ¿por qué no puede ser divertido?

—Mientras no te golpees el pulgar con un martillo.

—Exacto —la levantó por la cintura y la puso de pie entre él y el mostrador. Que era un lugar muy agradable para estar.

Le apartó unos rizos de la frente. Por supuesto, no se quedaron en su sitio. —¿Qué más hay que hacer para que este lugar sea perfecto para Sophie y su hermana?

—Bueno, primero, tienes que recordar el nombre de su hermana. Es

Amalie, y es la futura novia. Independientemente de quién sea Sophie, tenemos que asegurarnos de que Amalie sea la protagonista en su día.

—Entendido. Las novias mandan —hizo un saludo militar, lo que la hizo reír y olvidar un poco que estaban a unos quince centímetros de distancia.

Su mano aterrizó en su hombro. Adiós al olvido.

—A la orden, mi capitana. Indícame qué quieres que haga a continuación y mi objetivo será complacerte.

Tantas... posibilidades...

En cambio, se escabulló de su contacto y se dirigió a la caja en la esquina. —Tenemos que poner el resto de estos frontones y tengo que cortar más molduras de caja de sombra para las salas de tratamiento...

—Suites —dijeron al unísono.

—Cierto. Suites —recogió algunos materiales de pintura para quitarlos del camino y poder llegar al resto de las decoraciones de pared—. Tengo que admitir que Candy tiene algunas buenas ideas.

—Creo que la de que uno más uno es igual a *algo* fue la mejor —movió las cejas.

Ella le lanzó un trapo de pintura. —Solo piensas en una cosa.

—Cuando se trata de ti, sí —se llevó el trapo a la nariz y olfateó—. Ah, la esencia de Gina. Llevaré tu prenda conmigo adondequiera que vaya, mi señora, para nunca separarme de ti.

—Ay, Dios, ¿qué he desatado?

—Más te vale tener cuidado, mujer, o podrías descubrirlo. Si no tuviéramos la fecha límite del jueves, podrías estar descubriéndolo ahora mismo.

Si esta era su idea de un punto de partida, la línea de meta podría ser más de lo que ella podía manejar.

Sonrió para sus adentros mientras él mantenía el jugueteo mientras terminaban los frontones antes de parar para almorzar.

—¿Quieres desafiar los elementos y volver a la estación de bomberos a ver si están haciendo sándwiches? —guardó la última de las herramientas en la caja.

—Eso suena divertido —tiró los envoltorios de plástico de los frontones en la caja de la esquina.

—Entonces recoge tu equipo lamentablemente inadecuado para el clima y nos vamos. Puede que tenga que llevarte, sin embargo, o arriesgarme a que se te congelen los pies con esos zapatos-lo-que-sean de anoche.

—Crocs.

—Bueno, ahí lo tienes. Este no es clima para un cocodrilo.

—Divertí*disimo* —rodó los ojos—. Son perfectos para cuando estoy de pie todo el día.

Sin mencionar que ahora tenían la ventaja adicional de hacer que el tipo que ella pensaba que *no* estaba interesado en ella la llevara a caballito por la nieve.

La compañía podría considerar incluir eso en su campaña de marketing.

* * *

—¿Buscando algunos movimientos nuevos, eh, Foster? —Carlo Sampani le dio una palmada en el hombro a Dare cuando bajó a Gina dentro de la estación de bomberos.

Dare levantó la vista. —¿Samps? ¿Qué haces con mi disfraz? —señaló el casco y la chaqueta de bombero en la mano de su compañero.

—Para ti, es un disfraz. Para mí, es un uniforme —se enganchó los pulgares en los tirantes—. Tú tienes tu trabajo diurno, yo tengo el mío —entrecerró los ojos cuando Gina se sacudió esa hermosa melena de la cabeza—. Buenas tardes, Gina.

—Hola, Carlo. Nos preguntábamos si tu almuerzo superará al desayuno.

—¿Desayuno, eh? —levantó las cejas.

—No te pongas chismoso —genial. Era lo último que necesitaban—. El auto de Gina se atascó anoche y la vi de camino a casa, así que la llevé al spa. Luego mi camioneta no pudo salir del estacionamiento. Nada más que eso.

Samps murmuró algo que Dare se alegró de no entender, para no tener que lastimarlo. Esto con Gina era demasiado nuevo como para tomarlo a la ligera.

Esto con Gina... Dare negó con la cabeza. En el mejor de los casos, había esperado que aceptara su disculpa; ir más allá era algo que no se había permitido desear.

Porque en realidad le daba un miedo terrible. Gina era demasiado importante como para meter la pata. O para andar jugando con ella. Gina era una chica para siempre, y, aunque a él le había gustado por *siempre*, si iba a durar para *siempre*, tenía que asegurarse de que ella también lo sintiera. Un par de revolcones no era lo que quería de ella. Aunque, sí, los quería, pero con mucho más.

—Estoy seguro de que Bryan te agradecerá que cuides de su prima —Samps se puso el casco y Dare miró a Gina para ver su reacción. No había que ser un genio para ver por qué las mujeres se volvían locas por el tipo; la camiseta ajustada debajo de los tirantes solo servía para resaltar el físico de Samps.

Afortunadamente, sin embargo, Gina ni siquiera lo estaba mirando. —Solo si se lo dices.

—Amigo, toda la estación te vio jugando a caballito; la noticia definitivamente va a llegar.

—De la manera correcta, supongo —Dare lo fulminó con la mirada.

Samps asintió. Mensaje recibido. —Se da por sentado.

—¿Hola? Estoy parada aquí mismo —Gina agitó la mano entre ellos.

Dare tuvo que sonreír. Mujeres. Decían que querían un hombre que fuera su caballero de brillante armadura, pero cuando un tipo realmente las defendía, se ponían en plan: «Puedo cuidarme sola». Lo volvía loco.

Por otro lado, Gina llevaba años haciendo eso, así que no era nada nuevo.

—Y yo puedo hablar con Bryan tan bien como el resto de ustedes —dijo ella, ajena a la testosterona en el ambiente—, así que les agradecería mucho que *no* dijeran nada. No es como si tuviera que darle explicaciones sobre con quién almuerzo.

—Lo que tú digas, Gina —dijo Samps, arqueando una ceja en dirección a Dare.

Sí, Dare lo entendió. Tenía que tener esa conversación con Bryan antes que nadie. Menos mal que él trabajaba esta noche.

—¿Y qué hay de bueno? —Dare se frotó las manos, intentando volver a llevar la conversación hacia la comida—. Pintar el spa de Gina me abrió el apetito.

Samps volvió a arquear las cejas. —Sí, *pintar* es agotador. Se necesita sustento. —Señaló a una media docena de personas que se arremolinaban alrededor de un par de mesas plegables—. Masterson preparó su famoso chili y unos muffins. Hay ensalada de papa, ensalada de col, ensalada César y fiambres. La tienda de McCaffrey está funcionando con el personal mínimo y los envíos no llegaron anoche, así que tuvimos que conseguir lo que pudimos. Pero los llenará. Para todo ese esfuerzo de *pintar*.

Lo dijo con un tono tan inexpresivo que Dare supo que se la tenía guardada para la próxima vez que trabajaran juntos. Lo que, por suerte, no era esta noche.

—Gracias, amigo.

—Cuando quieras. —Samps inclinó la cabeza—. Gina.

Gina miró por encima del hombro mientras se dirigían al bufé. —¿Por Dios, qué sigue? ¿Van a empezar a caminar sobre los nudillos y a golpearse el pecho? Hablando de neandertales.

Dare se encogió de hombros y le pasó un plato. —Simplemente marcando el territorio. Después de todo, eres la prima de Bryan. Eso hace las cosas, eh, interesantes.

—¿Por qué? No vas a perder tu trabajo, ¿o sí?

Él tomó su plato. —No. Ya hablamos de eso.

—Perdón, *¿qué?* ¿Hablaron de mí? ¿Por qué? ¿Cuándo? ¿Qué te dijo? ¿Qué le dijiste *tú*?

Mierda. No pretendía mencionar eso. A Gina le molestaba mucho que la gente hablara de ella.

—No es mi culpa. Bry se enteró de que estaba trabajando para ti y me dio algunas, no sé, pautas. No es para tanto. —Una cucharada de ensalada de papa cayó en su plato—. No es que las necesitara de todos modos.

El *plop* de la comida de Gina en su plato tuvo un poco más de fuerza de la necesaria. —Bryan no tenía ningún derecho a...

—Claro que lo tenía. Te quiere. Igual que cuando estábamos en la escuela. También me hizo la vida imposible en ese entonces.

—Lo recuerdo. Estuvo castigado una semana.

—Por darme una paliza. Disfrutaste eso, ¿no? —Le tendió las pinzas de la ensalada. Como ofrenda de paz, probablemente no era tan buena como las flores, pero, bueno, ella le había devuelto todas sus canastas, así que ¿qué sabía él?

Ella sirvió un poco de ensalada César en su plato y luego le devolvió las pinzas para que él las usara. —Fue la venganza. Me sentí un poco reivindicada.

Él se sirvió su porción de ensalada. Probablemente no era el momento para mencionar que había conocido a Linda en detención. Linda, que no tenía *ningún* problema con los chicos interesados en sus, eh, *lolas*. De hecho, había fomentado su interés. Y, siendo un adolescente, él no iba a decir que no.

Simplemente fingió que era Gina.

Mmm... los adolescentes realmente *eran* neandertales.

—¿A qué se debe esa sonrisita? —Gina le dejó caer un panecillo kaiser en el plato.

—¿Sonrisita? ¿Yo? No tengo idea de qué hablas. —Le dio un mordisco al panecillo.

Ella lo miró con recelo. —Ajá. Claro.

—¿Quieres rosbif o pavo? —Le tendió el tenedor de servir para que se sirviera ella misma.

Ella no lo tomó, simplemente ladeó la cabeza. —No sé qué pensar de ti, Foster.

—¿De mí? —Se sirvió—. Yo soy más de rosbif. Ya sabes, el típico tipo de carne y papas.

Ella se sirvió una rebanada de queso americano, murmurando algo que sonó muy parecido a: —No hay nada típico en ti.

Él decidió tomarlo como un cumplido.

Terminaron de preparar sus sándwiches, luego tomaron unas bebidas de una hielera antes de sentarse en las mesas plegables instaladas cerca de los camiones de bomberos, presentándose a las otras cinco personas que estaban allí, aunque Gina ya conocía a todos.

—Veo que sobreviviste bien a la tormenta, Gina. —El hombre con uniforme de repartidor levantó su taza de café a modo de saludo.

—Por suerte no se nos fue la luz, Hank. Escuché que las carreteras están complicadas.

—Dice mucho que *este* sea el lugar donde tengo que conseguir mi café. Me alegro de que no sea la semana antes de Navidad o tendría que pasar toda la noche trabajando. Ya de por sí, probablemente voy a dormir en la central esta noche.

—¿Julie estará bien con los niños?

—Julie es increíble con los gemelos. Me agotan después de media hora, pero ella sigue sonriendo y hablándoles como si fueran las cosas más preciosas del mundo.

—Que lo son —dijo Gina.

—Lo sé. Una gran esposa, hijos increíbles, un buen trabajo. Tengo suerte.

Una sonrisa tan tonta se dibujó en la cara del hombre que Dare se habría reído si no deseara lo mismo que Hank obviamente tenía con su esposa.

Dare le dio un mordisco a su sándwich. Sí quería lo que Hank tenía. Lo que sus padres habían tenido. Bueno, antes de que mamá se enfermara, pero, incluso entonces, el amor que ella y papá habían compartido...

También lo había visto con Bill y su esposa. Ahora Gage y Lara. Bryan y Jenna. Incluso Tanner y su esposa Juliet habían reavivado lo que casi habían perdido. Si ellos podían reconstruirlo, él y Gina deberían poder hacerlo. Solo tenía que recordar, como le había advertido Bryan, que la había lastimado mucho. En aquel entonces, no sabía cómo hacer las cosas mejor; ahora...

Menos mal que no tenía ninguna intención de arruinar esto.

—...noche libre, señor Foster?

—Perdón, ¿qué dijo? —Dare se giró hacia la mujer mayor que estaba a su lado. La señora Kelton, si recordaba bien. Su esposo estaba a su lado, y su hija y su yerno enfrente de ellos.

Se ajustó las solapas de su abrigo blanco abullonado que parecía algo que usaría el muñeco de Michelin. —Le preguntaba si le habían dado la noche libre anoche, con la tormenta inminente. No me imagino que mucha gente haya ido al club con ese pronóstico.

El hecho de que esta señora de setenta y tantos años supiera A) dónde trabajaba él y B) a qué se dedicaba le hizo negar con la cabeza.

—Oh, Estelle. —Su esposo la codeó con el hombro—. Recuerdas cómo era ser así de joven. Nada nos habría impedido divertirnos.

—Qué curioso que digas eso, Stewart, pero *yo* todavía soy joven. Y si anoche no te convencí, tal vez *tú* deberías ir al espectáculo del señor Foster. Podrías aprender algunos movimientos. Hay que amar las tormentas de nieve.

Estelle se dedicó a su ensalada de col con ahínco mientras el resto de ellos se quedaron con la boca abierta. Su hija parecía querer meterse debajo de la mesa, el yerno intentaba no reírse y su esposo se atragantó con el café.

—Vaya, señora Kelton, ¿acaso *usted* ha visto el espectáculo de Darien? —Gina levantó las cejas hacia Darien.

—Soy vieja, querida, no estoy muerta. —Fijó su mirada en el señor Kelton, que ahora miraba fijamente su taza de café como si hubiera un agujero negro o una máquina del tiempo dentro.

—¿Sabe que tienen bailarinas? Michelle es una, ¿verdad, Darien?

¿A dónde demonios quería llegar Gina con este interrogatorio? ¿Acaso estaba *tratando* de romper el matrimonio de los Kelton? —Eh, sí. Michelle, Daisy, Morgan, Letty... Hay bastantes.

—Tal vez debería ir con su esposa, señor Kelton. —Gina simplemente *no* lo dejaba estar—. Lo que es bueno para uno, es bueno para el otro.

Dare deseó que la nieve entrara y lo enterrara. Y a Gina. O al menos que le llenara la boca para que no pudiera decir nada más. ¿En qué estaba pensando la mujer?

—Oh, créeme, Gina, he intentado que vaya. Dice que es demasiado viejo para ese tipo de cosas. —La señora Kelton resopló—. ¡Como si fuera cierto! —Se sirvió un poco más de ensalada—. El día que sea demasiado vieja para ese tipo de cosas será el día que me saquen en una caja de pino.

El señor Kelton levantó la vista sorprendido. —¿Y por qué demonios querrías que fuera allí? Es para la generación más joven.

Ella lo señaló con el tenedor. —Solo porque nuestros cuerpos no tengan veinte años, no significa que nuestras mentes no puedan tenerlos. Es divertido, es sexi, y podría ponerle algo de chispa donde se necesita.

Esta vez, fue Dare el que se atragantó con su café.

—¿Cómo les va por aquí? —Samps apareció justo a tiempo como el verdadero héroe bombero que era.

—Eh, el ambiente se está poniendo un poco caldeado por aquí —dijo el yerno de la señora Kelton.

—Bueno, en ese club tuyo el ambiente está que arde. —La señora Kelton le sonrió a Samps.

Gina estalló en carcajadas mientras Dare intentaba superar el hecho de que esta mujer lo había visto bailar a él y a Samps. Se alegraba de poder aportar un poco de *chispa*, como ella lo llamó, a su vida, pero una cosa era estar en el escenario y saber que las mujeres estaban ahí y oír sus gritos, y otra muy distinta era estar sentado frente a una de esas mujeres que gritaban y que tenía edad suficiente para ser su abuela.

Aunque, pensándolo bien, su abuela probablemente habría sido una de esas mujeres que gritaban. La abuela Dee no era de las que le huían a la vida.

—Así que te gustó el espectáculo, ¿eh, Estelle? —Samps giró las caderas mientras rodeaba la mesa para pararse detrás de ella—. ¿Viste algo que te gustara?

—Oh, cariño, vi mucho que me gustó. Suficiente para avivar estas viejas llamas.

—Estelle, no creo que debas someter a estos chicos a ese tipo de conversación. —El señor Kelton limpió unas gotas de café—. Los estás incomodando.

—Cathy y Logan tienen hijos; saben de sexo, Stewart. Por Dios. —La mujer se sirvió un poco más de ensalada de col.

Era la única que comía. Gina se reía demasiado, Logan, el yerno, se mordía el interior del labio, y Cathy parecía que la comida no se le quedaría en el estómago aunque lograra meterse algo. Stewart dejó los cubiertos con exasperación, Darien sentía que boqueaba como un pez, y Hank sacó su teléfono, diciendo que tenía que hacer una llamada.

Solo Samps parecía a gusto con las, eh, observaciones de Estelle. —Entonces tienes que ir al espectáculo esta noche. Toma. —Le tendió un par de entradas—. Invito yo.

La cabeza de Cathy *chocó* contra el hombro de su esposo.

—¿Vas a estar ahí? —Estelle coqueteó descaradamente con Samps.

—No, esta noche libro, pero Foster sí. El espectáculo estará lo suficientemente caliente como para derretir la nieve.

—Demonios, solo dale una copia de *Magic Mike* y ella la derretirá sola —murmuró Cathy.

—Ya tiene esa película. —El señor Kelton negó con la cabeza—. La ha visto más veces de las que quisiera contar.

Estelle golpeó la mesa con las manos. —Los movimientos son buenos. Hacen que el cuerpo se sienta joven.

—Oh, Dios, las cosas que no quiero saber sobre mis padres. —Ahí fue la cabeza de Cathy, *golpeando* la mesa esta vez.

Dare tuvo una imagen de Estelle haciendo un par de empujes pélvicos y eso fue suficiente para él. No pudo contener la risa.

Gina aplaudió. —Señora Kelton, quiero ser como usted cuando sea mayor.

—No, no quieres, querida. —La mujer le dio una palmadita en la mano—. Quieres ser exactamente quien eres. Esa es la mejor manera de ser. —Le dio un codazo a su marido—. Vamos, Stewart. Vayamos por más de esta ensalada de col. Te mantendrá regular.

La mesa estalló en risas después de que se alejaron.

—Ay, Dios mío. —Cathy se cubrió la cara con las manos—. Siento mucho lo de mi madre. Ella es tan...

—Única. —Gina se secó la esquina de los ojos—. Tienes que querer a alguien que se sienta tan cómoda en su propia piel como para ser como tu mamá.

Cathy se asomó para poner los ojos en blanco. —Está un poco demasiado cómoda, si me preguntas. Un poco de moderación no le vendría mal.

—Pero entonces no sería tu mamá. —Logan rodeó los hombros de su esposa con el brazo—. ¿Y ya sabes lo que dicen? Mira a la madre para ver cómo será la hija a su edad.

Cathy le dio un codazo. —Si empiezo a hablar así, te doy permiso para que me tires en la nieve para enfriarme.

—¿Y por qué demonios querría hacer eso? Preferiría arrastrarte detrás de los camiones de bomberos. Para encender el fuego.

Cathy se puso roja como un tomate. —¿Por Dios, qué les pasa a todos? ¿Una tormenta de nieve y se convierten en maniáticos sexuales?

Dare no pudo *evitar* mirar a Gina.

Ella entrecerró los ojos. —No te hagas ideas, Foster.

Demasiado tarde.

—Tenemos mucho que pintar. —Le meneó el dedo.

Ah... lo que podría hacer con ese dedo. —Voy a pintar como el viento si ese es tu argumento.

—Creo que voy a ir a rescatar a mi papá. —Cathy se levantó y recogió su plato—. Siéntete libre de saltar a un montón de nieve para enfriarte, cariño —dijo con una sonrisa no tan dulce en su rostro mientras se iba.

—Ay, vamos, cariño. —Logan casi se cae de la silla al levantarse—. Deberías alegrarte de que todavía quiera ir detrás del camión de bomberos contigo. —Les hizo un rápido saludo con la mano y luego fue tras su esposa.

Dare movió las cejas. —Y entonces quedaron dos.

—Que tienen que volver a pintar. —Gina se puso de pie.

Dare también se levantó, luego se dio la vuelta, con los brazos extendidos. —Su carruaje la espera, mi lady. Súbete.

Al igual que Estelle, no tenía más que elogios para los méritos de una tormenta de nieve.

Capítulo Once

Gina se dirigía a la puerta de su departamento cuando sonó el timbre, frotándose el cabello con una toalla. Dare había desenterrado su camioneta y luego la dejó antes de su cita de la tarde, ya que el auto de ella seguía sepultado por la nieve. Ella se metió a la ducha, sabiendo que esta confrontación, que iba a pasar tarde o temprano, era inevitable. Pero, aun así, esperaba al menos haber alcanzado a terminarse el pelo.

—Gina Maria Theresa Taormina, abre esta puerta. Sé que estás ahí.

Solo su mamá, su abuela y Candy usaban su nombre completo. *Incluido* su nombre de Confirmación.

Abrió la puerta. —Te estaba esperando.

—Por supuesto que sí. —Candy entró como un vendaval, arrojando su abrigo de visón de rancho sobre la silla junto a la puerta. Muy pocas mujeres podían lucir jeans con un abrigo de piel hasta los tobillos, pero Candy era una de ellas. Y no ofrecía disculpas por tener un abrigo de piel, decía que los visones habían sido criados por el abrigo igual que el ganado Wagyu se criaba para ser Kobe beef. Y disfrutaba de ambos.

Rodeó el sofá, dejando que los dedos se deslizaran por el respaldo, y luego se derritió en el cojín. Al menos se había cambiado la ropa del camino de la vergüenza. —Suelta.

—Ay, estoy bien, Candy, gracias por preguntar. ¿Quieres tomar algo? —Gina colgó la toalla del picaporte del clóset de los abrigos.

—Deja de dar vueltas. Vamos por el vino después de que me digas qué hacías besando al sapo.

Gina resopló y se contuvo la risa. A Candy no le gustaba quedarse fuera del chisme. *Y* se preocupaba por Gina. Sabía lo que había pasado en la escuela y había estado presente para las consecuencias con John. Por mucho que Candy la hubiera estado empujando con Darien, era muy protectora, y Gina la adoraba por eso.

—Siéntate. —Candy palmeó el espacio a su lado en el sofá.

Gina suspiró y se sentó. Debió haber tomado el vino *antes* de que apareciera Candy.

—Entonces, ¿qué pasó para que yo te dejara y casi no lo soportaras, pero doce horas después tuvieras la lengua hasta su garganta? —Candy parecía genuinamente dolida de no haber estado para la transformación.

Como si *eso* no hubiera sido incómodo. —Mi lengua no estaba en su garganta.

—La de él sí estaba en la tuya. Lo que sea. Detalles semánticos. —Agitó sus uñas rosa con brillos—. El punto es: ¿ahora no te lo puedes despegar?

—No estaba encima de él.

Las manos de Candy cayeron con un golpe sobre el sofá, el rosa brillante en fuerte contraste con la tela azul marino. —Ay, por Dios, Gina, es como sacar muelas. Ya cuéntame.

Gina suspiró y recogió las piernas bajo sí. —Se disculpó.

—¿*Eso* es todo? ¿No lo hizo hace años?

Gina arrancó un hilo suelto del cojín decorativo. —Sí, pero pensé que lo había hecho porque el señor Dilworth lo obligó a disculparse. No había sido capaz de escuchar la sinceridad porque estaba demasiado atascada en mi propio dolor.

—¿Así que estás diciendo que el tiempo lo cura todo?

Gina se encogió de hombros. —Es solo que... estaba lista para escuchar.

—*Querías* escuchar. —Candy le dio un golpecito en la rodilla—. Porque tus hormonas te decían que superaras el dolor y pusieras atención.

No solo sus hormonas, pero apenas podía admitir eso ante sí misma, mucho menos ante Candy. Amaba a su mejor amiga, pero, a veces, el *te lo dije* era difícil de tragar. —Algo así.

—¿Y...?

—¿Qué quieres decir?

Candy se dejó caer de lado en el cojín, girando para encarar a Gina, acercando su tacón Louboutin plateado con brillos—tan poco práctico para este clima como los Crocs de Gina, pero al menos los de Gina tenían aplicaciones prácticas para el trabajo—peligrosamente a la vista del vivo blanco. —Quiero decir, ¿a dónde va esto? ¿Estamos hablando de algo a largo plazo?

Gina se puso de pie y se dirigió a la ventana. Las luces del estacionamiento hacían que la nieve que caía titilara. —Ay, Candy, no sé. Apenas le abrí la puerta. ¿Puedo ir despacio, por favor?

—A ese tipo lo dejaste entrar hace años, solo que no querías admitirlo.

En el reflejo de la ventana, Gina vio a Candy pasar las uñas por el respaldo del sofá. —No es cierto.

—Entonces ¿por qué has estado pensando en él desde la graduación?

—No he estado.

—Sí, sí has. Me lo dijiste la noche que movimos tus muebles y se cayó tu anuario.

Porque hubo vino de por medio, obviamente. —Bueno, es medio difícil *no* pensar en él cuando no deja de mandarme canastas.

—Eso fue solo en los últimos cuatro meses. Te conozco desde hace doce años y puedo recitar palabra por palabra esa historia de la clase de Nester. No te has olvidado de él en todos estos años.

Gina se pellizcó el puente de la nariz. —Bueno, ¿qué esperas? El tipo me avergonzó no solo frente a mi clase, sino frente a por lo menos seis generaciones de alumnos. Sin contar a sus hermanos. La noticia corrió antes de que saliéramos de la oficina del director ese día. Estaba humillada. Difícil de olvidar.

—Lo entiendo, pero sé cómo funciona tu cabeza. Darien te enganchó hace años y no por la humillación. Esta mañana me da la razón.

Gina no podía discutir eso.

—Tenías miedo.

Gina la miró en el reflejo. —Eso es ridículo. Darien no me daba miedo.

—Claro que sí. O, si no él, te asustaba *desearlo*. Tenías miedo de cometer con él el mismo error que cometiste con John.

Se dio la vuelta. —¿Puedes culparme?

—Sí. Porque, como te he dicho, no todos los hombres son unos imbéciles.

—Pero él ya probó que lo es.

—Eso fue hace demasiado como para que cuente. Tú misma dijiste que era un chamaco. Dale un respiro. A todos nos tienen que perdonar las estupideces que hicimos de jóvenes.

Gina cruzó los brazos y se recargó en el marco de la ventana. —Hay antecedentes.

—Un incidente no hace historia. Un incidente es un error. No tienes que repetirlo.

—¿Pero cómo sé que no lo estoy repitiendo?

Algo cruzó fugaz por el rostro de Candy y Gina se preguntó si tendría que ver con su caminata de la vergüenza, pero antes de poder preguntarle, Candy cuadró los hombros y se irguió.

—Estuve investigando.

Gina puso los ojos en blanco. —*Por supuesto* que sí.

Candy siguió como si no hubiera escuchado el comentario de Gina. Ni el sarcasmo. —Era dueña de un edificio de departamentos con un socio. Sacó una buena suma con la venta. Definitivamente no va detrás de tu cuenta bancaria, así que eso ya te lo puedes quitar de encima.

—Lo sé. Le ofrecí pagarle por su tiempo esta semana, pero se negó. Dijo que estaba haciendo esto para la escuela y que no quería tomar mi dinero.

—¿Ves? Está limpio. Solo tienes que confiar en ti. Hazle caso a tu instinto.

—Ya lo hice una vez. Me falló.

—Quien te falló fue *John*. Y Darien no se parece en nada a John.

Gina abrió los brazos. —Lo sé, pero ¿por qué habría de darle el poder de volver a herirme?

—Además de lo obvio, que es que te enciendes como árbol de Navidad cuando hablas de él —y hablando de eso, necesitamos poner uno en el spa antes del jueves—, se disculpó. Eso dice algo. A la mayoría de los hombres les cuesta muchísimo disculparse. Es más, hasta reconocer que *necesitan* hacerlo. Y fue tan sincero que tú lo aceptaste. Así que eso va a la columna de los *pro*.

—Cierto. —Sus manos encontraron su camino a la cintura.

—Y luego están los regalos. O sea, primero se puso dulce y romántico, pero cuando eso no funcionó, se puso práctico. Hay que respetar a un hombre que respeta los negocios.

—Otra vez, cierto.

—Y luego está la *pièce de résistance*. Está trabajando para ti. Gratis. Aunque le ofreciste dinero. ¿Quién hace eso? Alguien que de verdad quiere pasar tiempo contigo, ese.

Gina asintió. —Supongo que es verdad.

—Por supuesto que lo es. Así que tres *verdades* significan que por lo menos tienes que darle una oportunidad.

—¿Y si salgo lastimada?

—Pues te lastimas. En esta vida no hay garantías, y sin riesgo no hay recompensa.

Ella suspiró y tomó asiento en una de las sillas laterales. —No sé si ando buscando una recompensa ahora mismo. O sea, con todo lo que está pasando con el spa...

—Pamplinas. —Candy le dedicó un chasquido con sus uñas brillosas—. El spa es una excusa. A menos que planees despedir a todo el mundo y hacerlo todo tú sola, sí que *tienes* tiempo para tener vida. Y —¡oh, qué conveniente!— él de hecho *trabaja contigo.* Ergo, no hay necesidad de apartar tiempo extra para estar juntos. —Se recostó y cruzó los brazos sobre su blusa de satén plateado, con una sonrisa autosatisfecha—. Por cierto, eres la única que no vio venir esto a kilómetros.

—Eso no es cierto. Debby no. Me preguntó si podía lanzarse con él, así que no es tan obvio como crees.

—Te preguntó eso para picarte. Para que te dieras cuenta de que, si no hacías algo, podías perder la oportunidad.

Gina se inclinó hacia adelante, los codos en las rodillas. —¿Quieres decir que en realidad no le interesa? ¿Que eso fue algún tipo de maniobra?

Las manos de Candy se alzaron, palmas hacia afuera. —No te me alborotes y no mates al mensajero. Y sobre todo ni se te ocurra pensar en despedirla. Por *supuesto* que le interesa. Caray, por lo menos a la mitad de la población femenina le interesa. Pero tenía que ver qué pensabas tú. Si mostrabas el más mínimo interés, ella se echaba para atrás.

—Le dije que se lanzara.

—Sí, pero con condiciones. Ella me contó. —Candy volvió a recostarse, colgando el brazo sobre el sofá. Solo le faltaba un cuenco de crema y un par de plumitas en la comisura de los labios—. También dijo algo de que la dama protesta demasiado.

—¿Entonces no está interesada?

—Oh, si no tienes cuidado, definitivamente se va a conformar con tus sobras. Pero no va a mover un dedo si hay algo entre tú y Darien. —Candy le señaló con un dedo—. Y lo hay.

Gina suspiró. —Tienes razón. Estoy asustada.

—Todas nos asustamos en algún momento. La forma en que manejamos ese miedo es lo que nos define. ¿Crees que yo no estaba aunque sea un poquitito nerviosa al invertir todos mis ahorros en un portafolio que *yo* diseñé? O sea, ¿quién me creía? —Se apartó un pelo imaginario—. Pero tenía que arriesgarme. Hice mi tarea y di el salto. Igualito que tú con el spa. Eso es todo lo que cualquiera de nosotras puede hacer. —Alzó un dedo—. Uno, conoces a Darien. —Levantó otro—. Dos, trabaja para tu primo. —Y otra vez, uno más —. Tres, la verificación de antecedentes salió bien. Y, cuarto —apareció su dedo meñique—, y lo más importante, se disculpó. Luego está el hecho de que es atento. *Y* por lo que vi, parece ser un besador de los buenos. Sin contar que el hombre sabe *moverse*. Y ese cuerpo... —Candy se abanicó—. O sea, uuuju, ay, por Dios, nena. Tú podrías estar dándote un gustito de eso...

—Ya, Hattie McDaniel. Bájale tantito.

Ella y Candy también habían visto *Lo que el viento se llevó* un par de veces.

—Lo único que digo es que todas las señales apuntan a que sí.

—¿Pero y si no estoy leyendo bien las señales?

—¿Y si sí? No lo vas a saber hasta que lo intentes. Con él puedes tener el pastel *y* comértelo también, si sabes a lo que me refiero. —Candy le guiñó las cejas—. Entonces, ¿podemos dejar el drama —y todos los clichés— y simplemente dejarte disfrutar que un bombón esté loquito por ti? Digo, peores cosas hay.

—Hablando de eso... —Gina saltó al sofá a su lado—. Te toca soltar la sopa. ¿Qué onda con el walk of shame?

—No es nada. —Candy negó con la cabeza y comenzó a hurgarse las uñas —cosa que jamás hacía; *nunca desperdicies una buena manicura* era su lema—. Una suposición que no debí haber hecho. Ya sabes lo que dicen de las suposiciones, ¿no?

—¿Pero con quién? No sabía que estabas saliendo con alguien.

Siguió picándose las uñas. —No estoy.

—¿Entonces quién?

—No es importante. Como te dije, saqué la conclusión equivocada y definitivamente no voy a volver a hacerlo. —Se puso de pie de un empujón—. Será mejor que me vaya.

—¿Y el vino? —Gina se apresuró a seguir a Candy, que salía del departamento más rápido de lo que debería poder una mujer en Louboutins.

—Te dije que no hay nada de qué hablar, y menos de qué quejarse. —Candy se echó el abrigo de visón al hombro con un giro perfecto de modelo de pasarela.

—No de ese tipo de queja. Digo del que se bebe.

—Sé a qué te referías. Por eso me voy. No hay nada que contar, y emborracharme para hacerme hablar no va a funcionar. Además, mañana te tienes que levantar temprano. T menos cuatro días y contando para el segundo día más grande que The Gilded Lily ha tenido hasta la fecha. ¡Ta-ta!

Con eso, Candy salió del departamento de Gina a toda orquesta, dejando a Gina preguntándose qué fibra había tocado con su pregunta.

Y qué otras fibras había tocado también el misterioso —nadie importante—.

* * *

—Hola, Pop. —Dare hizo una mueca cuando la puerta mosquitera se azotó detrás de él al dar un paso dentro de la casa de su infancia... y se fue quince años al pasado. Nada había cambiado. Aunque el problema de la puerta tenía apenas unos ocho meses —databa de más o menos una semana antes del retiro de Pop—. —¿Todavía no le metiste mano a la puerta, eh?

Su padre se impulsó de los brazos del reclinable para ponerse de pie. —Todavía no. He estado, eh, ocupado.

Distraído, quería decir. Dare sabía la verdad. Era la razón por la que estaba aquí. Bueno, una de las razones.

—¿Quieres una cerveza? —Su padre señaló con la mano hacia la cocina. En otras palabras, si Dare quería una, tenía que ir por ella.

—Nah, estoy bien. —Ni de chiste iba a entrar ahí hoy.

—¿Y a qué debo la visita? ¿No puedes encontrar ese edificio que has estado buscando y quieres regresar a vivir aquí? —Pop se rió. Eran buenos amigos, pero solo serían compañeros de cuarto por necesidad. Pero no en *esta* casa. Demasiada historia triste mirándolos de frente.

—Nada del inmueble todavía, y a mi casera no le haría gracia tener que rentar mi lugar en Navidad, así que, no, mudanza descartada. Pensé que pasaba a ver si necesitabas ayuda con algo. Un proyecto o lo que sea. —Cual-

119

quier cosa para mantener la mente de Pop —y la suya— fuera de la fecha de hoy.

O al menos fingirlo. El aniversario de la muerte de Mamá pesaba mucho sobre ambos.

—Nop. No estoy trabajando en ningún proyecto, la verdad.

Entonces, ¿con qué estaba tan ocupado? Pero Dare sabía que era mejor no preguntar. Por eso tenía que acelerar su búsqueda de propiedad. Con la experiencia de Pop en construcción, Dare tendría el "proyecto" perfecto para mantenerlo ocupado: encargarse de los pendientes diarios en la nueva ubicación.

—Bueno, entonces pasa. —Pop se arrastró hacia la puerta—. No hay necesidad de que agarres una pulmonía ahí afuera.

A Dare se le cortó la respiración. Al final sí era cierto eso de que, con los años, los esposos empiezan a sonar igual: por unos segundos Pop sonó *igualito* a Mamá.

O quizá fue el recuerdo de su voz que él creía oír desde la cocina.

Sacudió la cabeza. Hoy era el único día de todo el año que le encantaría fingir que no existía, pero no podía. Por Pop. Dare solo había faltado una vez desde que Mamá falleció, en quince años.

—Entonces, ¿qué traes en la cabeza? —Pop cerró la puerta principal detrás de él. Era "lo suyo". Siempre lo había sido—. "Nomás asegurándome de que no se escape el calor", siempre decía.

Lo que en realidad quería decir era: "Asegurándome de que Darien no se escape". Dare se había ido a dar un "paseo" cuando tenía dos años. En pleno invierno. A media noche.

El pestillo de la puerta principal no se había alcanzado a cerrar del todo por alguna razón esa noche y, por suerte, Pop había escuchado el viento silbando por la planta baja. Con la fortuna de que había caído una nevada fresca que mantuvo al Dare Toddlersito lo bastante entretenido como para quedarse en el porche jugando con ella.

Desde entonces, Pop era fanático de asegurarse de que esa puerta estuviera bien cerrada.

—Estaba pensando, Pop, si no estás ocupado, ¿qué te parece si vamos a comer algo?—

—Nah, tengo suficiente en la cocina.—

Sí, pero no iba a cocinar nada. Dare conocía ese jueguito.

—Yo invito. Y hay algo de lo que quería hablar contigo antes de irme a trabajar.—

Eso llamó la atención de su padre. —Bueno, si no es un lugar nuevo, ¿es una chica?—

Dare sonrió. Gina había dejado atrás lo de *chica* hacía mucho y ya estaba de lleno en la etapa de *mujer*. —Sí. Lo es.—

—Entonces déjame agarrar mi abrigo.—

Más ágil de lo que Dare lo había visto en un tiempo, su padre se apuró hacia el clóset de los abrigos y sacó la gastada chaqueta verde del Ejército que había usado desde siempre. Dare le había comprado una nueva la Navidad pasada, pero tenía la corazonada de que todavía tenía las etiquetas puestas.

—Tú vete, yo cierro la puerta.— Pop lo espantó para que saliera delante de él.

—Está bien, pero vamos en mi camioneta.—

—Claro que sí, carajo. La mía está en el taller y el sedán no está hecho para este clima.—

Eso era porque esa cosa tenía veinte años. Había sido de Mamá, y Pop no pensaba venderla.

A Dare le preocupaba un poco esa manera de pensar. Había estado bien cuando Pop tenía un trabajo al que ir. Algo que hacer. Un propósito. Pero ahora... Se la pasaba en la casa, cada vez más... distraído.

Pop estaba envejeciendo rápido. Innecesariamente. Dare se había dado cuenta la Navidad pasada cuando lo visitó. Luego, cuando el pronóstico de Bill se fue al traste, Dare decidió vender y volver a casa. Tanto él como Pop necesitaban un nuevo comienzo.

—¿Hay chance de que vayamos a Charlie's Place? —preguntó Pop—. No he ido en un rato.—

—Seguro. Suena bien.— La taberna histórica había sido la favorita de la familia en su momento. Hacía años que no iban juntos. Por lo menos quince.

—Mírate, bien mañoso, entrando de reversa con este clima.— Pop apretó la manija de la puerta mientras Dare se tomaba su tiempo para rodear el frente de la camioneta—. ¿Qué? ¿Hiciste trompos en el césped o qué?—

—No quería arriesgarme a quedarme atascado. Sabes, Pop, de verdad deberías hacer que alguien te desyerbe la entrada.—

—Yo puedo limpiar mi propia maldita entrada si hace falta.— Pop se trepó a la cabina—. Nomás que no ha hecho falta.—

Porque su padre no iba a ninguna parte. No *hacía* nada. Y desde que Snoopy, su beagle más viejo que los cerros, murió —también una semana después de que empezara su jubilación—, Pop se estaba volviendo un ermitaño. Todo porque Mamá ya no estaba y ahora no tenía un motivo para levantarse en la mañana.

Dare sabía de soledad. Era la razón por la que se había ido en primer lugar. Y la razón por la que había vuelto.

Se subió al asiento del conductor y llevó la camioneta con cuidado por el camino de entrada. La nieve se había compactado, con una capa de hielo arriba que permitía que sus llantas se agarraran. Pero sus huellas se congelarían mientras estaban fuera, convirtiendo la entrada en una pista de patinaje, así que en cuanto dejara a Pop instalado en una mesa en lo de Charlie, se iba a salir a hacer una llamada. Que despejaran la entrada antes de que regresaran y que quedara como —un buen samaritano ayudando al señor Foster—. Esa era su historia y a esa se iba a apegar.

Pop dio unos golpecitos en la ventana del pasajero. —A tu mamá le gustaba la nieve, ¿sabías? Incluso después de aquella vez que tú...—

Por más que a Pop le gustara fingir que era duro, cuando se trataba de su familia, era un blandengue. Pero si se lo decías, lo negaba todo.

Así que Dare fingió no darse cuenta. Como siempre. Era más fácil así. —Sí, lo sé. Siempre le encantaron las tormentas de nieve. Se aseguraba de que tuviéramos suficiente leña y malvaviscos para la fogata.—

—Janet sabía hacer un buen s'more, eso que ni qué.— Pop frotó el vaho que su aliento había dejado en el vidrio—. Quería tener más hijos, ¿sabes?—

—¿Ah, sí?— Mamá siempre había dicho que habían hecho al niño perfecto cuando lo tuvieron a él y que no había querido tentar a la suerte. Que él había sido suficiente para ella.

De niño, le encantaba escuchar eso. De adulto, suponía que tenía que haber algo más, sobre todo por la edad que tenían cuando él nació, pero nunca había sido un camino de conversación que él y Pop hubieran transitado antes, y no estaba seguro de adónde iba ahora.

—Sí. Sé lo que te dijo, pero tu mamá, ella nació para ser mamá. Debió tener más. Lo intentamos. Hubo dos antes que tú, pero...— Su padre se encogió de hombros—. Nomás no podía retenerlos.—

Esa era nueva. Dare no sabía que su mamá había tenido abortos espontáneos. Eso sí explicaba por qué habían "esperado" tanto para tenerlo, como le habían dicho. —¿Crees que estaba relacionado, con lo de...?—

Nunca habían dicho la palabra. Siempre había sido que "Mamá estaba enferma". O *mal*. Nunca *esa* palabra.

Dare odiaba esa palabra. Un odio que se había reforzado con el diagnóstico de Bill.

Pop se encogió de hombros otra vez. —No sé. Intentamos por más después de ti, pero no pasó. Y no teníamos el dinero para seguir intentando como hace la gente ahora con lo del in vitro y todo eso. Tal vez se habría mostrado antes, tal vez no.— Suspiró, aún mirando por la ventana—. Era una buena mujer, tu mamá. La mejor que ha habido. Más de lo que pude haber esperado, ¿sabes?—

Dare no pudo responder. No es que hiciera falta; el engrosamiento de la voz de su padre sonaba sospechosamente a lágrimas, que su padre nunca había derramado frente a él. No cuando Mamá murió, no cuando Dare se fue, y ni siquiera cuando encontraron a Snoopy esa noche después de por fin sacar a Pop de la casa para ver el partido de la liguilla.

Unos minutos después, Dare entró al estacionamiento de la taberna. Todos le decían Charlie's Place porque Charlie Schmidt, amigo de toda la vida de Pop, era el dueño, pero en realidad se llamaba The Mayflower. Sonaba demasiado elegante para la clientela y la comida, así que, como Charlie lo había tenido por cerca de medio siglo, se quedó como Charlie's Place.

Los jueves solían ser noches de póker, los miércoles de dardos. La esposa de Charlie, Iona, había intentado arrancar el bingo los domingos, pero una vez que pusieron las TVs en HD, los domingos y los lunes por la noche quedaron reservados para San Futbol Americano en otoño y para Monseñores Béisbol, Hockey, Golf y NASCAR el resto del año, con el ocasional Reverendo WWF metido en noches flojas. Seguro que los fundadores del establecimiento original no vieron *eso* venir hace cien años.

Él y Pop llegaron a la mesa después de como cinco minutos de palmadas en la espalda y un montón de —Hace tiempo que no te veía— dirigidos a ambos.

—Adelante y pídeme una cerveza, Pop —dijo Dare después de que su padre se sentó—. Tengo que hacer una llamada rápida.—

Pop solo alzó una ceja y gruñó, luego llamó con la mano a una de las hijas de Charlie para hacer el pedido. Cinco dólares a que iba a haber nachos irlandeses en la mesa cuando regresara.

Dare empujó la puerta principal para hacer la llamada donde pudiera oír por encima de la multitud futbolera. Estaba nevando otra vez. Sonrió. La nieve había cobrado un significado totalmente nuevo desde que pasó la tormenta con Gina.

Se reportó con su agente de bienes raíces para ver si milagrosamente había aparecido alguna propiedad viable en el mercado, luego arregló que una compañía de arado pasara por la casa de su padre antes de volver a entrar. Le costó el doble, pero valió la pena para que Pop no se rompiera la cadera.

—Entonces... Esta chica. ¿Es la indicada?— Pop le pasó su cerveza cuando volvió a la mesa.

—No lo sé.— Los nachos irlandeses —papas a la francesa con queso derretido, tocino, cebollín y crema agria por encima— lo hicieron estirar la mano por un tenedor.

—Puras mentiras. Si vale lo suficiente como para hablar con tu papá, entonces es la indicada. ¿A cuántas otras te han tenido tan hecho bolas que quisiste buscar el consejo de tu viejo, eh?— Pop inclinó su botella hacia Dare para remarcar su punto.

—A ninguna.—

—Exacto.— Pop dio un trago—. Entonces, ¿tiene nombre?—

—Gina.— Dare miró de reojo y esperó a que su padre tragara. Esto iba a caer bien—. Taormina.—

La botella de Pop golpeó la mesa, pero se las arregló para no escupir la cerveza, así que fue un triunfo. —¿Esa pobre chica a la que aterrorizaste en la prepa?

Dare hizo una mueca. —Fue en la secundaria y difícilmente llamaría terrorizar a un comentario estúpido.

—Depende de quién lo defina.—Pop se frotó la barbilla.—Aun así... Gina, ¿eh? Siempre fue una muchachita muy bonita.

—Eh, sí. Lo era. Ahora es hermosa.—Tomó un sorbo rápido.—La vi en la reunión hace unos meses y no puedo sacarla de mi cabeza.

—Entonces es ella.—Pop tomó su cerveza.—¿Y cuándo vas a hacer algo al respecto?

—Estoy en eso.

—No tendría por qué ser trabajo.

—Excepto que no soy precisamente su persona favorita.—Bueno, *no* lo había sido. Ahora... suponía que había empezado a subir peldaños en la escala de aceptabilidad.

—Entonces vuélvete su persona favorita. Eres un buen tipo. Bien parecido. Siempre tuviste muchos amigos. Y las chicas siempre andaban rondando, también. Volvías loca a tu madre. Le preocupaba que alguna muchacha te amarrara en matrimonio demasiado joven.

Dare negó con la cabeza. *No* iba a tener *esa* conversación con Pop. —Fui cuidadoso.

—Menos mal. Tu madre quería lo mejor para ti.

—Lo sé.—Se lo decía todo el tiempo. Su mamá había sido increíble, y no pasaba un día sin que pensara en ella. Ojalá estuviera aquí.

—Entonces, esta chica. Gina. ¿Es la mejor?

Dare tamborileó con la botella. —Creo que sí.

—Entonces haz que suceda.

—Ese es el asunto, Pop. Trabajo para ella.

—Pensé que hacías eso de desnudarte.

En honor a Pop, lo dijo con toda seriedad. A Dare le había impresionado, cuando volvió al pueblo y le contó lo que haría hasta encontrar una propiedad en la que invertir, que Pop se tomara la noticia con calma, pero aun así le sacaba de onda que Pop no estuviera sacado de onda. Dare no creía que sería tan comprensivo si su hijo le dijera que iba a ser bailarín exótico.

Su hijo.

Vaya. La idea de eso—

—¿Lo dejaste?

Dare disipó la neblina mental que había creado la imagen de un bebé—*su* bebé. —No, sigo haciendo eso en la noche, pero trabajo para Gina durante el día.

—¿Haciendo qué? ¿No es dueña de un lugar de uñas o un salón de belleza o algo así?

—Es un spa. Estoy dando masajes.

—¿No necesitas licencia para hacer eso?

—Estoy estudiando.—Que probablemente debía volver a ir. Después de todo, ya había pagado la colegiatura.

Pop soltó una risita y dio otro sorbo a su cerveza. —Sí, sin duda es ella. Cualquier chica que te haga volver a la escuela a los treinta y tres es para quedarse. ¿Cuándo vas a pedirle que se case contigo?

Ahora le tocó a Dare casi escupir la cerveza. —Apenas hace poco logré que dejara de odiarme. Te estás adelantando, Pop.

—Yo no fui el que se apuntó a clases solo para acercarse a ella.

Puesto así... —¿Cómo lo supiste? Con mamá. ¿Cómo supiste que era la indicada y cuándo pedirle matrimonio?

Pop se encogió de hombros. —Supe desde el minuto en que vi a Janet que era la mujer con la que me iba a casar. Se lo dije ahí mismo.—Pop golpeó la botella contra la desgastada mesa de madera.—Aunque no recomendaría hacerlo exactamente así. Pensó que estaba loco, así que quizá quieras esperar un poco. Pero hazle saber que es especial. Y si tú eres especial para ella... Lo sabrás. Simplemente sabrás cuándo es el momento correcto para pedirle que se case contigo.

Dare dio un trago largo a su cerveza. Pop no conocía a Gina. Ni de chiste podía llegar y pedirle que fuera su esposa. Además, eso necesitaba tiempo para crecer. Apenas había logrado que le hablara.

Y besarlo.

—Uy, caray. Esa mirada.—Pop chocó su botella con la de Dare.—Estás perdidísimo por ella. Siempre lo estuviste, ¿verdad?

—Sí.

—Me lo imaginaba. Ni siquiera te enojaste por la detención por esa travesura. En lo personal, me pareció que un mes fue demasiado, sobre todo porque a su primo solo le dieron una semana, pero nunca te quejaste.

—Sabía que la había lastimado. Me disculpé, pero no me creyó. Pensó que me estaba burlando de ella otra vez.—Hizo círculos con la botella, llevando la condensación por la mesa, recordando lo mal que se había sentido tanto por lo que había hecho como por no poder convencerla de que lo sentía. Una estupidez.

—Sí, bueno, las mujeres son... sensibles con ciertas cosas. Especialmente con su aspecto. Tu mamá lo era. Es curioso, pero pensó que la operación haría una diferencia para mí. Pensó que sería menos mujer. Esas fueron sus palabras. —Pop se metió una papa a la boca y la masticó pensativo.—Como si *esas* la hicieran una mujer hermosa. La única razón por la que me importó que se operara—además de darle una oportunidad de curarse—fue porque a *ella* le importaba. Traté de decirle que lo de afuera es solo el envoltorio; no te muestra lo que hay dentro del paquete. Para eso, tienes que abrir el regalo, capa por capa.

Mucha más elocuencia de su padre de la que Dare estaba acostumbrado. Con la mirada melancólica de Pop y la papa entrando tan despacio, Dare podía ver los recuerdos cruzándole la mente a su papá.

No habían hablado así antes. Mamá había muerto cuando él tenía dieciocho y habían lidiado con su dolor por separado, igual que como *no* habían lidiado con él antes. Mamá había sido tajante en que cada uno de sus días restantes estuviera lleno de risas, sonrisas y ligereza. Dijo que ya había pasado suficiente oscuridad, que su tiempo final con ellos debía ser feliz.

Había sido agridulce, ese último mes. Pegarse una sonrisa cada vez que entraba a su cuarto y luego llorar a mares cuando salía. Pero no frente a Pop. Pop estaba siendo fuerte. Mamá se lo había pedido, Dare lo sabía. Igual que le pidió a Dare que fuera fuerte por Pop. Que los dos tenían que apoyarse para mantener vivo su recuerdo.

Bueno, Pop había hecho eso muy bien. No había sacado ni una cosa de ella de la casa, ni pintado una sola pared. La única razón por la que había un refrigerador nuevo en la cocina era porque el que ella compró cuando se mudaron por fin dejó de funcionar.

Pop había comprado la misma marca para reemplazarlo.

—¿Sabe lo que haces para ganarte la vida?

Dare alzó la mirada. —¿Gina? Eh, sí. Estuvo en el club la otra noche.

Pop masticó el interior de su mejilla durante un par de segundos. —Puede que no le guste, ya sabes. Tener a todas esas otras mujeres gritándote. Que bailes así en público. Digo, no conozco a la muchacha, pero dado cómo reaccionó a lo que dijiste entonces... Puede que no sea el mejor trabajo si quieres que te vea como material de marido.

Realmente no había pensado en eso. Quizá que se quitara la ropa frente a un montón de mujeres gritonas la incomodaba. Al fin y al cabo, ella *sí* había salido corriendo del club cuando él estaba bailando.

Maldición. Quizá su trabajo *sí* era un problema.

Agarró una papa. —Gracias, Pop. Me diste bastante en qué pensar.

—Bien. Ahora consigamos comida para el hambre.—Pop tomó el menú. —Voy a pedir una de las famosas hamburguesas con champiñones de Charlie. ¿Y tú?

Dare pidió un BLT—tenía que mantener la comida ligera para bailar esta noche—, pero lo que de verdad quería era a Gina. Tenía que subir su nivel de juego.

Acomodó sus menús en el porta-condimentos, en el extremo del muro de su cabina, cuando la hija de Charlie tomó la orden. —Entonces, Pop, estaba pensando en buscar un socio para la nueva propiedad.

—Pensé que dijiste que no tenías ninguna.—Empujó el plato de nachos irlandeses hacia él.

Dare lo rechazó con la mano y dio otro trago a su cerveza. —Bueno, no, todavía no. Mi agente de bienes raíces está trabajando en eso. Con suerte, encontraremos algo pronto. Probablemente después de las fiestas. No parece haber mucho movimiento en el sector inmobiliario comercial en esta época del año.

—Ni en ninguna época del año. La gente tiende a aferrarse a la tierra por aquí. El viejo Wayne tiene bien agarrado ese autocinema desde hace años y no proyecta ni una sola película ahí.

Eso se debía a que Wayne había hipotecado esa propiedad hasta el tope y no podía simplemente largarse. Jonas, su agente, le había dicho que el tipo esperaba que un gran desarrollador cayera del cielo y construyera un montón de condominios.

Dare no tenía el capital para un proyecto de ese tamaño; de otro modo, ese terreno sería perfecto. Estaba despejado y plano, con las líneas de servicios ya instaladas... Un buen ahorro ahí, pero cuando Jonas revisó, el precio que pedía Wayne superaba el presupuesto de Dare para el terreno *y* la construcción.

—Te va a costar tanto encontrar un socio como encontrar un edificio. La mayoría de la gente no tiene el tiempo ni el dinero para quedarse esperando a que un lugar les caiga en el regazo—. Pop tomó un puñado de papas fritas.

De ahí que Dare estuviera trabajando en BeefCake, Inc. —Cierto. La mayoría no.— Tomó aire. *Allá vamos.* —Pero tú sí.

Pop detuvo las papas fritas antes de llevarlas a la boca. —¿Yo? ¿Quieres que *yo* me meta en un negocio contigo?

—Sí. Piénsalo. No estás trabajando y no necesito tu dinero.

—Entonces, ¿para qué me necesitas?— Entrecerró los ojos y volvió a poner las papas en el montón con las otras.— ¿Esto no es caridad, verdad?

—No, Pop. Necesito a alguien para el día a día, una vez que esté en marcha, para atender las necesidades de los inquilinos, cualquier problema que surja, ese tipo de cosas.— Dare volvió a alzar su cerveza.

Pop se limpió las manos en la servilleta. —¿No tienes personal de oficina para eso?

Dare inclinó la cerveza hacia su padre. —*Yo* soy el personal de oficina. Arreglar cosas no es mi fuerte; Bill era el encargado en sitio. Voy a necesitar uno, y pensé que te podría interesar.

—Mmmm.— Pop tamborileó los dedos en la mesa.— Supongo que sí tengo el tiempo. Pero ¿en qué entra lo de ser socios? ¿Voy a hacer esto gratis?

—Claro que no. Te pondré en la nómina. Contigo, sé que las cosas se harán y se harán bien. Llámalo un seguro de tranquilidad.— Dio otro trago, ocultando una sonrisa. Era una buena idea; no estaba manipulando a Pop. Ese hombre podía arreglar cualquier cosa y esto podía arreglarlo a él. Mamá probablemente los estaba mirando desde arriba en este preciso momento.

—Aun así me parece caridad. Demasiado pedazo del pastel, si me preguntas, solo por arreglar bisagras y destapar inodoros.

Dare tragó y alzó una ceja. —¿Eso significa que no te interesa?

—Aguántate tantito. No dije eso.— Pop entrelazó los dedos sobre la mesa. — Sí me interesa. Solo tengo que ver cómo hacer para que se sienta como que soy socio y no un caso de caridad.— Un dedo índice dio golpecitos en el dorso de su mano.— Pero sí, tienes que contratar a alguien, y más vale malo conocido que bueno por conocer.

Dare terminó la cerveza y la dejó sobre la mesa. —Tú no eres el diablo, Pop.

—Ah, no sé yo. Tu ma solía pensarlo cuando me ponía con proyectos en la casa.

—Eso es porque nunca los terminabas.

—Eso es porque ella siempre me encontraba más cosas para hacer.— Su sonrisa, y la que había tenido antes cuando Dare le dijo que quería hablarle de una chica, fueron las primeras sonrisas genuinas que Dare le veía desde que murió Snoopy.— Pero me puedo ir a casa al final del día, ¿verdad? Y tengo que terminarlo, o sea que tengo que rendir cuentas. Igual que cuando estaba trabajando.— Pop se alisó la mano en el pantalón y luego la extendió.— Sí, lo haré. Ya tienes un socio, hijo.

Bien. Ahora, si pudiera conseguirse una compañera de vida, ya estaría hecho.

* * *

—Oye, Bry, ¿tienes un minuto?— Con suerte, eso era lo que iba a tardar.

129

Bryan levantó la vista de su escritorio. —¿Qué pasa, Dare? ¿No vino suficiente gente? Pensé que las carreteras estaban despejadas.

Dare se dejó caer en el asiento frente al escritorio, sintiéndose como si estuviera otra vez en la oficina del director Dilworth.

La misma chica, por otro motivo.

—No, las carreteras están bien. Esto tiene que ver con, eh...— Caray, de verdad estaba nervioso.

—Déjame adivinar.— Bryan dejó el lápiz.— Gina. Y la noche que pasaste con ella.

Maldito chismorreo. —No fue así.

—Oh, ya sé que no fue así.

—¿Qué? ¿Cómo lo sabes? *¿Qué* sabes?

Bryan entrelazó los dedos sobre el escritorio. —Sé que sacaste a mi prima de una zanja y te la llevaste de vuelta al spa. Sé que la cargaste dentro de la estación de bomberos y la sacaste sobre tu espalda. Sé que aún te habla y no me ha llamado para que defienda su honor. Así que tengo que suponer que lograste mantener las manos quietas. Y si no— alzó una mano—, no quiero saberlo.

Bien. Porque no era asunto suyo. Aun así, entendía por qué a Bryan le interesaba; Dare habría sido igual con cualquiera de sus primos. Lamentablemente, no tenía. —Entonces... ¿estamos bien?

—Estamos bien hasta que haya lágrimas. Gina es una mujer hecha y derecha y me gustaría pensar que nuestra pequeña, eh, discusión la última vez fue suficiente para mantenerte a raya. Esto solo se va a poner incómodo si ella sale lastimada.— Alzó una ceja.— Entonces *tú* sales lastimado. Otra vez. ¿Claro?

—Cristal.

—Muy bien. ¿Alguna otra pregunta?

—Ni una.— Dare se puso de pie.

—Bien.— Bry volvió a garabatear algo en la libreta sobre su escritorio.

Dare volvió a sentarse. —Excepto que...

Bryan exhaló y dejó el lápiz de nuevo. Un poco más brusco esta vez. — Suéltalo, Foster. La función se nos viene encima.

—Sobre eso. Estoy pensando en presentar mi renuncia.

—¿Qué? Me dijiste, qué, ¿hace tres días que no ibas a renunciar? ¿Ahora sí? ¿Esto tiene algo que ver con Gina?

—No dije que fuera a hacerlo; dije que lo estoy pensando.

—Uf. Bueno, entonces. ¿Qué tal si me lo dices en treinta años cuando ya esté listo para jubilarme?— Bryan tomó el lápiz.— A las mujeres les gustas. No me gustaría perderte. A menos que, claro, eso involucre a Gina.

El tipo era como perro con hueso. Claro que él también lo era cuando se trataba de Gina. —Creo que va a ser antes de treinta años. Y, la verdad, podría ser incluso antes que eso. Solo quería darte el aviso de que lo estoy pensando.

Bryan volvió a dejar el lápiz. —Esto *sí* tiene que ver con Gina.

No era una pregunta.

—He estado pensando que puede que no le guste a qué me dedico.

—Oye, es tan mujer como cualquiera en el público.

Como bien sabía Dare. —No lo discuto. Hablo de lo que hago. Delante de otras mujeres.

Bryan alzó las cejas. —¿No te estás adelantando? Espera.— Volvió a alzar una mano.— No quiero saber.

—Solo digo... Puede que no le agrade el trabajo.

—¿Así que vas a aceptar un recorte de sueldo porque *podría* no gustarle? Parece que te estás adelantando o que no la conoces lo suficiente, pero, bueno, es tu vida. Nada más dame tiempo suficiente para reemplazarte, ¿va? La rotación funciona con los bailarines que tenemos.

—Así será.— Dare se puso de pie y se dirigió a la puerta, sin estar muy seguro de qué había logrado, pero si se iba, al menos no sería una sorpresa.

—¿Foster?

Dare se dio la vuelta.

—Sin ponerme en plan Oprah, pero Gina es familia. Se merece lo mejor. Así que sé lo mejor. Acuérdate de lo que hiciste para lastimarla y no lo repitas. Pero... acuérdate. Que hayan pasado años no significa que no dejara huella.— Miró a Dare unos segundos, luego asintió antes de volver a tomar el lápiz y regresar a lo que fuera que estaba trabajando.

¿Había una advertencia o un consejo en ese comentario? Dare no respondió. No había mucho que decir a eso. Pero sí mucho que pensar.

Capítulo Doce

No debería estar aquí.

Aun así... Gina cerró la puerta del auto y le hizo una seña al conductor del Uber para que se fuera.

Esto era una tontería. Ridículo, incluso. Solo porque Darien se disculpó —y la besó— no significaba que tuviera que venir a verlo bailar.

Otra vez.

Gina se dio la vuelta para volver a llamar al conductor, pero ya se había ido.

Se lo estaba tomando como una señal.

Conveniente.

Respiró hondo, sintiendo cómo el frío le quemaba la garganta, y echó los hombros hacia atrás. Después de que Candy se fuera, se quedó mirando las paredes de su apartamento, preguntándose qué iba a hacer para matar el tiempo hasta la mañana siguiente, cuando volvería a verlo. Entonces se dio cuenta de que podía verlo ahora. Todavía le quedaba su segundo show de la noche.

Quería verlo. Ver esto. Quería verlo bailar con otros ojos porque las cosas habían cambiado desde la última vez. Vaya que habían cambiado. Lo suficiente como para que esta vez sí prestara atención. Para disfrutar. Simplemente tomaría un asiento en la periferia y nadie se enteraría. Ni Darien, ni Bryan y, desde luego, no Candy. Esto sería solo para ella.

Entró y se metió en el pasillo de servicio que conectaba los bastidores, el camerino, la cocina y el otro lado del club para el personal de servicio, para que no tuvieran que abrirse paso entre mesas de mujeres alborotadas. Lo llamaban el pasillo del ganado y estaba tenuemente iluminado, lo que era especialmente útil para su plan. Todo lo que tenía que hacer era evitar a cualquiera de los bailarines.

—¿Gina? ¿Qué haces aquí?

Por *supuesto* que Darien tenía que estar caminando por el pasillo. Con unos tirantes rojos, pantalones de bombero y nada más. Bueno, botas también, pero hasta eso se le veía sexy.

—¿Está todo bien? ¿Me necesitas para algo?

No tenía ni la menor idea.

—Yo, eh... —Maldita sea, una cosa era mirar sin que él lo supiera, pero que él supiera que estaba allí... Eso sí que era vergonzoso.

O excitante. Emocionante. Hasta provocador.

—Vine a buscar mi abrigo. Yo, eh, lo dejé aquí la otra noche. —*Por favor, que Candy y Darien nunca comparen notas sobre el dichoso abrigo.*

—Probablemente esté en la oficina. Ahí es donde suelen acabar las cosas perdidas. ¿Quieres que eche un vistazo?

—No, está bien. Seguro que tienes que terminar de, eh, prepararte. —Agitó las manos delante de él, intentando desesperadamente no quedarse mirando su abdomen marcado.

Mejor dicho, un abdomen de ocho cuadritos.

Se ajustó el abrigo.

—No, ya estoy listo. El vestuario no es gran cosa. Como ya sabes. —Le subió y bajó las cejas de forma sugerente.

¿Estaba mal que de repente unas mariposas despertaran y desplegaran sus alas en su estómago?

Probablemente, pero no iba a negarlo. Esa mirada, esos hoyuelos... Ese pecho... Y se había disculpado. Y lo había dicho en serio. Y luego estaba la luz verde de Candy, tanto en lo económico como en lo... ¿intelectual? ¿Físico?

No estaba segura de cómo categorizar el visto bueno de su mejor amiga, pero Candy iba a tener que mantener los ojos para sí misma de ahora en adelante si venía al club. —Eh, no importa. De todos modos, solo voy a estar aquí unos segundos.

—¿Así que tu auto está bien?

Ladeó la cabeza, sin estar segura de a qué se refería.

—Tu auto. ¿Alguien lo desenterró y te lo devolvió?

—Oh. Eh, no. Todavía no. Yo, eh, vine en Uber.

—¿Por tu abrigo? ¿Cuando llevas uno puesto? —Se cruzó de brazos, flexionando los pectorales, y luego arqueó una ceja—. Gina Taormina, ¿viniste aquí solo para verme bailar?

—No te creas tanto, Foster.

Él simplemente levantó la otra ceja.

Si no tuviera la cara ardiendo de vergüenza, tal vez podría salirse con la suya. Pero como sí, no podía. —Oh... está bien. Sí. Bien. Como sea. Lo sé, debería estar en el spa. Avanzamos mucho, pero todavía queda mucho por hacer y no hay tiempo suficiente. Iba a ir para allá, pero...

—Oye, oye, oye. —Le sujetó los antebrazos y cada palabra que iba a decir se secó como el Sahara—. No tienes que justificarte conmigo. Es tu negocio, como dijiste, y *sí* que avanzamos mucho este fin de semana. Tienes derecho a un descanso. —Se acercó un paso más y bajó la voz—. Me alegro de que decidieras pasarlo conmigo.

—Igual que un par de cientos de mujeres más.

—¡Foster! —Uno de los chicos se asomó por una puerta—. El show va a empezar. Sales tú.

Con un rápido apretón en su brazo, Darien se inclinó para susurrarle: —Puede ser, pero solo bailaré para ti —antes de alejarse.

Al menos él seguía de pie; Gina estaba bastante segura de que sus rodillas estaban a punto de fallarle.

Se apoyó contra la pared y lo vio marcharse. Dios mío, el tipo era potente.

Y él sentía *algo* por ella.

Soltó una risita. Nunca, ni en un millón de años, lo habría visto venir.

Igual que no había visto venir al resto de los bailarines. Corrieron por el pasillo, en la misma dirección que Darien. Justo por delante de ella.

Adiós a que nadie supiera que había estado aquí.

—Hola, Gina. —Carlo la saludó con dos dedos mientras se dirigía al escenario, con sus pantalones rojos iguales a los de Darien.

—Eh, hola, Carlo.

—Gina. —Dominic se tocó un sombrero inexistente, también con pantalones de bombero rojos.

No recordaba que alguna vez hubieran llevado todos el mismo vestuario.

—Dom.

—¿Viniste a ver a Bry? —Steve redujo la velocidad, con un sombrero en la mano. Un gorro puntiagudo *rojo* con un pompón blanco en la punta—. Se fue para el frente.

—Gracias.

—Qué bueno verte, Gina. —Markus asintió mientras se deslizaba junto a Steve. *También en pantalones rojos.* Unos pantalones rojos y *afelpados*—. Disfruta del show.

—Oh, no me voy a quedar a...

—Ay, vamos, cariño. —El chico nuevo se detuvo frente a ella, un metro noventa y ocho de puro músculo bronceado. Pelo rubio, ojos turquesa... Le haría la competencia a Chris Hemsworth, *si* este interpretara a Santa con *sus* pantalones rojos y afelpados—. Quédate al menos para mi número. Te garantizo que te ayudará a dormir bien esta noche.

El guiño, sin embargo, lo descalificó. Simplemente no era Darien.

—Yo, eh, tengo que encontrar a Bryan.

—Lo vi sirviendo un par de dedos de whisky a un grupo de mujeres que parecen no haber visto a un hombre en años. Va a ser una noche salvaje. —*Thor* inclinó la cabeza hacia ella, con la voz más baja—. ¿Segura que no te quedas?

—Segurísima. —Bueno, segurísima de que *sí* se quedaba, pero segurísima de que *no* para su número.

La música empezó y el público vitoreó. *Wild Thing.* Apropiado, sobre todo porque Darien era el primero.

Ya hablaría con Bryan más tarde.

Salió de detrás del lado derecho del escenario y consiguió agarrar una silla de una de las mesas de mujeres que gritaban. En serio, actuaban como si nunca hubieran visto a un chico guapo. O a un chico bailando. Sin camisa.

Sí, había un montón de chicos guapos en el escenario —todos vestidos como Santas traviesos—, pero aun así, habría pensado que las mujeres guardarían un poco de decoro. Después de todo, ya no estaban en la preparatoria.

Entonces Darien empujó las caderas y Gina se alegró de que no lo estuvieran. No habría sabido qué hacer con eso en la preparatoria.

¿Y ahora sí sabes? Ha pasado tanto tiempo.

Sin dignarse a responder a ese pensamiento, arrastró la silla hacia las sombras, queriendo privacidad mientras veía bailar a Darien.

Podría darte una función privada, ¿sabes?

Oh, Dios mío, alguien se estaba adelantando a los hechos.

Una de las dos tiene que hacerlo.

En el escenario, luces de colores se arremolinaban sobre los músculos de Darien mientras marcaba cada compás de la música y se contoneaba hacia el frente del escenario. Los chicos se colocaron detrás de él, con una coreografía que incluía muchos movimientos de pop-and-lock y un montón de apretones de glúteos y empujes pélvicos, pero, en serio, no había nadie más en ese escenario para ella excepto Darien.

Dios, cómo se movía.

Cayó al suelo del escenario para hacer algo de breakdance, luego dio una especie de voltereta para caer de pie, su cuerpo ondulando con el ritmo, una larga línea de ondulación que la hizo desear pasarle la lengua por el abdomen. Si tan solo pudiera lamer esos abdominales, moriría feliz.

Se sacudió. Se estaba involucrando demasiado en el baile, y eso sin alcohol.

Quizás por eso era.

Levantó una mano para llamar a la mesera.

Las mujeres seguían gritando mientras Darien trabajaba al público. O su paquete. Ambas cosas. Lo que fuera. Y fuera lo que fuera, también estaba funcionando para ella.

La mesera le tomó la orden de un Cosmo. Cualquier otra cosa sería demasiado pesada con el calor que Darien estaba acumulando en ella.

Él cayó de rodillas, bombeando y balanceándose, señalando a un par de mujeres, llamándolas con su dedo índice.

Vale, ya podía parar con ese movimiento. Y con aquel en el que parecía estar arrastrándose hacia las mujeres...

Oh, no. Estaban sentadas en *esa* mesa. La suya. En la que le había bailado a ella...

Efectivamente, las mujeres obviamente sabían lo que venía y empujaron la mesa hasta el borde del escenario.

Verlo deslizarse sobre esa mesa le trajo un recuerdo de cuando lo había hecho para ella.

Debería haber disfrutado mucho más el momento. Desde luego, ahora lo estaba haciendo.

También lo hacían las mujeres de esa mesa. Las palmas de sus manos acariciaban los muslos de Darien, sus brazos, sus costados…

Los dedos de una mujer se desviaron demasiado cerca del centro, y Darien, como un profesional, se las arregló para que formara parte de su rutina, agarrándole la mano y sacándola de territorio peligroso, todo ello sin que ella se diera cuenta de lo que estaba haciendo.

El hombre era bueno.

Sus caderas marcaban el ritmo, sus abdominales hacían todo tipo de cosas maravillosas mientras estiraba los brazos por encima de la cabeza y se giraba…

En su dirección.

Era imposible que la viera. Las luces estaban sobre él, el club estaba oscuro y ella estaba detrás de una columna en las sombras, pero podría jurar que la estaba mirando directamente a ella.

Sonrió de todos modos.

Justo cuando uno de los focos la iluminó.

Fue solo por unos segundos, luego la luz rebotó por el público, pero sabía que él había hecho que los de iluminación lo hicieran por ella. Había visto suficientes shows aquí para saber que no solían enfocar al público.

Darien, con su sonrisa pícara y esos hoyuelos, hizo una voltereta hacia atrás desde la mesa hasta el escenario, luego se puso de pie de un salto y empezó a contonearse de nuevo.

Hacia su lado del escenario.

Pero se tomó su tiempo para hacerlo.

Los chicos detrás de él se dejaron caer al suelo, algunos haciendo *el gusano*, otros restregándose contra el escenario, y unos cuantos más haciendo ese genial movimiento de deslizarse de rodillas, mientras el ritmo pesado de la música supuraba sexo por todo el lugar. Deberían verse ridículos con los gorros rojos y los pantalones de Papá Noel, pero ni uno solo de ellos lo parecía. Ay, quién pudiera esperar que *eso* bajara por la chimenea en la mañana de Navidad…

El sudor brillaba en el pecho de Darien y a ella le picaban los dedos por trazar los surcos. Su piel ardía por deslizarse contra la de él. Y su boca… se le hacía agua la boca por saborearlo.

Habían pasado más de tres largos años desde la última vez que había deseado a un hombre y, francamente, no estaba segura de que su feminidad supiera ya qué hacer.

Como andar en bicicleta, nena.

No podía ser más cierto...

Darien movía su hermoso cuerpo por todo el escenario, dando un espectáculo increíble. Los chicos en el fondo se lo permitían..., por ella.

¿Cómo se había vuelto todo tan intenso tan rápido? Si los clientes no se habían dado cuenta, el equipo sí que lo había hecho.

Estallaron los gritos y silbidos cuando Darien se paró de manos y luego bajó lentamente hasta el suelo en una proeza de fuerza magnífica de contemplar; sus bíceps y los músculos de su espalda se abultaban con el esfuerzo. Era un trabajo duro y Darien era muy bueno en lo que hacía.

Lo que había entre ellos no era a medias. A ella le gustaba que Darien sintiera algo por ella. Porque, sin duda, ahora mismo ella sentía algo por él.

Rodando sobre su espalda, con esas botas de Papá Noel que no deberían ser sexi, pero lo eran, plantadas en el escenario, empujó la pelvis hacia el techo.

Gina tuvo que cerrar los ojos mientras un temblor la recorría.

Todo esto podría ser tuyo por el simple precio de decir que sí, ¿sabes?

Inhaló profundamente y abrió los ojos.

Él recogió las rodillas, y de alguna manera se las arregló para estirar las piernas y ponerse de pie, girando y cayendo en un split lateral, con los pantalones bajos sobre las caderas.

Se quitó los tirantes, que parecían ser lo único que sujetaba los pantalones.

Bueno, eso y el velcro.

Que cedió muy bien cuando tiró de él.

Ay, Dios.

No podía... No lo haría... No debía...

Gina volvió a cerrar los ojos con fuerza.

Solo para volver a abrirlos.

Todo lo que tenía que hacer era decir *que sí*.

Él la miraba fijamente, todavía en la posición de split, con su, eh, paquete en la tanga de seda roja a unos centímetros del suelo, su pelvis palpitando al ritmo de la música.

Las mujeres se estaban volviendo locas.

Las mariposas en su estómago no se quedaban atrás.

Darien esbozó esa sonrisa socarrona que hacía que sus hoyuelos resaltaran de verdad, luego puso los dedos en el suelo frente a él, se levantó e hizo un giro de alguna manera, y terminó en la misma posición, pero de espaldas a ellos.

Y qué trasero tan firme, torneado y, a todos los efectos, *desnudo* era aquel.

El cual apretó. Luego relajó. Luego apretó un poco más. Lo que hizo que sus isquiotibiales se contrajeran, que sus pantorrillas se marcaran con alta definición, y que la V de su espalda luciera como la perfección absoluta, por no mencionar sus glúteos... El hombre era una obra de arte viviente, que respiraba, caminaba, hablaba y bailaba.

Y todo lo que ella tenía que hacer era decir *que sí*.

Llovieron billetes de un dólar sobre el escenario. Algunos se le pegaron a la espalda. Una de las mujeres de la primera fila se levantó de un salto y empezó a despegárselos.

Darien miró por encima del hombro y guiñó un ojo.

A Gina.

Su guiño era mucho más sexi que el del chico nuevo. El de Darien no le hacía sentir la necesidad de tomar una ducha..., bueno, no a solas.

Se retorció en su asiento ante esa imagen. Ella y Darien en la ducha, el agua cayendo sobre ellos, él practicando esos movimientos, ella disfrutando de la práctica...

Una mujer de la mesa de donde Gina había tomado la silla se inclinó hacia ella. —¿Es tuyo?

Esa era la pregunta del millón. —Sí. —No iba a entrar en explicaciones; simplemente iba a disfrutar de poder reclamarlo como suyo.

La mujer suspiró. —Qué suertuda.

Todavía no lo era.

Podrías serlo.

Cierto. Y... ¿por qué no? Dijo que sentía algo por ella, y ya no había duda en su mente sobre lo que sentía por él.

Candy tenía razón. Primero, no se iba a casar con el tipo y, segundo, *sí* había pensado en él desde la graduación. La mayor parte del tiempo había estado furiosa con él por la broma, pero también había estado furiosa porque no había sido quien ella quería que fuera.

En ese entonces.

¿Ahora?

Ahora, su disculpa y su consideración y el no haber ido más allá en su última noche —sin mencionar la pequeña incursión investigativa de Candy— lo cambiaban todo. Un juego que definitivamente estaba considerando jugar.

Arriba en el escenario, Darien hacía un movimiento por el perímetro que se veía realmente bien y lograba regresar al centro del escenario, donde hizo un par de *flares*, unos giros de espalda de *break dance* y... bueno, un montón de otras cosas que Gina simplemente se iba a sentar a disfrutar.

Y también todos los demás. Los chicos se unieron, rodeando a Darien, improvisando sus movimientos, y era una masa de cuerpos retorciéndose, en tanga, casi desnudos, que era un puro deleite para la vista.

La canción terminó con un «¡Salvaje!» de los chicos, con los puños en alto, los pechos agitados, las piernas separadas, mientras las luces se volvían tan locas sobre su piel reluciente como las mujeres se volvían locas por los chicos.

Gina sonrió con suficiencia. Los Kelton deberían haber estado aquí para ver esto; habría habido algo de *chispa* en el señor Kelton si lo hubieran hecho.

A ti tampoco te va tan mal.

Cierto. El baile de Darien era toda una experiencia... cuando no estaba tratando de huir de él, claro.

Ahora no habría huida.

—¿Qué haces todavía sentada aquí? —preguntó la mujer de la mesa cercana—. Si ese fuera mi hombre, estaría tras bambalinas saltándole encima.

Era un buen consejo. —Cuando termine el set. —Ese había sido el primer baile. Les quedaban seis más.

Lo que sonaba bien en teoría, pero ¿en la práctica? ¿Cuánto tiempo podían bailar estos tipos sin cansarse?

Gina se quedó sentada durante el resto de las canciones; en realidad, no era un sacrificio, aparte del hecho de que *mirar* no era lo que quería estar haciendo. Y cada canción solo se lo confirmaba.

Alguien se había divertido coreografiando los números de Papá Noel Travieso y Bolas de Navidad, pero para cuando terminaron, *ella* estaba prácticamente bailando por levantarse de la silla, pero había estado aquí lo suficiente como para hablar con Bryan y Gage y saber cómo era el camerino después de un espectáculo. No había privacidad, y todos los chicos estarían dándose toallazos en el trasero mientras se dirigían a las duchas, lanzándose bromas pesadas. No quería ser precisamente el tema de conversación. O, si lo era, no quería estar allí para saberlo.

—¿Te traigo otro Cosmo? —La mesera tomó su vaso vacío. El segundo.

—Gracias, pero así estoy bien. —Recordaba lo que había pasado la última vez que había tomado tres copas de alcohol cerca de Darien. Aunque, en su defensa ahora, había sudado la mayor parte, tanto por el calor generado por la cantidad de gente en el público como por el calor que Darien generaba dentro de ella. Estaba sobria, pero no iba a tentar a la suerte—. La cuenta, por favor.

—Oh, tu cuenta ya está pagada. Bryan invitó, así que no te preocupes.

¿Bryan? Tal vez, pero a petición de otra persona.

Bueno, genial. Eso le daba la excusa perfecta para pagarle a Darien.

La venganza era una perra, así que Dare esperaba no tener que pagar por lo del reflector. Le había pedido a Karen, la mesera, que averiguara dónde estaba Gina. La vio decírselo a los de las luces, así que supo hacia dónde proyectar cuando bailaba.

La buena noticia era que Gina no parecía molesta.

La mejor noticia era que no se había ido.

Y la mejor noticia de todas... Estaba esperando en el pasillo de servicio cuando él terminó de ducharse.

—¿Disfrutaste del espectáculo? —Intentó sonar casual, pero estaba muy interesado en su respuesta.

—Sí. Sobre todo el primer número.

Pasó un dedo por debajo del cuello de su camisa. —Siento lo del reflector. Les dije que lo hicieran rápido, solo para saber dónde estabas.

—Eso me imaginé.

—¿No estás molesta?

—¿Porque querías saber dónde estaba para poder bailar para mí en un club lleno de gente? Pude haber estado enojada contigo antes, Darien, pero no estoy muerta. Solo una idiota se enojaría por eso. No fue como si me hubieras hecho levantarme a bailar contigo.

—Ahí tienes una idea. —Le puso una mano en la parte baja de la espalda.

—Que te vaya bien, Foster. Gina. —Markus los saludó mientras salía del camerino en dirección contraria. Una cortesía, porque por ahí era la ruta más rápida al estacionamiento de atrás. Pobre tipo, iba a tener que esquivar a mujeres borrachas y calientes en la entrada.

—Igualmente, Markus. —Dare asintió y luego miró a Gina para ver cómo se tomaba la noticia de que se había corrido la voz. Por si lo del reflector no se lo había dejado claro—. Ahora, ¿en qué estábamos?

—Dijiste que yo bailando contigo era una buena idea.

—Ah, sí. Eso. *Sería* una buena idea, excepto por una cosa.

—Oye, que sé bailar.

Él se rio. —No me refiero a eso. —Dio un paso más cerca—. No quiero a nadie más cerca cuando baile contigo.

—Bueno, vaya, qué bajón. No hay muchas discotecas solo para una pareja por aquí.

Él retrocedió. —Espera. ¿Hablas en serio? ¿Quieres salir a bailar? ¿Conmigo?

Ella ladeó la cabeza, mirándolo por debajo de las pestañas. —Bailar... sí. ¿Salir? No. Definitivamente no pienso salir. Pero definitivamente contigo.

La sonrisa en su rostro no hacía que esto fuera más fácil de entender. —Gina, ¿de qué estás hablando?

Ella estiró la mano hacia atrás y entrelazó sus dedos con los de él. —No estuve aquí para el show anterior. Creo que deberías mostrarme lo que me perdí.

Dare se quedó mirándola. ¿Quería decir lo que él creía que quería decir?

No. Tenía que haber oído mal. Tenía que estar malinterpretando las cosas. No podía ser que ella quisiera decir—.

—Ya oíste a la dama, Foster. —Jace le dio un golpe con el hombro al salir del camerino—. Quiere una función privada. ¿Eres lo suficientemente hombre para manejarlo o quieres que te muestre cómo se hace?

Dare no apartó los ojos del rostro de Gina. —Aléjate, Jace. No está interesada. —Le apretó los dedos—. Vámonos de aquí.

Ella suspiró. —«Eso fue lo que ella dijo».

La risa de Jace los siguió hasta que salieron del club.

Capítulo Trece

Dare no dijo ni una palabra en todo el camino hasta el estacionamiento. Ni siquiera cuando la ayudó a subir a su camioneta. O cuando dio marcha atrás, puso la palanca en Directa y luego se detuvo en la intersección donde tenían que girar en una u otra dirección. —¿A dónde vamos? —fueron sus primeras palabras, pero no la miró. Mantuvo la vista fija en el semáforo.

Ella se giró de lado, con la espalda contra la puerta y el brazo izquierdo sobre el respaldo del asiento. —¿A dónde quieres ir *tú*?

—Nones. De ninguna manera. —Negó con la cabeza, pero siguió sin mirarla—. Tú empezaste esto, es tu decisión. —La luz se puso en verde, pero él no se movió. No había nadie detrás de ellos, pero eso no lo habría hecho moverse. La decisión era enteramente de Gina.

—¿Trajiste tu disfraz contigo... *Santa*? —Ella golpeteó el respaldo del asiento a centímetros de su hombro.

Podía sentir el calor de su cuerpo desde allí. —¿Qué tiene que ver eso con nada?

—Bueno. —Se movió, deslizando su rodilla izquierda sobre el asiento—. Si me vas a mostrar lo que me perdí, vas a necesitar tu disfraz. ¿O tal vez tienes otro en tu casa?

—No voy a hacer mi rutina para ti, Gina.

—¿Por qué no?

Él la miró de reojo y luego volvió a mirar al frente. —Mira, si esto es una venganza por lo que hice en la clase de Nester, lo siento, ¿sí? Ya me disculpé y pensé que lo habías aceptado. No sé qué más puedo hacer...

—No es eso, Darien.

—Entonces, ¿qué es?

—Yo... —Suspiró y se giró hacia la ventanilla, y el silencio llenó el espacio entre ellos.

Se podían decir tantas cosas. Él eligió decir: —Exacto —y giró a la derecha. Hacia el departamento de ella. La llevaba a su casa. Y la dejaría allí.

Ahora los dedos de ella tamborileaban el panel de la puerta debajo de la ventanilla, el aire dentro de la cabina de la camioneta tan pesado como el aire cargado de nieve de afuera.

Pero ella no le dijo que diera la vuelta.

Encendió la radio, en alguna estación de música navideña cursi, con la mandíbula —y otra parte en particular— tensa. Dare mantuvo los ojos en la carretera. Si ella de verdad hubiera querido ir a su casa, su reticencia obviamente la había hecho dudar. Lo cual era bueno, ¿no? Claro, podría estar toda excitada y caliente por haber estado en el club —Dios sabía que él lo estaba, pero solo porque ella había estado allí—, pero eso no significaba que no se arrepentiría de esta idea suya por la mañana. Él tenía que ser la voz de la razón aquí.

Aunque eso se estaba volviendo más difícil de hacer.

Al igual que otra cosa.

Se movió en el asiento, sus jeans de repente demasiado apretados. Nunca, *jamás*, había salido del club con la necesidad de desahogarse antes. Bueno, excepto cuando ella estuvo allí la semana pasada. Y, entonces, la había besado. ¿Y ahora?

Ahora, esta vez, no se le iba a acercar. Porque sabiendo que el hielo se estaba derritiendo entre ellos —y a qué sabía ella—, no podía confiar en sí mismo para no llevarlo más lejos. Para no precipitar las cosas. Y con ella viniendo al club esta noche y pidiendo un show privado...

Un hombre solo podía tener cierto autocontrol.

La miró de reojo. De perfil, con sus rizos rozándole las mejillas —uno incluso se le quedó atascado en una pestaña— y mordiéndose el labio inferior, era —Dios lo ayudara— la cosa más sexy que había visto en su vida. Todas las fantasías adolescentes que había tenido, hechas mujer y sentadas a su lado. Queriendo *bailar* con él.

Su autocontrol estaba siendo puesto a prueba severamente en ese momento.

Volvió la vista a la carretera, la tensión extendiéndose entre ellos, sus zarcillos codiciosos hundiéndose en él, haciéndolo preguntarse... ¿Y si simplemente le hubiera dicho que sí? ¿Y si simplemente hubiera mandado la cautela al diablo y la hubiera llevado a su casa?

Dios, la tentación de hacerlo todavía era tan jodidamente fuerte.

Pero no podía. No lo haría. Gina no era un polvo rápido; no era que él hiciera eso muy a menudo en su vida. Pero ella era especial. Y cuando estuvieran juntos, también tenía que serlo.

Se aclaró la garganta, necesitando romper ese capullo expectante que los envolvía. —Así que los Kelton estuvieron en el club más temprano.

—Bien por ellos. Es agradable ver a una pareja de su edad todavía juntos y, uh...

—¿Juguetones? —Parecía una palabra lo suficientemente recatada para lo que los Kelton probablemente estaban haciendo en este momento.

Y lo que él no estaba haciendo.

Maldita sea.

—Supongo que es una buena palabra.

Sintió la mirada de ella sobre él y la miró.

La luz de la luna le daba un brillo especial a sus ojos. Y calor a su polla. —Dios, Gina, eres hermosa.

Las palabras se le escaparon. No se había dado cuenta de que las estaba pensando. Oh, había estado pensando que era preciosa; diablos, siempre había pensado eso. Pero esta noche, con la atracción sexual entre ellos, y la luz dándole en la cara de esa manera, y, diablos, el olor de su perfume, y sabiendo que se había excitado por lo que él había hecho en el club... Merecía el Premio al Hombre del Año por su moderación.

Se sonrojó ante su cumplido, y él no había pensado que pudiera verse más bonita, pero eso lo logró.

Abrió la ventanilla —no tenía ganas de responder preguntas por encender el aire acondicionado mientras nevaba— y rezó para que el aire fresco bajara su temperatura corporal.

Imágenes de lo que podría haber pasado lo asaltaron. Fue un idiota por darle una salida. Y aún más idiota por no haberle tomado la mano y arrastrarla a la habitación de arriba del club. No, tenía que ser todo noble y hacer lo correcto, cuando lo que *realmente* quería hacer *era* lo correcto en lo que a él respectaba.

Pero ¿en lo que a ella respectaba?

Dare aspiró una bocanada de aire y se concentró en llevarlos a su casa de una pieza.

Siete minutos llenos de tensión sexual fue todo lo que tomó. Pero podrían haber sido setenta por el aluvión de pensamientos e ideas que corrieron por su cabeza.

Pisó el freno con demasiada fuerza al entrar en un lugar para estacionar, y la inercia los empujó contra los cinturones de seguridad.

—Perdón por eso.

Ella murmuró algo que sonó muy parecido a: —Deberías estarlo.

No iba a tocar ese tema ni con un palo de tres metros. Ya hacía bastante con no tocar*la* a ella con uno de veinte centímetros.

Especialmente cuando se desabrochó el cinturón de seguridad.

Él mantuvo su cinturón firmemente abrochado para no tener tentaciones.

Pero entonces, en lugar de bajarse de su camioneta —que sería la opción más segura para ambos—, respiró hondo y se giró hacia él.

Estaba a punto de perder la guerra, lo sabía.

—Mira, Darien, ¿interpreté mal las señales? Digo, sé que he estado fuera de práctica, pero cuando un hombre dice que le gustas, luego se quita la ropa frente a ti, diciéndote que está bailando *solo* para ti, me parece que ese hombre está interesado en algo más que simplemente bailar. Y aunque estamos en el siglo veintiuno y no en la Inglaterra victoriana, por lo que no tengo que esperar a que tú des el primer paso, como que pensé que ya lo habías hecho con todo el asunto de quitarte la ropa. Así que estoy intentando entender qué exac...

La atrajo hacia él y la besó.

Al diablo con lo correcto; *esto* era lo correcto.

Dios, sabía increíble. Se sentía mejor. Sus labios, su lengua, el calor de su aliento mezclándose con el de él. La forma en que sus dedos se hundieron en su cabello. Sus pechos aplastados contra su pecho, el aroma de su perfume, el sabor de lo que había estado bebiendo —algo afrutado y dulce...—. Si esto era perder la guerra, fue estúpido por haber peleado una batalla.

Nunca se cansaría de besar a Gina.

Ella se acercó más y el maldito cinturón lo mantuvo en su lugar.

Manoseándolo, logró quitárselo de encima y luego se apoyó en el volante para acercarse más...

Y tocó la bocina.

Gina se apartó, jadeando, con los ojos muy abiertos y el cabello alborotado. —¿*Qué* fue eso?

—¿Mmm, la bocina? —Bien por él por tenerla tan excitada que no reconocía una bocina cuando la oía.

—Ya sé *eso*. —Sus rizos le rozaron las mejillas cuando negó con la cabeza—. Me refiero a... —agitó una mano entre ellos—. *Eso.* ¿Vas a intentar decirme que no estás pensando lo mismo que yo? —Su voz era unos tonos más baja, un ronroneo ronco que se deslizó sobre él como él quería que ella lo hiciera—. No te creeré.

—No tienes que hacerlo. Porque... —Respiró hondo, comprometiéndose, mientras el miedo y la euforia lo invadían—. Tienes razón. —Le apretó los dedos—. Entremos.

A Gina el corazón le latía más rápido que el ritmo de la nieve que caía. Debía de haberse vuelto loca.

Por fin estás en tu sano juicio, así que no lo arruines.

Ahí había una idea...

Gina agarró la manija de la puerta y se bajó de la cabina de la camioneta. Tomándole la mano mientras él rodeaba el frente del vehículo, agachó la cabeza para que la nieve no le diera en la cara, aunque, en serio, ¿a quién engañaba? Le importaba un comino la nieve; apenas podía sentirla, ya que estaba más concentrada en lo que podría pasar entre ellos. Sin mencionar que probablemente se estaba derritiendo al contacto, ya que él había encendido un infierno dentro de ella.

Tropezó en el tercer escalón que llevaba a la puerta principal del edificio de apartamentos, culpando al hielo en lugar de a lo que ella había puesto en marcha.

Pero las palabras de Candy habían tenido sentido. John fue quien la había decepcionado y Darien no era John. Además, su sentida disculpa contribuyó mucho a que lo perdonara. Y luego estaba el hecho de que lo deseaba, así que,

¿por qué no? Darien no estaba declarando amor eterno —no le habría creído (ya había caído en ese cuento una vez)—, ¿pero que dijera que se sentía atraído por ella? Había cosas peores. Y, Dios sabe, había soñado con que algo pasara entre ellos durante mucho tiempo años atrás. Sería una idiota si no le diera una oportunidad.

Abrió la puerta del vestíbulo y se la sostuvo para que ella pasara, luego la guio por las escaleras hasta el segundo piso. ¿Demasiado impaciente para esperar el ascensor?

Bien, estaba de acuerdo con eso.

Él extendió la mano. —¿La llave?

—¿Eh?

Él hizo un gesto con la cabeza.

Oh. La puerta de su departamento.

—¿Tu llave? ¿Para que podamos entrar? —Ese sexy hoyuelo apareció en su mejilla—. A menos que hayas cambiado de opinión sobre invitarme a pasar.

Ni loca.

—No, no lo he hecho. —Afortunadamente, su voz salió clara y tranquila, muy diferente a la rumba que sucedía dentro de ella.

Le entregó su llave.

Sus dedos tocaron la palma de su mano.

Y entonces sus ojos se encontraron.

Y de alguna manera, sus labios también lo hicieron, y no fue hasta que la parte posterior de su cabeza chocó con la puerta del departamento que se dio cuenta de lo que estaban haciendo en el pasillo. Donde cualquiera de sus vecinos podía verlos.

—Uh, Darien... —Lo empujó por los hombros.

Él parpadeó, luego apoyó su frente contra la de ella. —Dios, mujer, me estás matando, pero me iré. —Le dio un golpecito en la nariz con la suya, con una sonrisa triste en el rostro—. Mientras todavía pueda.

Ella le dio un pellizco suave en la barbilla. —Me alegro de que esa sea una opción para ti, pero no lo es para mí. Abre la maldita puerta.

Demostrando que su sangre aún no se había ido toda al sur, el hombre captó lo que le decía, y de alguna manera se las arregló para meter la llave en la cerradura y a ella dentro del departamento en solo unos segundos.

Luego, ella tenía la espalda contra la puerta y las palmas de Darien pegadas a los lados de su cabeza mientras él procedía a besarla como ella había soñado.

Bueno, no exactamente. Todavía llevaba puesto el abrigo.

Y la ropa.

Y estaban de pie.

—Darien, espera. —Logró, de alguna manera, separar sus labios de los de él.

—Sí, tienes razón. —Se pasó una mano por el cabello, alborotándoselo de una manera que ella estaba más que ansiosa por hacer—. Tenemos que ir más despacio.

—No estoy segura de ser capaz de eso —murmuró mientras intentaba sacar su brazo de la maldita manga de su abrigo—. ¿Puedes ayudarme con esto?

Lo miró cuando no respondió.

Tenía esa sonrisa sexy de nuevo y uno o dos destellos en los ojos.

—Sí, puedo ayudarte con eso.

Sacó su celular del bolsillo.

—¿Vas a tomar una foto? —Sacudió el brazo, pero de alguna manera el puño se había atascado en la manga de su suéter o algo así, y estaba básicamente atrapada.

—Espera. —Su pulgar se deslizó por la pantalla y luego la tocó.

Snoop Dogg comenzó a hablar sobre el ritmo de *Buttons* de The Pussycat Dolls. Si el ritmo no fuera lo suficientemente sexy, las palabras garantizaban poner a cualquiera de humor.

Y ella ya estaba de humor.

Pero hacer lo que sugería esa música... —¿En serio?

Él se encogió de hombros y extendió las manos. —Oye, si quieres que me quite la ropa, tú también puedes hacerlo.

—¿Quieres que te haga un estriptis?

—Como dijiste, es el siglo veintiuno. Las mujeres pueden hacer lo que quieran. Y yo soy un tipo de lo más liberado. —Puso el teléfono en la misma mesa de la que ella había tirado la botella de vino.

Quizás pondría un altar en esa mesa.

—¿Tienes las agallas, Taormina? —Moviendo las caderas, extendió las manos y... le guiñó un ojo.

Capítulo Catorce

Gina se mordió el labio para reprimir una sonrisa. Darien creía que no lo haría.

Iba a demostrárselo.

Por favor, por favor, por favor, *demuéstraselo...*

Arqueó la espalda para separarse de la puerta mientras las mujeres empezaban a cantar el estribillo, y entró contoneándose en la habitación justo al compás del ritmo.

Claro que iba a hacerlo.

Meneó los hombros al ritmo de la música, inclinándose un poquito hacia adelante y poniendo las manos en la espalda, mientras el ritmo de la batería le palpitaba en las venas.

Ya separada de la puerta, la manga no estaba enganchada, así que pudo deslizársela por el brazo.

Lentamente.

Las caderas de Darien se movían al compás del ritmo mientras se quitaba su propio saco, marcando el compás con un pie, pero no se movió de su sitio.

Menos mal. Porque ella se estaba moviendo hacia él.

A su alrededor.

A su alrededor.

Se quitó el saco del otro brazo, su trasero ondulando contra la cadera de él, su cabello apenas rozándole el brazo mientras giraba lentamente a su alrededor, sus caderas marcando el ritmo.

Darien la miró por encima del hombro, girándose ligeramente, pero Gina negó con la cabeza y se alejó de él con una inclinación. Con un rápido movimiento de su cabello, terminó frente a él junto a la mesa, y luego plantó los pies a la altura de los hombros justo cuando comenzaba la primera estrofa después del estribillo.

Lanzó su saco sobre el sofá.

Luego, deslizó un dedo por la parte delantera de la camisa de Darien.

Le encantaba un hombre con camisa de botones. Hacía las cosas más, eh…, interesantes. Sobre todo cuando los dos primeros ya estaban desabrochados.

Marcaba cada golpe de ritmo con las caderas mientras desabrochaba el siguiente botón, agradecida de haber estado en el club de Bryan suficientes veces como para haber aprendido algunos movimientos.

Darien dejó caer su saco a sus pies y luego le tomó las manos. —Oye, pensé que eras tú la que se iba a quitar la ropa.

Ella se soltó de sus manos, sus caderas aún moviéndose al compás de la música. —Puedo hacer lo que quiera, ¿recuerdas? Y tú eres un hombre liberado.

Deslizó la palma de su mano por la fila de botones que quedaban, sonriendo cuando los abdominales de él se contrajeron. Sus caderas imitaban la rotación de las de ella mientras él levantaba las manos.

—Cierto. Lo soy. Definitivamente listo para ser liberado. —Añadió un par de giros de cadera sensuales—. Si sabes a lo que me refiero.

Su mirada descendió a sus caderas. Luego más abajo.

Era obvio a qué se refería.

Con la boca repentinamente seca, Gina se humedeció los labios mientras levantaba la mirada.

Darien gimió. —¿Y cuánto dura esta canción?

—¿Me lo preguntas a mí? No soy yo quien la tiene en su lista de reproducción. Sin embargo… —Desabrochó otro botón—. Puede que tenga que añadirla.

—Date prisa, Geen. —La impaciencia en su voz la hizo sonreír.

—Tú no me mandas, Darien.

—Puedo serlo… *si* lo pides amablemente.

Ella sonrió. —Ya veremos quién manda. —Desabrochó otro botón.

Él intentó tomarla por las caderas.

—Ah, ah, ah. —Ella negó con un dedo mientras se balanceaba con la música y se alejaba. Hacia atrás. Fuera de su alcance—. No se puede tocar. ¿No es esa la regla en el club?

—En realidad, son las bailarinas las que no pueden tocar. Los clientes pueden tocar todo lo que quieran siempre que la bailarina esté cómoda con ello.

—Hablando de eso... —Agarró el borde de su suéter y lo movió a su alrededor, provocándolo, asombrada de lo liberador que era esto. Ella, que siempre se había sentido cohibida con su cuerpo, ahora no.

Ya averiguaría por qué más tarde. Por ahora, estaba disfrutando de esta sensación de libertad.

Y de sentirse deseada.

—Se está poniendo un poco *in*cómodo aquí. Un poco de... —Giró lentamente, sus caderas rotando con la música, el suéter en movimiento provocándolo con destellos de piel desnuda...—. De *calor* aquí. —Movió la cabeza, haciendo que sus rizos cayeran en cascada por su espalda mientras lo miraba por encima del hombro—. Si sabes a lo que me refiero.

Darien gimió y se apartó de la mesa, luego la tomó por los brazos. —Ven aquí, mujer.

Ella se escabulló de su agarre. —¿No se puede tocar, recuerdas?

Él negó con la cabeza e igualó el movimiento de sus caderas, al compás perfecto. —Pero tú eres la bailarina. Tú eres la que no tiene permitido tocar.

Dejó de moverse. —¿En serio? ¿No quieres que te toque? Entonces, ¿qué estamos haciendo aquí? —Bien, era hora de volver a su caparazón de autodefensa. Dios, ¿qué estaba haciendo? Soltó su suéter y se abrazó a sí misma. Necesitaba sacarlo de allí.

—Oye, oye. Me estás malinterpretando. —Él dejó de bailar, le despegó los brazos de la cintura y los reemplazó con los suyos—. Estaba bromeando, lo siento. Confía en mí, Gina, quiero que me toques. —Se inclinó y le susurró—: Por todas partes.

La piel se le erizó.

Más aún cuando él deslizó la lengua por el punto sensible debajo de su oreja. —Sigue con lo que estabas haciendo.

Ella giró sus labios hacia el oído de él y respondió: —Tú no me mandas, Foster —antes de retomar el ritmo con sus caderas.

Él retrocedió, con una sonrisa arrogante en el rostro. —Eso sigues diciendo, Taormina, y sin embargo aquí estás, bailando de nuevo, justo como te dije que hicieras.

Ella tomó la abertura de su camisa y tiró de él para acercarlo. —Sabes, si no quisiera quitarte esta camisa con tantas ganas, podría parar.

—Y si pararas —él pasó el dorso de sus dedos por su abdomen, *debajo* de su suéter—, tendría que quitarte *a ti* la tuya.

—Buena suerte con eso. —Se obligó a decir las palabras con calma, pero por dentro estaba de todo *menos* tranquila.

—No necesito suerte.

Sus caderas se movieron al doble de velocidad al ritmo de la música mientras ella retrocedía de nuevo. —¿Te sientes muy seguro de ti mismo, no?

Él extendió la mano para pasar el dorso de sus dedos por su mejilla ahora. —Preferiría que tú te sintieras muy llena de mí.

Ella perdió el paso.

Darien sonrió. —Te atrapé.

—Todavía no. —Lo tomó por las caderas y lo atrajo más cerca—. Ahora deja de hablar para que pueda concentrarme en desabrochar el resto de estos botones.

—Conozco una forma más fácil. —Agarró la camisa y tiró.

Los últimos botones salieron volando.

Y también la imaginación de Gina.

Su pecho era incluso mejor de lo que recordaba, aunque solo había pasado una hora más o menos desde que lo había visto.

Para empezar, estaba más cerca. Y, además, era suyo.

Podía lamer esos abdominales si quería y el único que podía detenerla era Darien.

La mirada en sus ojos decía que no pensaba hacerlo.

—Tócame. —El tono torturado de su voz lo confirmó.

Para sacar a ambos de su miseria, Gina trazó sus músculos. Calientes, duros y lisos, se deslizaban bajo las yemas de sus dedos. La respiración de él se volvió entrecortada, tan temblorosa como las manos de ella, cuanto más de él tocaba.

Extendió una palma sobre su pectoral, su pezón endureciéndose junto a la yema de su pulgar.

—No pares —dijo él con voz ronca.

No tenía ninguna intención de parar.

Deslizó su otra mano por el mismo camino en su lado izquierdo, acercándose, sus caderas moviéndose al unísono, especialmente cuando él le estampó una mano en la parte baja de la espalda y la apretó contra él.

No había duda de cómo se sentía con lo que estaban haciendo.

—Me. Estás. Volviendo. Loco. —Dijo las palabras entre dientes, en pulsos separados.

—Bien —susurró ella, inhalando su aroma, sus labios a meros milímetros de su garganta, su aliento caliente en su mejilla.

—Gina. —Baja, gutural, su voz estaba teñida de necesidad.

Ella levantó la vista.

La mandíbula de Darien estaba tensa y una gota de sudor le resbalaba por el costado del rostro.

Ella la lamió.

Lo siguiente que supo fue que él la había sumergido en un beso tan increíblemente ardiente que le sorprendió que no salieran llamas de su piel.

Su lengua llenó su boca, probando, exigiendo la de ella. Sus dedos se extendieron por su espalda, soportando su peso, pero sin clavarse en su piel. Sus músculos se contrajeron contra las palmas de ella, su corazón latiendo con fuerza.

—Te deseo, Gina. Aquí, ahora, deprisa, rápido, con fuerza... todo. Toda tú.

Trazó las palabras sobre la columna de su garganta para que ella las sintiera además de oírlas, y fue todo lo que pudo hacer para encontrar suficiente aliento para pronunciar esa única palabra que lo arreglaría todo.

—Sí.

Cuando la música se cortó para que Snoop Dogg comenzara su rapeo, Darien, afortunadamente, la puso de pie para que el «aquí» no fuera el piso de madera de su sala.

Luego, le subió una pierna sobre su cadera, manteniéndola pegada a él con la otra mano, y la llevó bailando hasta su dormitorio, besándola todo el camino, su mano enredada en su cabello, guiando su boca para que encajara perfectamente con la de él.

Cómo sabía dónde estaba su habitación, no lo sabía. Ni siquiera le importaba. Solo estaba agradecida de que tuviera un infalible y magistral sentido de la orientación.

La música se suavizó al entrar en su habitación, pero todavía podía sentir el ritmo; aunque, tal vez era el latido de su corazón. O el de Darien.

Posiblemente ambos.

Había pasado un brazo por encima y alrededor de su cuello cuando él le había movido la pierna, sus dedos ahora entrelazándose en el cabello que rozaba su cuello, con la longitud justa para aferrarse a él...

Mientras la depositaba en su cama.

Apoyándose con una mano a su lado en el colchón, su peso la siguió hacia abajo.

Dios, qué bien se sentía encima de ella.

Y, aun así, sus caderas seguían moviéndose.

Gina se sintió derretir cuando sus cuerpos se encontraron, así que apretó una pierna alrededor de su muslo, acercándose a él, necesitando la presión. Necesitándolo contra ella.

Dentro de ella.

—Por favor, dime que trajiste condones. —No quería tener que ir a su baño a buscarlos. Debería haberlos puesto en su mesita de noche, pero había estado demasiado apurada antes como para pensar en eso.

—Nunca salgo de casa sin ellos —dijo Darien con una risita.

Mujeriego.

La palabra rebotó en su cerebro —la experiencia pasada y todo eso— y Gina se puso rígida.

Darien se apartó, apoyándose en ambas manos. —Relájate, Gina. Solo estoy bromeando. No ha habido nadie desde hace mucho tiempo.

—¿Cuánto tiempo? —Sus dedos tamborilearon en el cuello de la camisa de él.

—¿De verdad quieres que hablemos de nuestros historiales ahora?

Sí.

No. No vas a encontrar una excusa para zafarte. No es John. Déjate llevar.

Exhaló y negó con la cabeza. —Siempre que tengas un condón —y nada que necesites decirme—, eso puede esperar.

Él le rozó la nariz con la suya y luego deslizó sus labios con suma delicadeza sobre los de ella, y Gina sintió que se derretía de nuevo.

—Bueno, sí que tengo *algo* que decirte.

Y entonces *dejó* de derretirse. De hecho, estaba lista para quitárselo de encima y patearle el trasero hasta la puerta. Ponerla toda cachonda para luego soltarle algo como una ETS...

—Traje más de un condón.

Ah.

Eh... Tiró de su cabello hacia atrás para poder verle la cara. —¿*Eso* es lo que tienes que decirme?

Él enarcó una ceja. —¿No te gusta que tenga más de uno?

—No es eso y lo sabes. Tus bromas no me hacen ninguna gracia.

—Bien, porque definitivamente no quiero que te rías cuando te provoco. —Se inclinó para rozarle de nuevo la nariz—. Para que veas...

Esta vez, la rozó un poco más abajo. Como a la altura del pezón. Y, esta vez, con la lengua. A través de su suéter.

Como una descarga eléctrica, su cuerpo respondió, arqueándose hacia su contacto, su pezón endureciéndose bajo la ropa.

Él levantó la cabeza, su mirada se encontró con la de ella, pero no se movió.

A ella le pareció bien. Podía quedarse justo donde estaba y hacer su magia.

—Tenemos que quitarte esto.

—Sí. —Y ahí estaba *su* magia: una simple palabrita de dos letras.

—Pon los brazos sobre la cabeza —dijo él desde algún lugar cerca de su cintura.

Más que feliz de obedecer, ella soltó su cabello y echó los brazos hacia atrás sobre el colchón justo cuando él...

Oh, vaya.

Tomó el dobladillo del suéter de ella entre los dientes y tiró de él hacia arriba por su cuerpo.

Una de sus manos se abalanzó para ayudar, deslizando la lana sobre su piel al ritmo de la música mientras la canción comenzaba de nuevo.

—Vamos a agotar tu batería —consiguió decir, aunque los dedos de él ya estaban abriendo el broche delantero de su sostén de encaje después de que el suéter hubiera sido arrojado a algún lugar de la cama.

Él rio entre dientes. —Nena, créeme. No vas a agotar mi batería. No en mucho, mucho tiempo.

—Me refería a la de tu teléfono, narcisista engreído.

—Mi teléfono es lo que menos me importa en este momento. Pero este pezón, aquí, esto definitivamente está en mi radar.

Lo cual demostró muy bien. Su lengua, sus labios, sus dientes, sus dedos...

todos hicieron que ella diera gracias a su buena estrella por que él fuera —¿qué había pensado antes?— tan increíblemente diestro.

—Dios, Gina, eres preciosa. —La reverencia en su voz la hizo sentirse preciosa.

La expresión en su rostro la hizo creerlo.

—Ven aquí, Darien. —Le acarició la mejilla; la barba incipiente lo hacía mucho más sexi mientras los dedos de ella danzaban bajo su barbilla.

—Tus deseos son órdenes, mi lady.

Ella sonrió mientras él se acercaba para besarla.

—¿Ahora quién manda a quién? —susurró ella justo antes de que sus labios se unieran.

Él sonrió contra su boca, sus dientes chocaron, pero eso solo aumentó lo excitante que era sentir la lengua de él acariciando la suya.

Y entonces, gracias, Dios mío, su pecho rozó sus pezones. Dios santo, pensó que iba a acabar en ese mismo instante; las sensaciones recorrieron todo su cuerpo, encogiendo los dedos de sus pies, y los de sus manos, y probablemente enroscando aún más cada mechón de su cabello.

Gimió en su boca, moviéndose contra él, la oleada de deseo dentro de ella ahogando la música mientras intentaba acercarse a él tanto como fuera posible.

Él hundió los dedos en su pelo, dejando caer todo su peso sobre ella, con sus caderas *aún* manteniendo el ritmo de la canción.

Iba a amar esa canción para siempre.

—¿Quién manda ahora, nena? —susurró él, su lengua se deslizó dentro de su oído, enviando escalofríos —*más* escalofríos— a través de ella—. Parece que te tengo atrapada, así que eso me convierte en el jefe.

—¿Estás seguro de eso? —Ella deslizó su otra pierna alrededor de él—. Yo también te tengo atrapado.

Él gimió contra su garganta; luego los hizo girar, dejándola a ella debajo de él. La empujó hasta que estuvo casi sentada. —Di que te rindes —dijo antes de tomarle un seno en la boca.

La embestida de deseo hizo que su cabeza cayera hacia atrás. Le era imposible decir *ninguna* palabra, pero si pudiera, no diría esa porque le pondría fin a esto. Y esto, no quería que terminara.

Los dedos de él imitaron lo que su lengua estaba haciendo y Gina no pudo contener sus gemidos. Había pasado tanto, tanto tiempo. Y John no había sido ni de lejos tan bueno en esto como lo era Darien.

Y ese fue el *último* pensamiento que iba a tener sobre John en ese momento.

La lengua de Darien lamió su pezón.

Quizá para siempre.

Su mano se deslizó hacia su trasero, amasando sus músculos mientras ella se mecía contra él. Necesitaban terminar de desnudarse. Y se lo diría. Tan pronto como pudiera pronunciar siquiera una frase a medias.

Su boca se liberó, esparciendo besos sobre sus costillas, luego sobre su pecho hasta su clavícula, y todo lo que Gina pudo hacer fue dejar que él la guiara para su placer. Y el de ella. Por Dios, sí, el de ella.

—¿Quién manda ahora? —susurró él contra su garganta antes de succionar la piel en su boca.

—Yo —logró pronunciar en medio de un gemido.

La soltó con un chasquido. Eso iba a dejar una marca.

No le importaba, aunque Candy haría un montón de preguntas.

Sí, no iba a meter a Candy en esto. Se trataba de ella y Darien y nadie más.

—¿Y por qué crees que tú mandas? —Le dio una nalgada. No muy fuerte... sino en su justa medida.

Gina apartó el pelo de sus ojos mientras le sonreía. —Porque he conseguido que me des placer.

—Bruja. —La atrajo hacia él para un beso ardiente.

Se permitió disfrutarlo por unos segundos, pero él no iba a tener la última palabra. No aquí. —Llamarme nombres *no* es la manera de conseguir lo que quieres, Foster.

—Lo sé. Esta es. —Su boca encontró su otro seno.

Gina exhaló y dejó caer la cabeza hacia adelante, deslizando sus labios por su cabello. Sí, él podría tener prácticamente lo que quisiera en este preciso momento. Incluso el derecho a presumir.

No es que se lo fuera a decir.

Ni que pudiera, para el caso.

Sus caderas aún mantenían el ritmo de la música, el compás tan primario que casi ya no lo oía. Pero lo sentía.

Necesitaban estar desnudos.

—Me parece bien.

Sus ojos se abrieron cuando él soltó su seno. —¿Dije eso en voz alta?

—Claro que sí. Pero yo lo estaba pensando. —Movió sus caderas contra las de ella—. Ponte de pie, mujer, y veamos unos cuantos movimientos.

—Tú no eres el j...

—Y antes de que lo digas... —Levantó una mano—. *¿Por favorcito* harías un baile travieso y te desnudarías para que pueda hacer de las mías contigo?

—Oh, bueno, si lo pones de esa manera... —Desenredó sus piernas y se puso de pie, moviéndose al ritmo de la canción—. Espero que esa cosa tenga la carga completa.

Darien se apoyó en los codos y miró hacia abajo. —Totalmente cargado y listo para la acción, nena.

No estaban hablando de lo mismo.

O... tal vez sí.

Gina dio una vuelta lenta, disfrutando de la caricia de su cabello al deslizarse contra su piel, una sensación tan sensual que tuvo que hacerlo de nuevo.

Esta vez, con su cabello sobre sus pechos.

—No te cubras, Gina. Quiero ver.

Sorprendentemente, no se sentía para nada cohibida por sus pechos con él. No ahora. Especialmente después de que él hubiera tenido sus labios sobre ellos. Y su lengua. Incluso había usado sus dientes.

Se estremeció al recordarlo. Nunca habría pensado que algún día le daría a Darien Foster la oportunidad de ver sus, um, *encantos.*

Sonriendo, se alejó de la cama, disfrutando del poder que tenía sobre él. La deseaba; podía verlo en sus ojos, entre otras partes. Mejor aún, estaba en su poder concederle ese deseo.

O marcharse.

Tú no *te vas a marchar de aquí.*

Bueno, por supuesto que no; este era su apartamento. Y finalmente tenía a Darien Foster justo donde lo quería.

Bueno, casi.

Dio unos pasos hacia adelante.

—Dios, eres preciosa. Ven aquí. —Él extendió la mano para alcanzarla, pero ella lo empujó de nuevo sobre la cama.

—Un momento, Señor No-Nos-Apresuremos. Tengo algunas ideas propias. —Unas que se centraban enormemente en la bragueta de sus jeans.

Se colocó entre sus piernas y plantó una mano en su estómago. —No te muevas.

—Te oigo, pero alguien —flexionó los músculos de sus muslos— no está prestando atención.

Gina deslizó su mano a lo largo de su erección. —Oh, no estoy tan segura. Parece que está prestando mucha atención.

Darien se dejó caer de nuevo sobre la cama, con los brazos extendidos a los lados. —Me estás matando.

—No es mi intención. Pero si lo estoy haciendo, supongo que será mejor que me asegure de que te vayas con una sonrisa. —Con eso, agarró su bragueta.

Más botones.

—Supongo que no podemos arrancarlos, ¿eh?

Darien sonrió. —Nop. Vas a tener que esforzarte para conseguirlo, nena.

—Qué sacrificio. —Ya fuera por la práctica con la camisa de él o por las ganas, logró desabrochar los botones con bastante rapidez.

Por supuesto que Darien iría estilo comando.

Lo tocó.

Él inspiró bruscamente junto con las palabras: —Condón. Bolsillo. Trasero.

—Pues qué chistoso, porque estás acostado sobre ellos. Vas a tener que darte la vuelta para que los agarre.

—O, mejor aún... —Se deslizó los jeans por las caderas, luego se sentó y se los quitó de las piernas—. Toma. —Se los entregó—. Bolsillo trasero.

Ella eligió escuchar la desesperación en su voz en lugar de la orden mientras encontraba lo que estaba buscando.

Ella arrojó el surtido sobre la cama. —¿Vaya, vaya, nos creemos mucho, no es así?

Él enganchó el pie alrededor de su muslo y tiró de ella hacia adelante.

Prácticamente cayó en su regazo.

Lo cual no era necesariamente algo malo.

—Elige uno, Gina, y pónmelo. No sé cuánto más puedo esperar.

Ella tomó unos cuantos. —Bueno, vamos a tener que ver cuánto tiempo es eso, ¿no crees?

Él tomó uno de entre sus dedos, lo rasgó con los dientes y se lo puso tan rápido que ella debería haberse horrorizado por la cantidad de práctica que eso debió de haber requerido, pero, en cambio, estaba emocionada de que él estuviera tan excitado que no pudiera esperar.

La llamó con un dedo como lo había hecho en el club. —Ven aquí.

—No eres el...

—Por favor.

Era divertido tomarle el pelo, pero era aún más divertido seguirle la corriente con lo que él quería.

Se tomó un poco de tiempo para bajar sobre él, con las manos sosteniendo su peso mientras rozaba su pecho con los pezones.

Él gimió.

—¿Te gusta eso?

—Se podría decir que sí. —Arqueó la pelvis—. Y todavía tienes demasiada ropa puesta.

Gina levantó una mano de la cama y la deslizó hacia la cinturilla de sus jeans. Maldita sea, no podía desabrochar el botón con una sola mano, así que trató de bajarlos sobre sus caderas.

De nuevo, difícil de hacer con una sola mano.

—Permíteme. —Darien tiró de ella para que cayera sobre él y la giró sobre su espalda; luego se deslizó de rodillas al suelo, rozando sus palmas sobre los muslos de ella.

Su estómago se contrajo cuando los dedos de él desabrocharon el botón de su cintura.

Su respiración se detuvo por completo cuando él bajó la cremallera, sus dedos rozando suavemente su piel todo el camino.

Luego abrió la cremallera con sus palmas, deslizándolas a través de sus caderas antes de hundir los dedos sobre la parte superior de la cinturilla y bajarle los jeans por las piernas.

Se detuvo en la unión de sus muslos. —Encaje a juego, ya veo.

Su lencería había sido una buena inversión.

—Creo que la reconozco de la otra noche.

Cuando él había estado en su baño buscando vendas. —Solo tú sacarías a relucir ese momento vergonzoso ahora, Foster.

—Más vale que sea el único. No me gusta compartir. —Le deslizó los jeans por el resto del camino.

Luego procedió a lamer su camino de regreso hacia arriba.

Pero no hasta el final. Se detuvo en un lugar muy oportuno.

E hizo de ella una mujer muy feliz.

Gina se aferró al edredón mientras Darien le daba un placer que nunca había imaginado, llevándola a un punto culminante, y luego haciendo una pausa antes de que ella se corriera. Bromeando con ella, probándola hasta que apenas podía pensar más allá de la palabra *sí*.

Estaba bastante segura de que la dijo más de unas cuantas veces. Bastante alto, además.

Darien finalmente se movió hacia el norte, besando su camino hasta su ombligo, luego hacia arriba, entre sus pechos. Cuando hizo una incursión hacia la derecha, ella le agarró la cabeza. —Está bien, ya te divertiste, ahora termina esto —le dijo, llevando la boca de él a la suya.

—Mandona, mandona. —Sonrió mientras le mordisqueaba los labios.

—Así que finalmente lo admites.

—Tengo que decir que es un poco sexi.

Ella sonrió. —Entonces prepárate para que te excite hasta la locura, Foster. —Le agarró el trasero—. Hagámoslo.

—En serio, Taormina, nunca se han dicho palabras más sexis. —Deslizó su rodilla hacia un lado, abriéndola, antes de entrar en ella.

Gina exhaló. —Santa madre de Dios.

—No exactamente. —Sus palabras sonaron tensas mientras embestía—. Santa... de acuerdo. *No* madre. Y definitivamente no un padre. Pero acepto la referencia a dios.

Ella le dio una palmada en el trasero. —Creído.

—Culpable. —Flexionó las caderas, yendo más profundo.

—Oh. Dios. Mío. —Las palabras se le escaparon solas.

—Gracias. —Sonrió contra la garganta de ella.

Ella se rio, una acción interesante considerando las sensaciones que la recorrían. Darien la tenía caliente pero con la piel de gallina, llenándola pero no lo suficiente, y casi consumiéndola, pero haciéndola reír. —Tener sexo contigo es divertido.

—Gracias. Creo. —Se apartó para mirarla—. Siempre y cuando cumpla su propósito... por así decirlo. —Flexionó sus caderas de nuevo.

Ella gimió. —Sí, lo está cumpliendo.

—Bien. —Bombeó un poco más. Más rápido. Un poco más profundo.

Ella envolvió sus piernas alrededor de la cintura de él. —No pares, Darien.

—No tenía ninguna intención de hacerlo. —Con la mandíbula apretada, aceleró su ritmo.

Lo cual, curiosamente, coincidía con el de la canción.

Gina se rio de nuevo. —Tu celular sigue encendido.

—Bien. Sabré dónde está cuando lo necesite. Pero ahora mismo... —hizo un giro sexi con las caderas—, ahora mismo, eres lo único que necesito.

Se dejó caer sobre ella de nuevo, sus labios reclamando los de ella, sus hombros moviéndose mientras la penetraba con fuerza, y Gina dejó que ese comentario sobre la *necesidad* se perdiera mientras las sensaciones se apoderaban de su cuerpo.

Darien sabía exactamente dónde moverse, cómo tocarla; sus besos, mordiscos y lengua la llevaban a alturas inimaginables.

Quién diría que un pequeño y agudo mordisco en el lóbulo de su oreja enviaría escalofríos hasta los dedos de sus pies que, en este momento, estaban prácticamente junto a sus orejas. Ese era otro poco de maravilla. Ella era bastante flexible, normalmente, pero esto... ahora... El tipo la tenía toda enredada, por dentro y por fuera.

Clavó las uñas en el trasero de él, igualando su ritmo, tratando de acercarse más. Casi allí... solo un poco más...

—Ah, Dios, sí, Gina, eso es, nena. —Se meció contra ella, el sudor resbalando entre ambos. Sus labios encontraron la curva de su cuello, y Gina se arqueó hacia atrás, dándole acceso total.

Sus dientes... oh, cielos... pequeñas punzadas de placer extra la golpeaban cada vez que rozaban su piel.

Y su trasero... Maldición, el hombre tenía unos glúteos increíbles. Ella aprovechó cada oportunidad para agarrarlos, amasarlos, incluso deslizando un dedo entre ellos.

Darien rugió en respuesta, su mano golpeando el colchón junto al hombro de ella mientras la miraba. —¿*Qué* fue eso?

—¿No lo sabes? —Lo hizo de nuevo.

Él gimió, largo y fuerte. Sus vecinos probablemente estaban escuchándolo todo. Y a ella no le importaba.

Lo acarició de nuevo.

—Jesús... Gina... Oh, Dios... Carajo...

En cuanto al contenido, esas no eran las palabras más románticas que había imaginado, pero ¿las acciones? Sí. Él le devolvía el favor.

Y por lo que parecía, estaba recibiendo mucho.

Darien apretaba los dientes, sus ojos estaban cerrados con fuerza y sus caderas iban al doble de rápido que la música. El sudor le resbalaba por el pecho, el sonido de sus cuerpos chocando era mejor que cualquier ritmo.

Ahora plantó ambas manos junto a los hombros de ella, con la cabeza gacha, el pelo rozándole la cara mientras prácticamente le gruñía —no, en realidad, le *gruñó*—: —Mí-ra-me. —Jadeaba al ritmo de sus caderas.

Gina no podía *no* mirarlo. Dios, era hermoso. Y por este momento, esta noche, era suyo.

—Córrete conmigo, Gina. —Volvió a hacer ese movimiento giratorio y —maldita sea— le dio justo en el punto G.

—¡Darien! —Mitad sollozo, mitad maravilla sin aliento, fue el último aliento que tomó mientras su orgasmo se apoderaba de ella. Escalofríos, tensión, las embestidas rítmicas que nunca, nunca deberían parar... todo la envió al abismo y todo lo que pudo hacer fue aferrarse a él como si su vida dependiera de ello.

Él gritó su nombre, un rugido largo y prolongado, y su cuerpo se detuvo por un segundo antes de volver a chocar contra ella, embistiéndola una y otra vez, vaciándose en ella hasta que todo lo que existía era la sensación entre ellos. Sin sentido de arriba o abajo, adelante o atrás, solo la certeza de estar conectada a él tan íntimamente.

Su peso la presionó contra el colchón. Fue la primera sensación que registró cuando la nube de euforia se disipó.

Se sentía bien sobre ella. Y si sus brazos encontraran algo de fuerza, podría ser capaz de rodearlo con ellos.

Pensaría en eso más tarde.

—Oye, Bella Durmiente. —Le dio un codazo en el cuello.

Logró pasarle una mano por el pelo. —Pensé que era la Mujer Maravilla.

—¿Ahora quién es un narcisista creído?

—No es presunción si es verdad. —Abrió un ojo. Él estaba apoyado en un codo, luciendo demasiado sexi —y despierto— cuando todo lo que ella quería hacer era quedarse allí y disfrutar de la calma posterior—. Y como tú me llamaste así, debe ser verdad.

—Ah, como las leyes de internet. ¿Eso me convierte en un modelo francés?

Ella soltó una risita. —Si fueras un modelo francés, no estaríamos aquí. Estaríamos...

—En Francia —dijeron juntos.

Darien rio y rodó hacia un lado, llevándosela con él. Gina no estaba muy segura de cómo lograron seguir conectados, pero no iba a cuestionar los movimientos de un bailarín muy talentoso.

Todavía apoyado en su codo, descansó su otro brazo en la cadera de ella. —Entonces, Gina Taormina, ¿estuvo bueno para ti?

—Ah, vamos, Foster, esperaba algo mejor que un viejo cliché de ti. —Le pellizcó la nariz.

—Y tan pronto como mi cerebro regrese de la estratósfera a la que lo enviaste, se me ocurrirá algo ingenioso. ¿Ingeniosón? ¿Más ingenioso? —Se encogió de hombros—. No se me ocurre, así que, por ahora, te toca el cliché. —La besó.

No había nada de cliché en *eso*.

—Así que, um, sobre esos otros condones… —Estiró la mano detrás de ella —. Que creo que se me pegaron a la espalda, de hecho…

Los dedos de él se deslizaron por su piel —llevándose algunos escalofríos más con ellos— y le despegó uno. —De verdad estás tratando de matarme, ¿verdad? Me disculpé, ¿sabes?

Ella le quitó el condón. —Tienes razón, lo hiciste. Pero creo que tienes que demostrar cuán arrepentido estás.

—Ah, sexo por lástima. Ya veo por dónde vas.

—¡Oye! No quise decir eso.

—Y eso no es lo que vas a tener, Gina. Que sepas que lo que estamos haciendo ahora no tiene absolutamente nada que ver con lo que pasó en ese salón de clases, aparte del hecho de que te he deseado durante años. Y finalmente, tengo la oportunidad de tenerte. Así que recuéstate y prepárate para experimentar veintitantos años de deseo.

Bueno, si lo ponía de esa manera…

Capítulo Quince

No usaron todos los condones. Una buena parte, sí, pero no todos.

Lo que significaba que tendrían que volver por más.

Gina no sabía si eso sería posible mientras se levantaba de la cama a la mañana siguiente. Tenía dolores en músculos que ni siquiera sabía que tenía.

Darien seguía dormido y, por mucho que quisiera despertarlo, a él le vendría bien dormir y ella tenía que ir al spa, donde esperaba evitar el interrogatorio de Candy.

No tuvo esa suerte.

Candy, con su ojo de águila, vio el chupetón ni diez segundos después de que Gina se quitara el abrigo.

—Lo hicieron. —Candy la siguió a la oficina, cerrando la puerta por suerte para que el resto del personal no la oyera. No es que fuera fácil por encima de la música navideña de las Ardillitas, que era la primera vez que Gina se alegraba de oír a Alvin y sus amigos, pero les daba una capa extra de privacidad para esta conversación.

—Candy...

—Es inútil que lo niegues, Geen. Veo esa marca de amor no tan pequeña por encima de tu bufanda. ¿No es un poco desesperado llevar una bufanda sobre un cuello de tortuga? ¿Y quién usa cuellos de tortuga hoy en día? Esa cosa parece sacada del fondo de tu clóset. Necesito llevarte de compras, pero ya. —Se sentó en el escritorio de Gina—. Empieza a hablar.

—¿Qué quieres que te diga? Pensé en lo que dijiste, fui al club después de que te fuiste, y el resto... Bueno, te imaginas bastante bien lo que pasó después.

—Incluyendo el hecho de que el suéter negro de cuello de tortuga tenía unos diez años. Pero como todos sus ingresos disponibles se iban al spa y a las cuentas, conservaba la ropa durante mucho tiempo. Y mira, había funcionado a su favor. Bueno, lo habría hecho si Candy no hubiera visto el chupetón.

Candy inclinó la cabeza y entrecerró los ojos. El delineador de hoy era fucsia. Lo combinó con una sombra verde aguacate, un suéter dorado brillante y una falda lápiz negra con un vuelo de sirena en la rodilla. Solo Candy podía combinar esos colores y hacer que se viera elegante. —¿No me lo vas a contar, verdad?

—¿Contarte qué? ¿Los detalles? —Gina movió una carpeta de su escritorio a la credenza. Probablemente debería archivar esto—. Creo que ya superamos esa etapa. No hay mucho que contar.

—Ay, cariño, qué lástima.

Volvió a mirar a Candy. —No quise decir eso y lo sabes. Fue... —Abrió un cajón del archivador—. Agradable. —De una manera estupenda, que la dejó sin aliento.

—Agradable, ¿eh? Vaya. Eso explica el cuello de tortuga, entonces. ¿Tienes unas botas de agua para completar el atuendo?

—Oye, las botas de agua están de moda. Además, ¿qué quieres que me ponga? ¿Quieres que vaya presumiendo esto por toda la ciudad? —Se dio la vuelta y se bajó el cuello—. Se dejó llevar un poco, um.

Candy le levantó los dos pulgares. —Esa es mi chica. Haz que el hombre pierda la cabeza. Es la mejor manera de mantenerlo interesado.

—O en el manicomio —murmuró Gina mientras metía el archivo en su lugar en el cajón antes de darse la vuelta de nuevo—. Mira, Cand, no me gusta jugar a jueguitos. Tampoco querría que él lo hiciera, así que si esto va a alguna parte, va a alguna parte. Si no, no voy a dudar de mí misma.

—Oh, sí que lo harás. Porque eso es lo que haces. Por eso quería saber si dijo algo.

—¿Qué se supone que diga, Candy? ¿Que soy el amor de su vida y que nadie se ha comparado a mí? —Gina tomó el atomizador para rociar el mini pino en su escritorio que su mamá le había regalado para tener «un poco de espíritu navideño», con todo y sus mini esferas de Navidad y tenues tiras de guirnalda—. Por favor, vivo en el mundo real. Anoche fue agradable. Y probablemente se repetirá. —Si de ella dependiera.

Aunque, habría sido agradable si hubieran podido tener una conversación esta mañana, pero como él no tenía una cita para un masaje hasta las once y tenía que trabajar esta noche, necesitaba dormir. Especialmente porque no durmieron mucho anoche.

—Ahhh, ahí está esa sonrisa. —Candy saltó del escritorio, una hazaña asombrosa considerando la altura de sus tacones de aguja.

¿Y Candy la estaba criticando *a ella* por llevar un cuello de tortuga? Al menos *eso* era apropiado para el clima. Si Candy salía por la puerta con esos zapatos, se caería de cabeza con el más mínimo trozo de hielo.

Se acercó a Gina, le puso un dedo bajo la barbilla y la levantó. —Eso me dice todo lo que necesito saber. Bueno, eso y el chupetón. —Le acomodó la bufanda de oro sobre él—. Quizás quieras decirle que no sea tan obvio. Digo, me alegro por ti y todo, pero si no quiere que la gente hable, debería dejarlos donde solo él pueda verlos.

Gina se mordió el labio y apartó la mirada.

—¡Ajá! —Candy le dio un golpecito en la nariz a Gina—. Bien por ti, Geen. Bien por ti. —Dio un giro militar y se contoneó hacia la puerta—. Hoy va a ser un buen día por aquí. Puedo sentirlo.

Se dio la vuelta en el marco de la puerta y tomó el pomo. —Tu primera clienta llega en quince minutos. El cuarto está listo. Así que tienes tiempo para... relajarte y descansar. —Cerró la puerta con un guiño.

Relajarse, sí, claro. Gina recordaba el momento exacto en que le hizo este chupetón. Lo revivía una y otra vez en su mente. La noche entera, en realidad.

Ella y Darien... Era casi demasiado increíble para ser real.

Eso era lo que la preocupaba.

* * *

Darien parpadeó ante la luz del sol. Le tomó menos de dos segundos recordar dónde estaba.

Y con quién estaba.

Se giró sobre su costado...

O no estaba. Ella se había ido.

Maldición.

Puso la palma de su mano en la hendidura donde ella había estado. Mmm... No tan cálido. Lo que significaba que se había levantado hacía un rato. ¿Por qué no lo había despertado?

Se quitó la sábana de encima —en algún momento habían logrado sacar las sábanas de debajo de ellos— y luego se levantó de la cama. Primero al baño, y luego iría a buscarla.

Había una nota en el lavabo.

Me fui a trabajar. No quise despertarte; te vendría bien dormir. Nos vemos allá.
~ Yo

Darien la tomó. El *Yo* lo conmovió en algún lugar cerca de su corazón. Una forma tan íntima de comunicarse.

Como lo había sido la noche anterior.

Se había reído con ella mientras hacían el amor. Ella lo llamó sexo, pero él sabía que era más que eso. Al menos, por su parte. Esperaba, demonios, que ella pudiera llegar a ese punto, porque, sí, su padre tenía razón. Gina era la indicada para él.

Se duchó con el jabón y el champú de ella, gustándole la idea de que iba a oler a ella todo el día. Se puso la ropa de anoche, metiéndose la camisa en los jeans ya que los botones de abajo estaban en algún lugar de su apartamento, y luego encontró sus botas debajo de la cama de ella.

Sonrió ante eso. ¿No había un viejo dicho sobre dejar las botas debajo de la cama de una mujer? No estaba seguro, pero si no lo había, debería haberlo.

Empezó a hacer la cama, pero luego lo pensó mejor. Quería que ella volviera a casa y la viera. Que lo recordara todo de nuevo. Dios sabe que él no lo olvidaría pronto.

Tiró el edredón sobre la silla de la esquina —recordando exactamente cuándo se había caído al suelo— y sonrió como un idiota. Se podría pensar que tenía catorce años otra vez.

Antes del estúpido comentario...

Ah, bueno. Bien está lo que bien acaba, y mejor que fuera al spa para asegurarse de que esto tuviera un buen final.

No, un buen comienzo.

Se metió la nota en el bolsillo trasero y tuvo que sacar un condón que a Gina se le había pasado. Riendo entre dientes, lo puso en el cajón de su mesita de noche para la próxima vez.

La próxima vez.

Sí, *la próxima vez* tenía que hacer algo especial. No rosas; eran demasiado cliché. Lirios, quizás. Dorados. Sí, eso es lo que haría.

Recogió su abrigo en la sala —sonriendo de nuevo al recordar lo que había estado ocurriendo cuando lo dejó caer allí— y luego tomó su celular del recibidor. Sí, la batería estaba muerta.

No hay problema. Preferiría tener la batería del celular muerta y una noche como la de anoche que no.

* * *

—Vaya, vaya, vaya, miren a quién trajo el viento. —Candy le dio un repaso intencionado cuando entró—. ¿Descansaste lo suficiente, Foster?

Ella lo sabía. No debería sorprenderse.

—La mejor noche de sueño de mi vida. —Se encogió de hombros para quitarse el abrigo—. ¿Qué tal tu fin de semana, Candy?

Ella ladeó la cabeza hacia él. —No tan bueno como el de Gina, me temo.

—Bueno, no te rindas. Todavía hay esperanza para ti. —Tamborileó los dedos en el escritorio de la recepción—. Michelle llegará en breve. Voy a estar en la sala de tratam... eh, suite tres.

—Me aseguraré de comunicárselo a todos los interesados.

Él se rio entre dientes. —Hazlo. Y puede que hasta te lo agradezca.

—Sí, me la debes, Foster. No me hagas hacerte daño.

¿Qué pasaba con todo el mundo amenazando con hacerle daño? Claro, querían a Gina, pero ¿por qué asumían que él la lastimaría? En todo caso, él era el que debería estar preocupado. Mientras él estaba cien por ciento comprometido, no sabía cuán comprometida estaba ella. Podía tener esperanzas, pero hasta que ella no dijera las palabras, no iba a contar con nada.

Claro, él tampoco había dicho las palabras.

—¿Está Gina?

—¿Dónde más podría estar? —Candy movió la cabeza hacia el pasillo—. En su oficina. Por cierto, qué interesante elección de ropa lleva hoy. Culpa tuya, según tengo entendido.

No estaba seguro de a qué se refería, pero eso solo hacía que quisiera ver a Gina más.

Llamó a la puerta de su oficina, aunque podía verla en su escritorio a través de la ventana lateral.

Ella sonrió cuando levantó la vista. Y, sí, su corazón dio un vuelco o dos. —Pasa.

Tenía toda la intención de hacerlo.

Caray, qué razón tenía papá. Cuando lo sabías, lo sabías.

Ella rodeó el escritorio mientras él entraba. No estaba seguro de a qué se refería Candy; llevaba su bata blanca de laboratorio de siempre, un par de jeans, una camisa y una bufanda dorada a juego con el tema *dorado*.

No fue hasta que se acercó que vio la marca asomándose por encima de su cuello.

—¿Yo te hice eso? —le apartó el pelo de los hombros y luego le tocó el cuello.

—Sí, y Candy lo vio de inmediato.

—Eso explica su comentario sobre tu atuendo. —Le bajó el cuello para mirarla—. Es infantil, lo sé, pero debo decir que me gusta vértela.

Ella le dio una palmada en el pecho. —¿Volviste a ser un neandertal, eh?

—No recuerdo que me detuvieras. —Apoyó las muñecas en los hombros de ella, simplemente porque no podía no tocarla.

—Como si hubiera tenido la oportunidad.

—Ah, cierto. Estabas tan perdida en el momento, que podría haberte hecho cualquier cosa. —Jugaba con un mechón de su cabello.

—¿Quieres decir que hay más?

—Claro que sí, nena. Hay mucho más de donde vino lo de anoche. —Le pasó las yemas de los dedos por la nuca, encantado de que se estremeciera—. ¿Qué haces esta noche?

—Trabajar. Igual que tú, ¿recuerdas? —lo picó con el dedo.

A él le gustaría *picarla* a ella… —¿Ahora también bailas profesionalmente? Caray, una noche conmigo y ya estás dispuesta a quitarte la ropa para *cualquiera*.

—No te creas tanto, Foster. Tengo que terminar este lugar en las próximas tres noches para estar lista para el jueves. Y hablando de eso...

La besó. Dios, esa mujer podía hablar, pero a veces había tantas cosas mejores que hacer con su boca.

Ella suspiró en el beso y él lo suavizó.

La rodeó con sus brazos y la inclinó hacia atrás, amando la sensación de tenerla en sus brazos.

—Buenos días —susurró él contra sus labios.

Ella sonrió. —Buenos días.

—No vuelvas a irte sin despertarme. Te extrañé.

—¿Otra vez, eh? —parpadeó coquetamente mientras él se enderezaba—. ¿Eso significa que tendré una repetición?

—Puedes tener una repetición, puedes tener un espectáculo completamente nuevo, coreografiado especialmente para ti.

—Hablando de eso... —pasó la mano por el frente de la camisa de él (no debió haber parado en casa para cambiarse, sino haberse quedado con la camisa de botones)—. Todavía me debes una.

—¿Por qué? —No es que se quejara; solo quería saber qué estaba reparando. Para que la disculpa estuviera a la altura del crimen.

—Nunca me mostraste lo que me perdí durante tu primer set de anoche.

Él sonrió y levantó las manos. —Culpable. ¿Va a castigarme, señora?

Ella le apretó el suéter en un puño. —Creo que eso se puede arreglar.

—Lo espero con ansias.

—Oye, Geen... Ay, mierda. Lo siento. —Debby entró y salió de la oficina en dos segundos.

Suficiente para haber visto lo que estaba pasando.

—Ay, carajo. —Gina soltó su camisa y se dirigió a la puerta—. Todavía no he tenido la oportunidad de decirle nada.

—¿Sobre qué?

—El código de chicas, ¿recuerdas? Me pidió permiso para salir contigo y, obviamente, me retracté. —Se dio la vuelta en la puerta—. Tengo que irme. No olvides que Michelle llegará pronto.

Bueno, si tenía que dejarlo, al menos la vista era buena.

. . .

—Deb, espera. —Gina logró alcanzarla en la última sala de tratamiento —suite —, afortunadamente. No quería tener esta conversación en la recepción o en las áreas del salón.

Deb se dio la vuelta. —Oye, lo siento. Debí haber tocado antes de entrar, pero no pensé...

—No es tu culpa. Nosotros no deberíamos... —Maldita sea, odiaba sonrojarse—. No tenías cómo saberlo. No es como si alguien esperara entrar y encontrarse con algo así.

—Claro que sí.

—¿Eh?

Deb ladeó la cadera y puso una mano en ella. —Vamos, Gina. Todas sabíamos que te gustaba ese hombre. Y él no ha podido quitarte los ojos de encima desde que llegó. Creo que la única razón por la que está aquí es por ti, así que, ¡bravo por ti, chica! —Levantó una mano para chocar el puño y Gina lo hizo, distraída.

—Candy me contó lo que hiciste.

Deb asintió. —¿Preguntarte si estabas interesada? Por favor. Todas sabíamos que lo estabas. Ya era hora de que hicieras algo al respecto, además. Aunque me sorprendió que me dijeras que adelante. Con eso sí que me sorprendiste.

—No fuiste la única.

Deb se rio. —¿Pero ahora todo está bien, verdad? Ustedes lo resolvieron y ambos tienen unas sonrisas enormes. Me encanta el amor. —Las campanillas de la puerta sonaron—. Ah, y hablando de *tengo que*, tengo que irme. La Sra. Sermignano quiere un *brushing* hoy, y ya sabes cómo es su pelo. Adiós. —Deb dio una vuelta alegre, su pelo morado moviéndose tras ella como la cola de una sirena. El mes pasado, había sido rojo como un camión de bomberos y Deb había llevado un bolso con forma de concha de almeja en honor a su Sirenita favorita, a quien a menudo se disfrazaba en las convenciones de sirenas.

Gina negó con la cabeza. Durante el último año, su personal se había convertido en sus amigas. Eso creaba una gran dinámica de trabajo, pero lo hacía incómodo en casos como este. No es que hubiera tenido un caso como este antes. Darien era el primer hombre con el que había siquiera pensado en cenar —o almorzar en una estación de bomberos—, y mucho menos en acostarse.

Afortunadamente, Deb aún no se había dado cuenta de esa parte.

—Ah, y por cierto. —Deb se detuvo en medio de la recepción—. Linda... eh... bufanda. —Guiñó un ojo y se dirigió a su estación.

Bueno, tal vez sí se había dado cuenta.

Sonrojándose aún más, Gina regresó a su oficina. El rumor se iba a extender entre el personal, si no lo había hecho ya. Solo podía esperar que no llegara a los clientes. Aunque sabía que no había nada de malo en salir con Darien —si es que así se llamaba después de acostarse con él—, no quería que se iniciaran rumores de ningún tipo, especialmente con la próxima visita de las hermanas Cavanaugh.

Siete horas y pico después, a Gina no le habría importado que todo el mundo lo supiera. Había estado luchando todo el día contra su deseo de ver a Darien y el de mantenerlo en privado. Si a eso se le sumaba la afluencia de clientes sin cita que solo podía explicarse si toda la población se hubiera puesto a hacer ejercicio y necesitara masajes —o se hubiera corrido la voz de que Darien trabajaba aquí—, apenas lo vio.

—¿Todavía estás enojada porque lo contraté? —Candy lanzó el comentario por encima del hombro mientras se cruzaban en el pasillo de las *suites*, cuando Gina se dirigía de vuelta a la recepción después de ponerse la ropa de pintar—. Digo, por algo más que la razón obvia.

Conociendo a Candy, la razón «obvia» podría ser el nuevo negocio o la noche anterior de Gina, pero en cualquier caso, la respuesta era sí. —Gracias, Candy.

—De nada. —Ejecutó un giro que enorgullecería a una patinadora artística y siguió a Gina por el pasillo—. Ahora, ¿estás segura de que no quieres que contrate a Gage para que termine la redecoración y así puedas *terminar* con el papasito supercaliente de ahí dentro en lugar de trabajar durante las horas más deliciosas de la noche?

—Estoy segura. —Gina siguió caminando.

—Está bien, es tu dolor de espalda, y no de la manera preferida, si entiendes lo que quiero decir. —Candy tuvo que correr un poco para alcanzarla, la desventaja de los tacones de aguja.

—Entendí.

—Pues esta noche no. Hay que pintar las suites y terminar las molduras para mantenernos en el plazo. ¿El galán va a volver del club esta noche para ayudar?

—No s…

—No me lo perdería por nada del mundo. —El susodicho galán salió tranquilamente de la suite tres, tomando la mano de la señora Patterson, de ochenta y dos años, como si fuera de la realeza—. Permíteme llevar a esta encantadora dama a su coche y luego puedo volver para discutir —guiñó un ojo— lo que necesitarás de mí.

—Pensé que tenías que estar en otro lugar. —Candy le dio un golpecito a su reloj—. Tu público te espera.

—¿Qué eres, mi madre?

—Esa pequeña fantasía se la dejaré a nuestro depósito de chupetones de aquí. —Señaló a Gina con la cabeza—. Solo me estoy asegurando de que seas lo suficientemente responsable económicamente para salir con ella.

—¡Candy! —Gina quería que se la tragara la tierra.

—¿Qué? —Las cejas perfectamente depiladas de Candy se arquearon—. Soy tu mejor amiga. Se supone que debo cuidarte. Quizás si le hubiera dicho algo a Quien-Tú-Sabes, no se habría convertido en un problema.

—Vaya, con amigas como tú, ¿quién necesita enemigos? —Gina negó con la cabeza y miró a Darien—. Por favor, borra ese último comentario de tu mente. Candy sufre de hipoglucemia o algo así. La hace hablar por los codos.

—Solo digo…

Gina levantó la mano. —Ya has dicho suficiente. Gracias y te quiero, ahora ¿podrías por favor ayudar a la Sra. Patterson a llegar a su coche?

—Caray. Intentas hacer algo bueno por alguien y te rebajan a niñera —murmuró Candy.

—¿Qué fue eso, querida? —La Sra. Patterson, afortunadamente, tenía un problema de audición, aunque nadie a su alrededor lo tenía, ya que tendía a gritar cada palabra.

Los labios perfectos de Candy se curvaron en una sonrisa perfecta. —Dije que es agradable cuando ayudas a alguien y te conceden el privilegio de llevar a tu dulce persona hasta tu coche.

—Eso es muy amable de tu parte, querida, pero preferiría que lo hiciera este joven tan agradable. —La Sra. Patterson le dio una palmadita en el brazo a Candy—. Entiendes, estoy segura.

Candy le lanzó una mirada cómplice a Gina. —Gina definitivamente entiende.

—Pues claro que entiende. La chica no es ciega. —La Sra. Patterson deslizó la mano en el hueco del brazo de Darien—. Ahora, ¿dónde estábamos?

Darien le guiñó un ojo a Gina. —Estábamos de camino a su coche.

—Es cierto. Y creo que ibas a ponerme el brazo alrededor para que no me caiga.

Ahora fue la Sra. Patterson quien le guiñó un ojo a Gina.

Gina se rio. —Adelante, cuida de ella, Darien. Te veré cuando vuelvas.

Lamentablemente, eso no sucedió. La Sra. Patterson, que no era tan frágil como había fingido ser, explotó la ilusión al máximo, así que para cuando Darien pudo volver a entrar, tuvo que darse la vuelta y dirigirse al club.

—Volveré después del espectáculo —fue todo el tiempo que pudo dedicarle antes de irse.

Probablemente fue algo bueno. Gina no estaba segura de si tendría la disciplina suficiente para ponerse a trabajar si estuvieran solo ellos dos.

Capítulo dieciséis

En realidad, resultó ser una fiesta. Pero con una lista de invitados diferente.

Candy, Deb, Kaya, Charlotte y Stacey aparecieron con brochas en mano alrededor de las ocho para ayudar.

—¿Qué hacen ustedes aquí? Esto no es parte de la descripción de su trabajo.

—Honestamente, Geen, ¿cuándo vas a aceptar sin más la ayuda de alguien cuando te la ofrece? Es como sacarte una muela, ¡palabra que sí! —Candy se abanicó con sus largas uñas de color verde lima, que combinaban con la franja de color verde lima de su... ¿*body*? por lo demás blanco.

¿Y se había burlado *de ella* por usar un suéter de cuello alto?

Gina puso los ojos en blanco. —Ay, Dios, Katie Scarlett está entre nosotros. ¿Hiciste tu ropa de pintar con las cortinas?

—Muy graciosa. —Candy le dio un golpecito al cuello de su atuendo—. Para que sepas, este es un traje de pintor auténtico y verdadero.

—Ya veo.

—Lo compré en línea. PaintersRUs o algo así.

—¿Así no más compras ropa de bricolaje al azar por si surge la oportunidad?

Candy soltó una risita educada que avergonzaría a cualquier dama de sociedad. —Claro que no. Lo pedí cuando compré todos los demás suministros. Había un lindo quiosco con folletos de diferentes cosas, y este se veía adorable. —Candy dio una vuelta como si estuviera en una pasarela—. ¿Qué te parece?

—Creo que están de pelos. —Kaya se acomodó una escalera bajo el brazo —. Empecemos. Mike me dio tres horas antes de llamar a la caballería, es decir, a mi suegra, para que ayude con Sarah. Ha estado con un poco de cólicos últimamente.

—¿Tu suegra? —Charlotte tomó una lata de pintura.

—Ja. Usualmente es ella, pero no, es Sarah.

—Ay, por favor, Kaya, no tienes que hacer esto. —Aunque Gina agradecía la ayuda y la compañía, no quería alejar a Kaya de su bebé. Ya trabajaba suficientes horas—. Por favor, ve con tu pequeña.

—¿Bromeas? Obviamente, nunca has estado cerca de un bebé con cólicos. Prefiero mil veces el trabajo pesado a eso. Se vuelve agotador. Sobre todo después de cuatro noches seguidas. Hace que casi me alegre de ver a mi suegra. Casi. Pero por ahora, soy libre. —Le hizo un gesto con la cabeza a Charlotte—. Vamos a terminar con esto.

Se dirigieron a la sala dos. El resto de ellas entró en la sala cuatro. Con las cuatro, la habitación se terminaría rápidamente, aunque estarían un poco apretadas.

—Oigan, ¿vieron que Joe's Pizza se va a mudar? —Deb colocó la lona protectora en la esquina del extremo derecho.

—¿En serio? ¿A dónde? —Esto era una novedad para Gina. Sus padres habían comenzado a llevarla allí a comer pizza después de su primer recital de baile en segundo grado y se había convertido en una tradición.

—Al centro comercial del pueblo. Van a abrir una nueva ala pasando el teatro.

¿Una nueva ala? ¿No eran suficientes las dos que ya habían construido? —Con ese son cuatro negocios que se mudan para allá.

—Cinco —Deb mojó el rodillo en la bandeja de pintura—. Jenni's Nails firmó una carta de intención para cuando se le venza el contrato de arrendamiento aquí.

—¿Piensas mudarte, Gina? —Stacey terminó de poner cinta en el zócalo de la primera pared.

—No. —No podía permitírselo. La administración le había ofrecido un gran incentivo para firmar un contrato de arrendamiento de tres años en este local y, como el flujo de clientes sin cita había sido bueno al principio, estaba encantada con el trato. Pero entonces la tienda ancla del centro comercial se había ido y, de repente, el centro comercial del pueblo —incluso con sus rentas más altas— era más atractivo para los negocios que dependían del tráfico de gente. De ahí su campaña publicitaria.

No debería haber dejado que Candy la convenciera de esta renovación.

—Al menos seguimos teniendo clientela sin cita. Hoy estuvo llenísimo. —Stacey comenzó a encintar la pared que Gina iba a pintar.

—Eso es por Darien —dijo Deb.

—Y por el anuncio que publicamos. No lo olvides. Es la razón por la que necesitábamos a Darien, para empezar. —Candy estaba de pie en la esquina, viéndose bonita, con el rodillo en su poste al lado, haciéndola parecer un espantapájaros glamoroso.

Gina no creía que Candy se lo tomara como un cumplido, así que se guardó el pensamiento.

—Se podría debatir la teoría del huevo y la gallina —continuó Deb—, pero la conclusión es que espero que el aumento en mis propinas cubra la caída del negocio después de que él se vaya.

—¿Se va? —Stacey era madre soltera de dos hijos. La próxima semana eran las primeras vacaciones que tomaba desde que su esposo la había abandonado. Sus propinas alimentaban a su familia.

La fiesta de novias de los Cavanaugh tenía que salir bien. Si otras tiendas seguían abandonándolos por los nuevos y relucientes edificios del centro del pueblo —independientemente del correspondiente y enorme aumento en la renta—, la gente necesitaría una razón para desviarse y venir a este lado del pueblo. El boca a boca de Sophie Cavanaugh podría ser la inyección de energía que The Gilded Lily necesitaba.

Gina tendría que revisar de nuevo su presupuesto de publicidad para ver si podía aumentarlo, porque si la plaza comercial moría, también lo haría The Gilded Lily. Simplemente no tenía el dinero para empezar de nuevo.

—Bueno, bueno, chicas, esto se está poniendo lúgubre. Animemos esta fiesta. Tengo justo lo que se necesita. —Candy colocó su parlante Bluetooth sobre la camilla de masajes y luego buscó en su lista de reproducción—. Aquí hay buena música.

Por favor, Dios, que no sea One Direction Christmas o algo igual de cursi.

No, era...

Buttons.

Gina quería que se la tragara la tierra.

El resto de ellas, sin embargo, se la estaban pasando en grande, meneándose y perreando al ritmo de la música.

—Te ves algo sonrojada, Geen. ¿Te sientes bien? —Candy se acercó bailando a Gina y le puso el dorso de la mano en la frente mientras la canción llegaba a su fin, justo a tiempo...

—Estoy bien. —*Sigue pintando, sigue pintando.*

—No lo sé... Te siento un poco caliente. —Candy apoyó el rodillo en el suelo. Menos mal que aún no había empezado a pintar, así que no cayeron gotas en la alfombra—. Oh, no. No me digas.

—No lo haré. Y tú también puedes quedarte callada. —Odiaba que Candy la conociera tan bien.

—¿En serio? ¿Esta canción? —Candy comenzó a mover las caderas—. Mmm, mmm, chica. Me lo puedo imaginar...

—Por favor, no lo hagas.

Candy dejó de bailar. —Sí, supongo que es un poco, no sé. ¿Incestuoso?

—¿Tienes que irte por ahí? ¿De verdad?

—Bueno, lo es. O sea, eres como una hermana para mí, así que eso lo convierte, bueno...

Gina la fulminó con la mirada. —¿Qué tal si te vas a la sala tres, Candy? La mayor parte se pintó durante el fin de semana, así que está casi terminada.

—Más bien *tú* estás casi terminada, pero entiendo la indirecta —murmuró Candy, dirigiéndose a la puerta.

En eso tenía razón.

—Vamos, Stacey. Podemos empezar con la del otro lado del pasillo. Se está poniendo un poco caluroso aquí, con todos estos cuerpos en un espacio tan pequeño. —Candy miró a Gina—. Si sabes a lo que me refiero.

Gina puso los ojos en blanco. —Gracias, Candy.

—De nada, corazón. —Contoneó su trasero al salir por la puerta.

—¿Soy yo o el acento de Candy se está volviendo más marcado? —Deb rodeó la esquina hacia la última pared por pintar.

Gina resopló. —Candy no tiene acento. Nació al norte de la línea Mason-Dixon y ha vivido aquí toda su vida.

—Pues me hubieras engañado. La mujer puede hacer de damisela sureña mejor que la mismísima Vivien Leigh.

—Y Candy te agradecería el cumplido.

—Entonces, um, Gina...

Gina se preparó. —¿Mmm?

—Sobre Darien.

Se lo imaginaba.

—Quizás quieras pensar en mantenerlo por aquí incluso después de que Charlotte y Stacey regresen de sus vacaciones. *Sí* que es bueno para la clientela sin cita. Y supongo que a ti te gustaría tenerlo aquí.

Dios, ¿se le notaba tanto en la cara?

—Puede que las chicas no quieran compartir sus clientes. —*Sigue pintando, sigue pintando*—. Ya sabes cuánto necesita Stacey sus propinas.

Toda esta conversación se basaba en la creencia de que The Gilded Lily podría mantenerse a flote a pesar de la pérdida de las otras tiendas.

¡Piensa en positivo!

Cierto. Tenía que hacerlo. Después de todo, había iniciado este negocio a pesar del desastre de John; podía manejar un bajo flujo de gente.

—Pero si él atrae a más gente, compensaría el cambio de clientes. Y ya sabes, no todas las mujeres lo van a querer a él.

¿Cómo no iban a quererlo?

Ah, como masajista. Obvio.

—Algunas mujeres no se sienten cómodas con un hombre y algunos esposos tampoco. Pero el factor del que se hable de él, por sí solo, es obviamente suficiente para atraer más negocio. Creo que deberías contratarlo de forma permanente.

Debería hacer algo permanente con él, pero no sabía si contratarlo era la solución. —Lo pensaré, Deb.

Por otro lado... de esa manera, ella siempre sería su jefa.

Sonrió. Ahora bien, *eso* sonaba bastante bien.

* * *

El club estaba a reventar. A Dare no debería sorprenderle tanto. Aparentemente, el Futbol del Lunes por la Noche les daba a las esposas un pase libre para el club de striptease.

—Oye, ¿quieres ir a Joe's Pizza? —le preguntó Steve en el camerino después del espectáculo—. Tragos a dólar noventa y nueve para el programa posterior al partido.

—No puedo, pero gracias por preguntar. Quizás la próxima vez. — Aunque Dare lo dudaba. De repente, salir con los chicos después de un espectáculo no sonaba tan atractivo como la semana pasada.

—Probablemente no habrá una próxima vez. Joe's se muda al centro comercial del pueblo. La renta debe de ser alta, así que de ninguna manera podrá permitirse bebidas con descuento *y* la renta.

Dare ladeó la cabeza. —Joe's ha estado en el mismo lugar desde siempre. ¿Por qué se muda?

Steve se encogió de hombros. —¿Quizás quiere un lugar nuevo? Donde está ahora se está volviendo un poco sórdido. Las tiendas están cerrando. No sé cómo se mantiene a flote ese centro comercial.

Maldición. Joe's estaba en el extremo opuesto de la plaza comercial del spa de Gina. Si a él le iba mal, ¿cuánto tardaría en afectar a Gina?

Dare se echó el abrigo al hombro. —Tengo que irme, Steve. Hablamos.

Sacó su teléfono para enviarle un mensaje y se alegró de ver que ella le había enviado uno primero.

Y Jonas también.

Abrió ese primero. El negocio antes que el placer.

Sonrió mientras esperaba que cargara. El negocio con Gina *era* un placer.

Lista completa de propiedades para ver mañana. Nos vemos en mi oficina a las 9.

Una lista completa sonaba prometedora. Tenía que haber al menos una ahí que le interesara.

Le envió un mensaje a su padre, contento de que papá tuviera una razón para levantarse y salir mañana, y luego abrió el mensaje de Gina.

Dejando lo mejor para el final.

O no.

Frunció el ceño al leerlo.

. . .

Las chicas vinieron a ayudar. Planean quedarse hasta que terminemos. Quizás no deberías pasar por aquí.

Él *siempre* querría pasar por allí. Pero sabía lo suficiente sobre mujeres —y había visto lo suficiente en el club— para saber que la Noche de Chicas era solo eso.

Suspirando, guardó el teléfono en su bolsillo trasero. —¿Oye, Steve? Espera. Cambié de opinión.

—¡Jo, jo, jo! —la voz de Darien fue un sonido bienvenido, ya que no lo había visto el día anterior. Él había estado fuera buscando propiedades para su próximo negocio y, aunque se habían enviado mensajes de texto, no era lo mismo.

Cielos. Se estaba comportando como una adolescente con un grave caso de amor platónico.

Para nada, es solo un caso de lujuria a la antigua. Tiene muchas cosas a su favor. Como lo de los chupetones de adolescente.

—¡Jo, jo, jo! —dijo de nuevo mientras la punta del árbol de hoja perenne que Candy había encargado —y que Gina ni empiece a hablar de *encargar* un árbol de Navidad— se abría paso por la puerta. Al menos no era el dorado metálico con luces parpadeantes moradas y fucsias del que Gina había tenido que disuadirla.

Candy bloqueó la entrada. —*No* es la forma de ganarse a alguien, Casanova, llamándola mujer de mala reputación. —Miró a Gina por encima del hombro y le agitó un bastón de caramelo—. ¿Así es como quieres que te hable? ¿O mejor ni pregunto?

Gina no iba a dignificar eso con una respuesta. —Deja entrar al hombre, Candy, antes de que tengamos una avalancha de hojas de pino en el umbral. Será un lío limpiarlo.

—Ash, lo que digas.

Candy sostuvo la puerta tan abierta como pudo mientras se tambaleaba sobre otro par de tacones de aguja. El hecho de que fueran botas —de gamuza rosa hasta la pantorrilla— no importaba. —No vayas a rayar la pintura nueva.

—No pensaba hacerlo. ¿O prefieres que deje esto afuera y uses tus encantos para conseguir que un pobre infeliz desprevenido te haga el trabajo sucio? —Arrastró el árbol hacia adentro.

—Vaya, Darien Foster, de verdad que sabes cuál es el camino directo al corazón de una mujer. —Candy se las arregló para que la última palabra tuviera dos sílabas mientras agitaba la mano como un abanico.

Darien le dio un último tirón al árbol para meterlo por completo. —¿Dónde quieres esto?

—No me des pie para contestar eso.

Él resopló. —Mi madre me crio para ser demasiado caballero como para continuar esta conversación. —Bajó el árbol y se asomó por encima—. ¿Gina? ¿Alguna preferencia sobre dónde quieres poner esto?

—Sí, aquí en la esquina. Ya tengo la base lista.

Había pensado que la empresa de reparto lo metería, pero al parecer no.

Sacudió la cabeza. Candy se le estaba contagiando; bueno, no demasiado, ya que todavía *no* podía superar el hecho de que era posible encargar un *árbol* por internet y que apareciera en su puerta. ¿Dónde quedaba lo de abrigarse, el chocolate caliente y congelarse la nariz mientras se caminaba por hectáreas de árboles para encontrar el perfecto?

Este año no sería para ella. Demasiado ocupada. Lo cual no era malo, pero tendría que sacar el árbol de mesa de la abuela de su caja —ya armado y con luces— para su apartamento. No iba a tener ni un momento para respirar, y mucho menos para ir a comprar un árbol de Navidad. Al menos las velas con aroma a pino y moras ayudaban a infundir el espíritu navideño en el spa.

Darien colocó el árbol en la base y luego retrocedió para mirarlo. A su lado.

Ella intentó no estremecerse.

Perdió esa batalla cuando él le tomó la mano. —¿Qué te parece? ¿De este lado? ¿O deberíamos girarlo?

Imágenes de otra cosa girando aparecieron claras y nítidas en su mente. El hombre conocía unos movimientos increíbles. Tanto en la pista de baile como fuera de ella.

Caray. Había música de *Navidad* sonando a su alrededor, no un bucle continuo de *Buttons*. Realmente necesitaba controlarse; no era como si nunca hubiera tenido sexo antes.

No como el que has tenido con él.

—Yo... así se ve bien. Voy a buscar unas tijeras para cortar la red. —Antes de que hiciera algo que la avergonzara, como saltarle encima con clientes alrededor.

Él apretó su agarre en sus dedos. Luego tiró de ella para acercarla más. —Te extrañé anoche —le susurró al oído.

Adiós al autocontrol; acababa de convertirle las rodillas en gelatina. ¿Cómo se suponía que iba a cruzar la recepción para buscar las tijeras?

—¿No tienes nada que decir? ¿O *no puedes*? —Su aliento estaba caliente en su cuello y todo tipo de recuerdos danzaban en su cerebro.

—Yo... hay clientes aquí. —No estaba segura de si el recordatorio era para él o para ella, pero de cualquier manera, le trabó las rodillas, le enderezó la espalda y le permitió dirigirse al mostrador de recepción con dignidad mientras los cascabeles de la música navideña hacían brillar los espíritus.

La mirada que sentía que Darien le lanzaba la puso *brillante*, sí, pero de un rojo *intenso*.

Candy enarcó una ceja cuando llegó, entregándole las tijeras como un bisturí en la sala de emergencias. —Maldición, amiga. Tal vez *debí* haber intentado algo con él la otra noche si esa expresión en tu cara sirve de indicio. El tipo debe de ser increíble.

Gina negó con la cabeza. —Concentrémonos en la tarea que nos ocupa, ¿de acuerdo? Tú atiendes la recepción y yo me encargo del árbol.

Candy resopló. —¿La tarea que nos ocupa? ¿El árbol? Estás soltando todo tipo de insinuaciones sexuales, Geen.

Gina suspiró. —Solo vuelve al trabajo, Candy.

—A la orden, jefa. —Candy la saludó con la mano en la frente y luego le dedicó su sonrisa más encantadora al último cliente que entró, mientras su vestido de punto rosa intenso se balanceaba alrededor de sus caderas. Candy era como un arcoíris andante. O una esfera de Navidad, dada la temporada...

Después de liberar el árbol de su red, Gina y Dare le pusieron las luces. Luego, Gina colocó cubos de adornos frente a él. —Mi esperanza es que los clientes —es decir, los *invitados*, en el nuevo vocabulario de Candy— lo decoren a lo largo del día. Lo que quede al final, lo pondré yo.

Oportunamente, la canción «Do You Hear What I Hear?» llegó al verso de la estrella brillante justo cuando Darien enderezaba la que estaba en la cima de su árbol. —¿Otra vez trabajando hasta tarde?

—Los gajes de ser tu propia jefa. Necesito que todo esté perfecto para mañana. Sophie y su hermana vienen a las dos. Vas a estar aquí, ¿verdad?

Él bajó de la escalera de mano y la plegó. —Relájate, todo saldrá bien. El lugar se ve genial, el árbol estará hermoso, tu personal sabe lo que hace y, sí, estaré aquí. No me lo perdería. Las hermanas Cavanaugh quedarán impresionadas. —Se inclinó y le plantó un beso rápido en la mejilla—. Yo sé que lo estoy.

Esta vez no pudo evitar el escalofrío.

Él le guiñó un ojo mientras se dirigía de nuevo al armario de almacenamiento con la escalera. —Te pillé.

Sí, lo había hecho.

El día se pasó volando. Definitivamente se había corrido la voz sobre Darien porque el noventa por ciento de los clientes que llegaban sin cita preguntaban por él. Desafortunadamente, tuvo que irse temprano al club, por lo que su agenda se llenó de inmediato, pero eso mantuvo al resto del personal ocupado hasta la hora de cierre.

—¿Vas a ver el espectáculo? —Candy chasqueó la lengua mientras cambiaba sus zapatos de princesa por... botas de princesa. Sinceramente, de dónde había sacado unas botas de nieve prácticas pero dignas de la realeza, era algo que Gina no podía comprender.

—No puedo. El amigo electricista de Gage viene a colgar los candelabros, y quiero asegurarme de que todo lo demás esté listo para mañana.

—¿Segura que no quieres que me quede a ayudarte?

—¿No tenías que estar en algún sitio?

Candy había recibido una llamada antes que le había borrado la sonrisa de la cara. Oh, se la había vuelto a poner cuando terminó de hablar con quienquiera que fuera, pero su sonrisa había sido falsa. Gina la conocía lo suficiente como para notar la diferencia.

Pero obviamente no lo suficiente como para que Candy le confiara lo que fuera que estuviera pasando.

—Ah, cierto. Lo olvidé. —Candy se dio la vuelta para abotonarse el abrigo; de nuevo, no como su habitual yo alegre.

—Candy, ¿pasa algo? ¿Quieres hablar?

—Hablar es lo último que quiero hacer —murmuró justo cuando *Jingle Bells* terminaba, por al menos la vigesimoquinta vez hoy. Pero cuando se dio la vuelta, tenía su sonrisa característica pegada en la cara. Y era tan falsa como el árbol metálico que había querido—. No te preocupes por mí. Todo está bien. Solo un par de cosas de las que tengo que ocuparme y que no me apetecen. Pero tú enfócate en lo tuyo. Mañana es un gran día, ¿recuerdas?

—¿Cómo podría olvidarlo?

—Bien. Así que saca tu espléndido trasero de aquí lo antes posible y renuncia a ese bombón delicioso que está babeando por ti para que descanses y repongas tu belleza. Ya habrá tiempo más adelante para, um, probar sus encantos.

—Claro que sí, *mamá*. —Gina le apretó el brazo a Candy—. Aun así... llámame si me necesitas.

Candy tragó saliva y luego asintió. —Lo haré, *mamá*.

* * *

—Bienvenidas a The Gilded Lily. Soy Gina Taormina, la propietaria. —Sonaba música clásica navideña de fondo cuando Gina abrió la puerta para Sophie y Amalie la tarde siguiente. El lugar estaba lleno de actividad. Los estilistas estaban ocupados y tenían dos invitadas más en la fila para el lavado de cabello, Charlotte y Stacey estaban en sus suites, María y su sobrina movían a las mujeres a través de las diversas etapas del cuidado de uñas, y Darien se veía especialmente increíble en su uniforme.

Bueno, está bien, ese último detalle podría ser una observación personal, pero aun así... Él era un ambiente añadido.

Gina hizo las presentaciones después de que Candy —profesionalmente sobria con un vestido de suéter color crema con hilos dorados— les ofreciera a las Cavanaugh una copa de champán. Las hermanas no podrían ser más diferentes, una era rubia e imponente, la otra pelirroja y, bueno, también imponente, pero de una manera exótica.

—Y este es Darien Foster, uno de nuestros masajistas. Los demás están con invitadas en este momento.

—¿Darien Foster? —Amalie ladeó la cabeza—. ¿No eres bailarín en Beef-Cake, Inc.?

188

—Culpable, señora.

—¿Señora? —Sophie enarcó su ceja perfecta—. Es más joven que yo, así que, ¿eso en qué me convierte a mí, en una matrona?

—No. La convierte en mi invitada durante la próxima media hora. —Hizo un gesto con la mano hacia la suite tres—. Si me sigue, la prepararé.

—¿No se suponía que *yo* era la invitada de honor? —Amalie le puso la mano en el brazo a Sophie.

Sophie se lo palmeó. —¿*Tú* quieres ser la que le diga a Reggie quién te hizo el masaje tan cerca de la boda? No querrás que la cancele.

Amalie suspiró. —Aguafiestas.

Sophie levantó su copa de champán. —No, Dama de Honor. Es mi trabajo asegurarme de que esta boda se celebre sin contratiempos. —Se terminó la bebida y luego miró a Darien—. Guíeme, señor Foster.

—Por supuesto, pero por favor, llámeme Dare. —Asintió y luego miró a Amalie—. Y no se preocupe, señorita Cavanaugh, Gina es una excelente masajista. Empecé a trabajar en The Gilded Lily hace poco, pero todo este movimiento es gracias a ella y al resto del personal.

Gina podría haberlo besado por ese respaldo.

De hecho, lo haría más tarde.

El resto de la visita de las hermanas transcurrió sin problemas. La comida de Lara fue un gran éxito. Amalie encargó algunas bandejas para el cortejo nupcial en el acto, e incluso dejó que Kaya le peinara el pelo.

Kaya hizo un trabajo tan excepcional que Amalie le pidió que lo volviera a hacer para la boda.

Y Sophie, como era de esperar, salió de la suite tres cantando las alabanzas de Darien.

—Supongo que deberíamos ir a BeefCake, Inc. para redondear nuestro día. —Tomó la copa de agua con gas de la bandeja que Gina le ofrecía; otra sugerencia de Candy para *elevar* la experiencia del spa—. Si el tipo es tan bueno en esta faceta, solo puedo imaginar cómo es en la otra.

Amalie chocó su copa con la de Sophie. —Oh, yo no tengo que imaginarlo. He estado en el espectáculo. Y *definitivamente* vale la pena verlo.

Bueno, eso le amargó el dulce a Gina. Sí, otras mujeres veían bailar a

Darien —ella había sido una de ellas—, pero Sophie Cavanaugh no era una mujer cualquiera.

—Anímate, Geen —susurró Candy mientras le quitaba la bandeja de las manos—. Él te eligió a ti. No te pongas a dudar de todo ahora.

Gina forzó una sonrisa extra grande. —Con permiso, señoritas, mientras voy por sus abrigos. —Prácticamente arrastró a Candy hacia la entrada del spa —. Esa ni siquiera es una palabra.

Candy se encogió de hombros. —Bueno, es una acción, así que puedo convertirla en una palabra. —Dejó la bandeja en el mostrador de recepción—. Recuerda, Darien es un profesional, que es exactamente a quien quieres atendiendo a tus invitadas. Sabe dónde están los límites y no los va a cruzar.

Ella lo sabía. De verdad. Es solo que...

«No es John».

Eso.

Cierto. Él no era John. No se parecía en nada a él, pero estaba tan preocupada por que un hombre no volviera a jugar con ella, que subirse al carro de las dudas era un hábito difícil de romper.

—Hora del gran final. —Candy tomó las bolsas que había convencido a Gina de preparar como regalos, y luego regresó con las hermanas—. Entonces, señoritas, tendremos la comida y el champán aquí el próximo domingo a las dos. —Candy extendió las bolsas—. Aquí dentro tenemos una muestra de nuestros productos que aún no están disponibles para el público. Sus invitadas serán las primeras en tenerlos. —Otra estrategia de marketing de Candy: exclusividad y una gran revelación.

—Creo que esto va a ser perfecto. —Amalie le tendió la mano a Gina—. Gracias a usted y a su personal por ser tan acertados con la experiencia que quiero darles a mis damas de honor. Esto va a ser muy divertido. ¿Verdad, Soph?

—Absolutamente. Si el día de hoy es un indicio de lo que pueden esperar las amigas de Amalie, va a ser perfecto.

Todo el lugar estalló en aplausos cuando Gina se dio la vuelta después de ver salir a las Cavanaugh.

—Felicidades, nena. —Candy chocó los cinco con ella—. Vas a conseguir algo de publicidad con esto. Y tú —le señaló a Darien con una uña con manicura francesa (sobria, afortunadamente)—, te has lucido, ricura. Podrías considerar dejar el baile y trabajar aquí a tiempo completo. Una vez que Sophie empiece a cantar tus alabanzas públicamente, vas a estar hasta arriba de trabajo. —Candy sacó otra bandeja de copas de champán, esta vez con el espumoso del bueno, y se la ofreció antes de pasarla al resto—. Yo diría, Gina, que estás en camino al éxito, amiga mía.

Gina levantó su copa. —No podría haberlo hecho sin todos ustedes. Gracias, chicas. Y... Darien.

Darien chocó su copa con la de ella. —Por un día exitoso. —Luego se inclinó para susurrar—: ¿Qué tal si vamos a celebrarlo?

—Creo que estaría bien.

—¿*Bien*? Espero que sea un poco mejor que *bien*. Aunque supongo que debería alegrarme de que no resultara ser *normal*.

—No lo arruines, Foster.

Él se rio entre dientes. —Paso por ti a las ocho. Prepárate para algo «*bien*».

Capítulo Dieciocho

Nada podría haberla preparado para *esto*.

—¿Alquilaste una limusina? —casi se tropezó al salir por la puerta principal de su complejo de apartamentos.

—No la alquilé exactamente. Markus me debe un favor y este es su otro trabajo.

—¿Markus está ahí adentro? —Conocía a Markus desde que Bryan tenía el club. Eso sí que era incómodo.

—Nada de qué preocuparse; hay una división.

—Por Dios, no te creas tanto, Foster. No vamos a hacer nada en esa limusina.

Hizo un gran gesto de chasquear los dedos. —Maldición, mujer, ahí se van todas mis esperanzas y sueños.

Ella enarcó las cejas.

—Está bien, está bien. Pues no, no pensaba salirme con la mía contigo en la limusina. Yo también tengo sentido del decoro. —Bajó los escalones desde la acera hasta el estacionamiento y luego le tendió la mano para ayudarla a bajar.

—Suena muy gracioso viniendo de un stripper.

Le dio un toquecito en la nariz. —Bailarín exótico. Usa la terminología correcta.

—Da igual.

—Planeaba algo un poco más elegante para la cena, pero si quieres ir a algún sitio a comer papas...

—Muy gracioso.

—Gracias, a mí también me lo pareció. —La condujo a la limusina, asegurándose de que sorteara las placas de hielo sin terminar de culo en el suelo.

—Eres el bromista de siempre, ¿verdad?

Un poco de esa luz en sus ojos se atenuó. —Sabes, a veces es solo una buena fachada. —Abrió la puerta—. Su carroza la espera, mi señora.

Lo miró por uno o dos segundos hasta que él inclinó la cabeza para que entrara. No estaba segura de lo que había querido decir con ese comentario, pero cuando él la siguió adentro, la luz había vuelto a sus ojos, así que supuso que o lo había imaginado o él no quería hablar de ello.

—Hola, Gina —dijo Markus desde el asiento del conductor.

—Hola, Markus. No sabía que también hacías esto. ¿Bryan no te paga lo suficiente? Tendré que hablar con él.

—No, paga bien. Pero Winni está reduciendo sus horas desde que tuvimos a Jeffrey y tengo que cubrir el seguro médico. Este trabajo extra no está tan mal. Al menos puedo manejar un auto bonito.

—Y mantener la ropa puesta —añadió Darien.

—Sí, a Winni le parece bien eso. —Markus se volteó de nuevo—. Que pasen una buena noche, chicos. —Presionó un botón y la división se elevó detrás de su asiento.

—Ah, al fin solos. —Darien estiró su brazo por el asiento detrás de ella.

—No puedo creer que hicieras esto.

—De todas las cosas que he hecho contigo, ¿*esto* es lo que no puedes creer? —Se inclinó sobre ella y abrió una tapa en la consola del lado del conductor—. ¿Champaña?

—No sé, Foster. Siento que debería mantener el alcohol al mínimo cuando estoy contigo.

—Ah, sí, necesitamos proteger tu, um... trasero a toda costa.

—Pensándolo bien, tal vez sí me tome una copa.

Darien había elegido Les Beaux Bijoux, uno de los restaurantes más lujosos de la ciudad, para cenar. De cocina francesa clásica, tenía todo el ambiente de un castillo histórico, incluyendo un *maître* con modales impecables.

Debería haber recurrido al guardarropa de Candy, porque sus zapatos de tacón beige y su vestido burdeos con bajo de pañuelo, aunque elegantes y divertidos, no estaban a la altura de los candelabros de cristal y las obras de arte con marcos dorados.

—Estás preciosa. —Darien se le adelantó al *maître* para retirarle la silla.

—Puntos por educación. —Se colocó la servilleta sobre el regazo.

El *maître* suspiró. Pobre hombre; le estaban haciendo el trabajo.

Darien se sentó en diagonal a ella y tomó la carta de vinos. Pidió un Bordeaux y una selección de aperitivos, incluyendo *Escargots a la Bourguig-nonne* y *Tapenade Noir a la Figue*. Reconoció los *escargots*, pero no tenía idea de qué era el resto, aunque sonaba interesante. Y dada la pronunciación perfecta de Darien de *tetons* en la secundaria, no le sorprendió que hablara francés con un acento auténtico.

—Siento que debería decir «*ooh la la*» cuando traigan la comida —dijo ella.

—No, guarda eso para más tarde. Ya te daré algo por lo que hacer «*oooh*». —Movió las cejas de arriba abajo.

Afortunadamente, no tuvo que responder, ya que el mesero llegó para llenar sus copas de agua y entregarles los menús. —¿De verdad nunca estás serio? —le preguntó cuando el mesero se fue.

Darien levantó su copa. —Se sabe que lo he estado, pero trato de no estarlo tanto como sea posible.

—¿Por qué?

—Porque ya he estado serio y es una mierda.

Tomó un sorbo de agua, luego la bajó y la miró fijamente, hasta el punto de que ella se preguntó si se había manchado.

Miró disimuladamente hacia abajo, pero volvió a levantar la vista cuando él exhaló.

Dio un golpecito en la mesa. —Mi mamá murió el verano después del último año de prepa.

—Oh, no. Lo siento mucho, Darien. —Sí, eso era definitivamente serio. Si lo hubiera sabido, nunca habría dicho nada.

—Gracias. Yo también. —Sus dedos tamborilearon sobre la mesa—. Había estado enferma por un tiempo. Cáncer... de mama.

—Qué terrible. —Gina agradecía a su buena estrella todos los días por tener todavía a sus dos padres. De hecho, iban a celebrar su aniversario en unos días con una tremenda fiesta familiar. Y se lo merecían. Treinta y cinco años era un gran logro.

—Sí. Se lo diagnosticaron cuando yo estaba en la secundaria. De hecho, ese mismo año en que yo... —agitó la mano—. Ya sabes. Supongo que tenía los senos en la cabeza.

—¿Qué adolescente no los tiene? —No podía aliviar el dolor de haber perdido a su madre, pero si podía hacerle sonreír...

Lo hizo. —Sí, ya era bastante malo tener las hormonas en mi contra, pero luego mi mamá... y *ahí*... —Negó con la cabeza—. Y entonces estabas tú, la chica más guapa de la clase y Nester hablaba de los *tetons*... Vaya tormenta perfecta. Me había enterado de lo de mi mamá literalmente la semana anterior.

—Y encima te metiste en problemas.

—Fue una bendición, en realidad. Tenía una excusa para no ir a casa después de la escuela. No estoy orgulloso de eso y, viéndolo ahora, ojalá hubiera estado allí, pero fue difícil. Ella hizo todo lo posible por ser optimista y positiva, pero había momentos... —Volvió a tomar el vaso de agua.

—Siento tu pérdida. Y que yo le diera tanta importancia a lo que dijiste.

—No, tenías razón. Fue un comentario estúpido y desconsiderado, y no debería haberlo dicho. Mamá no estuvo nada contenta conmigo. —Negó con la cabeza—. Sí, *esa* fue una conversación para tener con mi mamá. Me dio un sermón tremendo. Dios, qué difícil debe haber sido para ella.

Gina no podía imaginarlo. Era muy unida a sus padres y la idea de perder a cualquiera de los dos, especialmente a la edad que él tenía, era desgarradora. —Háblame de ella.

—¿De mi mamá? Era maravillosa. —Hizo rodar el tenedor sobre el mantel por el mango—. Inteligente, divertida, hermosa, siempre viendo el lado bueno de las cosas. Siempre esperando lo mejor de la gente. Odiaba haberla decepcionado al ser castigado y añadirle más estrés del que ya tenía. Al mismo tiempo, sin embargo... simplemente no podía soportar su diagnóstico. Ni el pronóstico. —Puso la palma de la mano sobre el tenedor.

Gina cubrió su mano. —Eras un niño, Darien. No seas tan duro contigo mismo. Estoy segura de que ella sabía que era una fase.

La comisura de su boca se curvó hacia arriba y entrelazó sus dedos. —No sé, Gina. Si fue una fase, no ha terminado, porque mi interés en ti no ha desaparecido.

Se llevó la mano de ella a la boca y le besó el dorso.

A Gina se le cortó la respiración. Dios, era potente. No podía pensar con claridad cuando él la tocaba. Y después de esta revelación de su dolor y lo cariñoso que era con su madre...

¿Era posible que se estuviera enamorando de Darien?

Cariño, creo que ya pasamos la etapa de lo posible *hace unos días.*

El mesero —afortunadamente— apareció con los aperitivos, dándole a Gina unos momentos para controlar sus emociones mientras se servía algunos de los caracoles.

—Te has quedado muy callada de repente —dijo Darien cuando el mesero se fue.

—Estoy comiendo. —¿O no? Levantó su pequeño tenedor para caracoles.

—Ah, ¿así que esa es la forma de callarte? Solo darte de comer.

—¿Callarme? Eso no es algo agradable de decir. Vaya boca que te está saliendo, Foster.

—Si es la tuya, moriré feliz.

Casi se atragantó con el caracol.

Tal como fue, tuvo que escupirlo en su servilleta sin hacer un escándalo. Tenía la sensación de que los meseros no lo aprobarían. Ni tampoco el chef. —¡No hagas eso! —Alcanzó su vaso de agua.

—¿Hacer qué? ¿Fantasear con lo que quiero hacerte?

—Por Dios.

—¿Quieres que te lo diga?

Claro que sí.

—No. Me gustaría terminar la cena sin derretirme en un charco. Estoy segura de que aquí no ven con buenos ojos ese tipo de cosas.

—Un charco, ¿eh? —Enarcó una ceja—. Voy a tener que ver qué puedo hacer al respecto.

El resto de la comida fue un suplicio. No paraba de lanzar sugerencias e insinuaciones —con alguna que otra pulla ingeniosa de por medio— para mantenerla alerta. O para llevársela a la cama. Lo cual ya era inevitable para cuando probó la *crème brûlée.*

A quién quería engañar, en realidad no había saboreado nada después de ese caracol porque las sugerencias de Darien eran mucho más deliciosas.

Quería llevárselo a casa.

Firmó la cuenta y se guardó la tarjeta. —¿Lista?

En tantos sentidos.

Optó por asentir, no muy segura de cuán firme sería su voz. Darien sabía cómo manejar al público, ya fuera de una o de cien personas.

—¿Disfrutaron su comida? —Markus les sostuvo la puerta de la limusina abierta.

—El postre es la mejor parte —dijo Darien, ayudando a Gina a subir al coche.

Su tacón se enganchó en el borde, pero por suerte, Darien la sujetó antes de que cayera de bruces.

—Te entiendo, amigo. —Había una risita en la voz de Markus mientras cerraba la puerta detrás de ellos.

—Por Dios, se va a hacer una idea equivocada. —Gina se sacó el vestido de debajo para que la tela no la estrangulara.

—No, se está haciendo la idea correcta. —Darien pasó su brazo por detrás de ella y con la otra mano le inclinó la barbilla—. Al menos... ¿espero que sí?

—¿Estás pidiendo permiso?

—Mmm, tienes razón. Es mucho más fácil pedir perdón. —La atrajo hacia él y la besó hasta dejarla prácticamente sin sentido durante todo el trayecto de vuelta a su casa.

Demasiado pronto —o no, en realidad—, Markus tocó la bocina.

—¿Darien? —susurró Gina en su cuello mientras él hacía cosas deliciosas en esa parte.

Levantó la cabeza. —Oh. Nos detuvimos.

—No, el que se detuvo fue el coche.

—Por eso me gustas, Gina. Me entiendes.

Quería entenderlo muy bien.

—Tienes que quitarte de encima de mí. Ya es bastante malo que tenga una idea de lo que estamos haciendo; no lo confirmemos.

Dare quería gritarlo a los cuatro vientos.

Pero, como no era el neandertal en el que estaba a punto de convertirse, se recostó y se arregló la camisa. Markus era la discreción en persona, pero Dare no necesitaba las miradas cómplices.

Markus volvió a tocar la bocina.

Dare se aseguró de que todas las partes —y la ropa— estuvieran donde debían, y luego golpeó la división.

Markus la bajó un par de centímetros. —Hemos llegado a su destino.

—Gracias, Markus. Yo me encargo.

—¿Supongo que puedes encontrar tu propio camino a casa?

—Sí, estoy bien.

—Buenas noches, Gina. —La división volvió a subir.

—Jamás voy a poder mirarlo a la cara de nuevo. —Gina agarró su vestido y se deslizó por el asiento.

Maldita sea, a él no le habría importado un espectáculo.

Vale, puede que sí se estuviera convirtiendo en un neandertal, así que tal vez debería echársela al hombro y llevarla adentro.

Riéndose entre dientes ante la cara que ella pondría si lo hacía, Dare salió de la limusina. —Eres tan adorable cuando te avergüenzas.

—Entonces debo ser un cachorrito adorable ahora mismo —refunfuñó ella, arreglándose el vestido a su alrededor.

Incluso sin ceñirse a su cuerpo, el vestido era sexy en todos los sentidos. Hacía que un hombre quisiera meterse debajo con ella.

O quitárselo de un solo tirón.

Hablando de tirones...

La levantó en brazos, luego cerró la puerta de un golpe con la cadera antes de caminar hacia la puerta principal. Vale, no era sobre su hombro, pero en sus brazos funcionaba. Y era algo más civilizado.

—Por Dios, la gente va a hablar.

—Si de verdad te preocupa, puedo bajarte. —Se detuvo en el último escalón y la miró.

Se mordisqueó el labio inferior. —Eh, no importa. Continúa.

—Eso pensé. —Sonrió. A ella le gustaba estar en sus brazos tanto como a él le gustaba tenerla allí.

Y procedió a demostrar esa teoría durante toda la noche.

* * *

Gina abrió los ojos a una de las mejores vistas que había tenido en mucho tiempo.

El trasero desnudo de Darien.

—¿A dónde vas? —Se apoyó en los codos, la sábana deslizándose por debajo de sus senos.

Sus pezones se endurecieron.

Darien miró hacia atrás y gimió. —Iba a prepararte el desayuno, pero ahora...

—¿Vas a cocinar así? —Señaló con la cabeza su erección que despertaba—. Podría ser peligroso cerca de cuchillos y estufas calientes.

—Hace dos minutos, eso no era un problema.

—Hace dos minutos, no estaba despierta.

—Que es la razón por la que no había sido un problema.

—¿Y ahora? —Se dejó caer de nuevo sobre la almohada, y luego deslizó las manos por encima de su cabeza.

—Y ahora, mujer, tendrás que comprar algo de camino al trabajo, porque planeo comerte a *ti* de desayuno.

* * *

—Debe ser genial ser la jefa. —Candy hizo sonar su chicle cuando Gina entró en The Gilded Lily.

—No llego tarde.

—Bueno, no llegas temprano y eso es una novedad. —Candy, con un llamativo vestido acampanado de color rojo brillante con mangas de campana, le entregó las tarjetas de información que guardaba para cada cliente. Cada miembro del personal recibía un juego de tarjetas de sus clientes al llegar por la mañana para saber a quién y qué esperar durante el día, y para que los clientes no tuvieran que recordar qué aceite les gustaba, o la combinación de su tinte, o su esmalte de uñas favorito—. Estamos llenas, así que tienes que prepararte. La primera cita es en ocho minutos.

Puso otro montón sobre el mostrador de la recepción, sus pulseras doradas tintineando al ritmo de la música. —Puedes darle las suyas a tu amiguito cuando entre por la puerta de servicio.

Gina no se molestó en refutarlo. Sería inútil de todos modos, porque Darien *iba* a entrar por la parte de atrás. Adiós a evitar los chismes por no llegar juntos.

—Recuerda, Geen, tienes que madrugar mucho para engañarme. —Candy levantó su reloj—. Y no es que sea muy temprano.

Gina se alegró de haber dormido un poco más, ya que el día prometía estar ocupado. Bueno, eso y por la razón *detrás* de necesitar dormir más.

—¿Quieres ir al club esta noche después de cerrar a comer algo? —Candy le entregó las tarjetas de Stacey mientras entraba, y luego bajó la voz—. Me refiero a bocados de *comida*. No de tu amiguito.

—Ya sé, y no. Mañana tenemos otro día completo y voy a necesitar dormir.

—Sí, el buen sexo hace eso. Necesitas aumentar tu resistencia.

—Mi resistencia está perfectamente.

—Es bueno saberlo. —Candy le dio un golpecito en la mano—. Me alegra verte feliz, Gina.

—Me alegra estar feliz.

—Pero... Oigo un «pero» ahí.

—No, no lo oyes.

—Vale, quizás no. Pero lo anticipo. Porque te conozco.

—Esta vez te equivocas. Todo va bien con Darien. —Le contó la historia de la limusina y la cena, una versión abreviada, pero no mencionó a la madre de Darien. Ese era su dolor para compartir si él lo decidía—. Digamos que hay más en Darien Foster de lo que parece.

—Bueno, lo que se ve es bastante bueno, pero ¿estás diciendo que hay profundidades en Ranita que no sabías que existían? —Candy resopló—. ¿Lo pillas? Profundidades... ¿rana?

—Malo hasta para ti, Cand.

Candy hizo un puchero. —Estoy herida. Completamente devastada.

—Ajá. ¿Y por qué no vas *tú* al club a que te levanten el ánimo? —Se dirigió hacia la suite para su primera clienta—. Y lo digo en el sentido que quieras.

Capítulo Diecinueve

—¿Revueltos o fritos? —le gritó Gina desde la cocina a Darien, que todavía estaba en la cama ese domingo por la mañana.

No lo culpaba por dormir hasta tarde; había hecho un turno doble el sábado entre el spa y el club. El tipo era muy trabajador, pero ella no sabía por cuánto tiempo podría seguir así.

Soltó una risita. En realidad, sí sabía por cuánto tiempo podía aguantar él.

Y estaba muy agradecida por ello.

Darien salió del dormitorio. —Mi espalda no está para nada que se parezca remotamente a estar revuelta, pero puedo darte la vuelta suave y sin problemas, si esa es la única otra opción.

Ella le rodeó el cuello con los brazos y lo besó. —Me refería al desayuno —dijo ella, buscando aire.

—Yo también. —Volvió al ataque para rematarla.

Y vaya que era letal. Especialmente porque el tipo no llevaba ni una sola prenda de ropa encima.

Nunca saldrían de allí si él no se ponía algo, y Gina tenía que irse. No podía llegar tarde...

—Oh, diablos. —Interrumpió el beso y se apartó.

Darien no la soltó. —¿Tan malo fue, eh? Necesito mejorar mi técnica para besar.

—Tu técnica para besar está bien. La que necesita mejorar es mi memoria. Olvidé que mi prima Nica... Nicoletta... vendrá pronto. Hoy es la fiesta de aniversario de mis padres. —Apoyó la frente en su pecho—. Voy a tener que dejarte pendiente el desayuno.

Él le besó la sien. —¿Estamos hablando solo de comida o también de otros placeres?

Ella inclinó la cabeza para mirarlo. No tenía sentido romper el contacto piel con piel si aún no era necesario. —Ambos. Lo siento.

—No hay problema, pero vas a tener que darme algo para aguantar. —Le levantó la barbilla, y sus hoyuelos convirtieron el interior de Gina en papilla.

—Está bien —suspiró ella contra su boca—, quizá un besito...

O no tan pequeño.

Cielos, el tipo sabía besar. Le hacía olvidar dónde estaba, qué llevaba puesto (o no), incluso su propio nombre.

—¡Oye, prima, estás lista para ir... ups!

Y, al parecer, que su puerta se abría.

Diablos.

Gina empujó a Darien en cuanto las palabras de Nica se registraron en su mente.

Lo cual fue unos tres segundos demasiado tarde.

Darien estaba allí de pie, en todo su esplendor.

Y Nica *no* apartaba la vista.

Gina tomó un cojín del sofá y lo puso de golpe frente a la entrepierna de Darien.

—¡Ooomph!

Bueno, quizá lo había estampado *contra* su entrepierna, pero el propósito había sido desviar la muy interesada mirada de Nica.

Que se desplazó hacia arriba.

—Vaya, vaya, vaya, ¿me engañan mis ojos?

Lamentablemente, no. Nica sabía quién era Darien tanto como cualquier miembro de su familia. Él había sido persona non grata en la casa de los Taormina desde el incidente de los *tetons*.

—Salgo en un momento, Nica. —Gina pronunció cada palabra deliberadamente, señalando la puerta con la cabeza.

Nica no captó la indirecta —o decidió ignorarla— y entró pavoneándose a la sala, admirando cada músculo del cuerpo de Darien en su camino. —Froggy Foster, en carne y hueso.

—Y no seguirás respirando si no sales de aquí *y* mantienes la boca cerrada. —Gina le lanzó otro cojín.

—Ay, vamos, Gina, ¿qué tiene eso de divertido? Aunque, por cómo se ve *eso...* —agitó las manos hacia Darien— ustedes son los que se han estado divirtiendo.

Dejó caer el trasero en una de las sillas de la sala, *de cara* a ellos. —No me hagan caso. Por favor... —hizo un gesto con la mano— continúen.

Gina negó con la cabeza y exhaló.

—Saldré de aquí en cinco. —Darien se cambió el cojín a la espalda mientras se dirigía al dormitorio.

—Bueno, ¿cómo pasó *eso*? —Nica cruzó las piernas como si planeara quedarse un rato.

—No tenemos tiempo. Déjame vestirme y salgo enseguida.

—¿Quieres una mano?

—Qué graciosa eres. —Gina se apresuró a volver al dormitorio.

Darien justo estaba saliendo.

—Qué rápido.

Él se encogió de hombros. —Cuando aprendes a quitártela rápido, puedes ponértela con la misma rapidez. —Le dio un beso en la mejilla—. Odio no poder desayunar y salir corriendo —de verdad, de verdad lo odio—, pero que te diviertas mucho en la fiesta. Dale mis felicitaciones a tus padres.

—¿Quieres venir? —Sería toda una declaración si lo llevaba, pero gracias a Nica, se iban a enterar de todos modos. Más valía matar dos pájaros de un tiro. Y responder al millón de preguntas que todos iban a tener.

—En cualquier otro momento, iría. Pero voy a visitar a mi padre, y tampoco quiero restarle importancia a la celebración de tus padres, lo que sabes que pasaría si apareciéramos juntos. —Le apretó el brazo—. Nos vemos mañana.

Ella suspiró. —Sí. Nos vemos entonces.

Afortunadamente, no pudo irse sin un último beso.

* * *

Gina entró en la sala y se dirigió directamente a la puerta, negando con un dedo a su prima. —Ni una palabra.

Nica corrió tras ella. —Darien Foster son dos palabras.

—Para nada gracioso.

—Ay, vamos, Gina. —Se hizo a un lado para que Gina pudiera cerrar con llave—. Tú eres la que se está acostando con él; ¿por qué no quieres contárselo a todo el mundo?

—¿En serio? ¿Vas a llegar y decir: «Oye tía Theresa, tío Paolo. ¿Adivinen con quién se está acostando Gina?». Eso es un poco vulgar, incluso para ti.

—Sí, cuando lo pones así... —Nica la siguió escaleras abajo—. ¿Así que ni siquiera vas a contarme cómo? ¿O por qué?

—Ya sabes el *cómo*. En cuanto al porqué... Él está en la escuela de masoterapia y necesitaba un trabajo. Yo necesitaba un terapeuta. Una cosa llevó a la otra y...

—¡Zas! Decidieron practicar sus habilidades el uno con el otro.

Ordinario incluso para Nica. —Algo así. —Gina abrió la puerta principal. Maldita sea, otra vez no se había puesto botas. La administración de verdad necesitaba ponerse las pilas con el programa para quitar el hielo—. Cuidado por dónde pisas. Esto podría ponerse resbaladizo.

—La distracción no va a funcionar. Necesitas explicarme cómo el imbécil más grande de tu adolescencia es ahora tu príncipe azul. O sin armadura, por así decirlo.

—¿Has visto su show?

—No me refería a su show después de esa pequeña, eh, exhibición de ahí dentro, pero, prima, *todas* hemos visto su show. ¿Un chico guapo de la preparatoria que crece para quitarse la ropa y bailar para ti? Nadie se pierde eso. —Nica pulsó el botón de la alarma de su auto—. Creo que hasta podríamos convencer a la nonna de que vaya si se lo decimos.

—*No* vamos a decirle a la nonna que Darien es bailarín.

—¿Así le dicen ahora? En sus tiempos, sería un stripper. Y uno muy bueno, debo decir. Tu gusto está mejorando, prima. Definitivamente una mejora sobre el último perdedor.

La familia. Siempre se podía contar con ella para recordarle su mayor fracaso. Pero así eran las cosas con una gran familia italiana. Todos conocían los asuntos de todos y no tenían miedo de compartirlos o de señalar los fracasos. Por supuesto, tampoco había un grupo de fans más grande para celebrar los éxitos. De ahí la razón por la que estaba a punto de encontrarse con más de cien de sus parientes más cercanos.

Todos los cuales querrían saber sobre Darien si Nica se iba de la lengua.

Lo cual, por supuesto, hizo justo después de que mamá y papá cortaran el pastel.

—Deberían dejar que Gina lo haga. Podría necesitar la práctica.

Habían sido como hermanas mientras crecían, pero en ese momento, Gina quería repudiarla. Especialmente cuando Bryan empezó a toser en una de las otras mesas.

Gina no lo miró.

—Cariño, ¿de qué está hablando? —Mamá la miró con una sonrisa grande y expectante en su rostro.

Que era exactamente la razón por la que Gina no quería contarle a nadie sobre Darien. Lo harían más grande de lo que era. O le harían la vida imposible por lo que había sido.

—No es nada, mamá. Nica está siendo la loca de siempre.

—Buen intento, prima —murmuró Nica mientras ponía un plato en la mesa a su lado y luego sonreía con esa sonrisa descarada que siempre hacía que Gina rechinara los dientes—. Existe una buena posibilidad de que pronto escuchemos campanas de boda, tía Theresa.

Gina quería darle una bofetada a Nica en su bocota pintada de rojo Chick-Flick. —Un poco pronto para eso, *prima*. —Se volvió hacia su madre—. Ya sabes cómo es. Olvídalo y comamos pastel.

Por suerte, mamá se dio cuenta de que no era el momento ni el lugar. Pero habría preguntas más tarde. Mamá no era tonta.

—Estás saliendo con alguien, ¿sí? —La nonna tomó su monóculo y miró a Gina a través de él cuando le entregó un plato.

La nonna necesitaba un monóculo tanto como Gina un rizador de pelo, pero todos dejaban que la nonna se hiciera la gran dama desde su cirugía de cadera, silla de ruedas dorada incluida. Gina había intentado explicarle a su abuela que la cirugía era para hacer su cadera *más fuerte* y que no necesitara la silla, pero era casi como si para la nonna fuera una medalla de honor estar en una. Así que Gina, como el resto de la familia, dejó el asunto. Si la nonna volvía a caminar, sería porque ella lo decidía. Nadie podía obligar a la nonna a hacer algo que no quisiera hacer.

A Nica la terquedad le venía de familia. Aunque eso no hacía que fuera más fácil de manejar.

—Sí, Nonna. Es algo nuevo, así que prefiero no echarle la sal.

—¿Nuevo? —rio Nica—. Define *nuevo*, porque después de lo que los vi haciendo... ¡ay!

A la pobre Nica de repente le dio un tirón.

Entre los omóplatos.

—Vamos, Gina, cuéntanos. —La hermana de Nica, Franki —diminutivo de Francesca—, era tan metiche como su hermana—. ¿Lo conocemos?

—Claro que sí. —La sonrisa burlona de Nica fue una represalia directa por ese pellizco.

Conocía a Nica demasiado bien como para esperar que dejara el tema.

Gina suspiró al sentarse. —Estoy saliendo con Darien Foster.

La exclamación de asombro colectiva en su mesa hizo que todos en las otras mesas dejaran de hablar.

Todos la estaban mirando.

Encantador.

—¿Quién quiere pastel? —Bryan comenzó a repartir platos de porcelana como si estuviera tocando la batería, distrayendo al menos a la mitad de la sala de esta conversación. Ya le agradecería por eso más tarde.

—¿Ese muchacho que te hizo llorar? —Sin embargo, a Nonna no había quién la disuadiera. Incluso a sus ochenta y siete años, tenía una mente tan aguda como una navaja.

—Ese mismo, Nonna.

—Gina Maria Theresa Taormina, ¿no has escuchado nada de lo que te he dicho en todos estos años? —Nonna arrojó su monóculo y su servilleta sobre la mesa, y luego se impulsó con los brazos de su silla de ruedas hasta quedar de pie.

Era increíble cómo una matriarca italiana de un metro cuarenta y dos podía parecer tan imponente como cualquier ejecutivo corporativo.

—Ya, Mamma. —Mamá le puso las manos en los hombros a Nonna y la convenció de que se sentara de nuevo. No era el momento de poner a prueba la nueva cadera—. Estoy segura de que Gina tiene una buena razón para juntarse con este muchacho.

Muchacho. Había que querer a las mujeres italianas; cualquier hombre más joven que ellas era un muchacho.

—¿Cuál es tu buena razón, Gina? —intervino papá desde la cabecera de la mesa.

Gina le lanzó una mirada a Nica. Esto era su culpa.

—Sé lo que hago, papá. Confía en mí, ¿sí? Darien ha madurado y yo también.

—Y vaya que es verdad —murmuró Nica a su lado.

Gina le pisó el pie.

—¡Ay!

—Y no creo que debamos restarle importancia a tu celebración por esto ahora mismo. Podemos hablar de ello más tarde.

—Y lo haremos. —No había forma de discutir con papá. Él era su mayor defensor, pero tampoco la dejaba salirse con la suya—. Muy bien, todos, ¡*mangiamo*!

Gairebé había llegado a la bandeja de postres —porque el pastel no era suficiente azúcar para esta multitud— antes de que Nonna volviera a sacar el tema.

—Entonces, este muchacho, ¿te trata bien? —Puso su mano sobre el brazo de Gina.

Gina la cubrió con su otra mano. —Sí, Nonna.

—¿Se disculpó por hacerte daño?

—Por supuesto. Me enseñaste bien. Si no lo hubiera hecho, no habría salido con él.

Nonna entrecerró los ojos. —¿Se va a casar contigo?

Así era Nonna; siempre yendo directo al grano. La gente decía que las personas mayores perdían el filtro con la edad; Nonna nunca había tenido uno para empezar. Decía las cosas como eran y esperaba que los demás hicieran lo mismo. Eso había provocado algunos momentos angustiosos cuando Gina era una adolescente, pero al menos, todo había quedado al descubierto.

Sin embargo, algunas partes de esta relación con Darien iban a permanecer en privado si podía evitarlo, y hacia dónde se dirigía era una de esas cosas. —No lo sé, Nonna. Acabamos de empezar a salir.

—Deberías contarle con lo que me encontré esta mañana —murmuró Nica, deslizando un cannoli en el plato de Gina a su regreso de la bandeja de postres.

—¿Eh? Habla más alto, tú. —Nonna agitó la mano. Gina le dio un mordisco a su cannoli mientras otra persona estaba en la mira—. No es de buena educación excluir a la gente de tu conversación.

Aunque no era como que Nonna siempre siguiera su propio consejo...

—Solo dije que este cannoli está muy bueno, Nonna. Lo siento. —Nica sonrió con mucha inocencia.

—Te tengo calada, *ragazza*. —Nonna le apuntó a Nica con el monóculo—. No creas que puedes engañar a estos viejos ojos.

Nica quedó debidamente escarmentada, y a Gina siempre le sorprendía cuando Nonna salía con expresiones que no debería conocer.

—Entonces, Gina. —Nonna le dio un golpecito en los nudillos a Gina con el monóculo—. ¿Cuál es su historia?

Gina casi escupió su cannoli. —¿Su *historia*?

—Sí, ya sabes... —Nonna giró la mano, buscando la palabra—. ¿Cuál es su trabajo?

Nica *sí* escupió el suyo. —Adelante, prima. Explica *eso*.

Gina la fulminó con la mirada. —Está trabajando para mí en este momento, Nonna.

Nica resopló. —Ah, sí, está trabajando muy bien.

Los dedos del pie de Nica recibieron una segunda ración de pisotón. —¡Ay!

—Cállate, tú. —Nonna miró mal a Nica, quien entonces se persignó y besó el dije de cuerno de oro de su collar para protegerse del *malocchio*—. Esto no es bueno. El hombre no debe trabajar para la mujer. Lo hace menos hombre.

Nica se levantó y se fue de la mesa, ahogándose.

De la risa.

Nonna suspiró, negando con la cabeza. —Esa... Nunca va a atrapar a un hombre.

—Oí eso, Nonna —dijo Nica por encima del hombro mientras se dirigía de nuevo a la bandeja de postres.

—Como era mi intención. Podrías aprender de tu prima.

Si Nica supiera cuántas veces Nonna la señalaba con el dedo a sus espaldas, estaría chupando ese dije sin parar.

—Confía en mí, Nonna —dijo Nica—. Lo sé. No te imaginas cuánto podría aprender de mi querida y *dulce* prima.

Gina solo quería largarse de allí.

Pero Nonna aún no había terminado su interrogatorio. No era de extrañar que, de todas las amigas de Gina, Candy fuera la favorita de Nonna. Dios los cría y ellos se juntan.

—¿Trabaja para ti, así que no gana dinero? Esto no es bueno. —Nonna golpeó la mesa con los nudillos—. La mujer no puede ser más rica que el hombre. Somos más fuertes, pero les dejamos pensar que ellos lo son. Sin el dinero, ellos saben que no lo son, y eso no es bueno. Van a buscar a una mujer inferior para sentirse más grandes.

—Solo trabaja para mí durante las fiestas, Nonna. Está buscando comprar otro edificio de apartamentos. Vendió el último que tenía.

—Ah, así que tiene dinero. —Se reclinó y cruzó las manos sobre la mesa, su anillo de bodas de oro todavía en su mano. Se negaba a quitárselo a pesar de que Nonno había muerto hacía diez años—. Entonces no hay discusión. ¿Te hace feliz?

—Sí.

—¿Y su gente? ¿Te caen bien?

—Todavía no he conocido a su padre. Su madre murió justo después de la preparatoria.

Nonna perdió su aspecto de matriarca feroz y se santiguó. —Qué triste. Un muchacho necesita a su madre, incluso cuando cree que es un hombre. Tráemelo. Te diré si es el indicado para ti. Las madres sabemos estas cosas. —Volvió a golpear la mesa—. Llámalo ahora. Dile que venga. Debemos conocerlo.

Sí, claro, eso era justo lo que quería: toda la familia interrogando al pobre Darien sobre una relación que tenía poco más de una semana. Esa *cosa* que él sentía por ella moriría de forma rápida y sancionada por ella misma.

—Hoy está con su padre.

—Entonces invítalo a él también. Deberíamos conocer a su gente.

—Mamma. —Papá vino al rescate de Gina—. ¿Qué tal si dejamos que los chicos decidan sus propios tiempos, de acuerdo?

—Fácil para ti decirlo, Paolo. Estoy más cerca de la tumba que tú y deseo ver a mi nieta casada.

Ay, no. Siempre con su fatalismo. Estaba destinado que las madres italianas de su familia se convirtieran en eso. Todas las hermanas de Nonna habían sido iguales, así que, al ser la única hermana que quedaba, Nonna sentía que tenía que continuar la práctica por todas ellas. En conjunto.

—No te vas a morir pronto, Mamma. —Papá, el primogénito, era el niño de sus ojos, y aunque no se aprovechaba de ello a menudo, usaba su influencia cuando era necesario. Él era el único ante el que Nonna cedía—. Deja a Gina en paz. Es hora de que mi encantadora esposa abra nuestros regalos. —Su padre tomó la mano de mamá—. Pero ya tengo el mejor que podría haber pedido.

Un coro de «ahhh» hizo que a Gina se le llenaran los ojos de lágrimas. Eso era lo que ella quería para sí misma. Un amor como el que tenían sus padres. Seguían siendo los mejores amigos. Lo único que habría hecho su vida perfecta era si hubieran podido tener más hijos. Pero los problemas que mamá tuvo durante su embarazo con Gina habían acabado con esa esperanza. Juraban que estaban felices de tenerla —y ella sabía que lo estaban— pero no podía evitar sentir que era un poco su culpa que no hubiera más niños. Como adulta, entendía que ese razonamiento era erróneo, pero había cargado con la culpa mientras crecía. Nunca había querido decepcionar a sus padres de ninguna otra manera, por lo que el desastre que había sido su relación con John fue algo que se guardó para sí misma.

Nica, por otro lado, había sido la peor pesadilla de todo padre: quedarse fuera hasta tarde, beber, fumar, ser sorprendida nadando en la piscina del vecino después del toque de queda... el típico comportamiento de una chica rebelde. Nadie se inmutaría si *ella* se estuviera acostando con un stripper después de una semana. Gina, por otro lado...?

Sí, la familia no necesitaba los detalles.

Capítulo Veinte

—¿Cómo estuvo la fiesta? —preguntó Dare, colándose en la oficina de Gina a la mañana siguiente y cerrando la puerta con llave detrás de él. Ya habían tenido suficientes interrupciones no deseadas.

Gina levantó la vista y su sonrisa lo dejó sin aliento. La había extrañado anoche.

—Lo típico. Demasiada comida, demasiado ruido, muy poca privacidad —dijo ella, saliendo de detrás de su escritorio.

Él se encontró con ella a mitad de camino, deseando tanto tenerla en sus brazos que era casi un dolor físico. Maldición, lo traía loco. —¿Qué críptico.

—¿Alguna vez has estado en una reunión familiar italiana? —le preguntó, rodeando su cintura con los brazos y acomodando sus caderas justo en el lugar correcto.

—No.

—Créeme, es una experiencia como ninguna otra.

—*Tú* eres una experiencia como ninguna otra —dijo él. Tenía que besarla. Sí, quería saber sobre su familia, pero primero, tenía que saborearla de nuevo.

En esto, ella le correspondió. Sus labios, su lengua, sus manos... Gina no se guardó nada.

Hasta que se oyeron aplausos fuera de su oficina.

Él y Gina se giraron al mismo tiempo.

Tenían público. Candy, Deb y Kaya sonreían a través de la ventana.

—Necesitas cortinas en esa cosa.

—Nos van a molestar con esto hasta el cansancio.

—¿Eso es un problema?

Ella inclinó la cabeza y se tomó unos segundos para responder; unos segundos más de lo que a él le hubiera gustado...

—Espero que no.

—No suenas muy segura —dijo él, soltando sus brazos de la cintura de ella. Mierda, ¿había juzgado mal su interés? ¿Estaba tan metido con ella que no se había detenido a darse cuenta de que no sentía lo mismo por él? ¿Estaba ella en esto, Dios no lo quisiera, solo por el sexo?

Ella se cruzó de brazos y desvió la mirada. —No tengo el mejor historial.

Dare sintió que su mundo daba vueltas. —¿Soy una prueba de manejo?

—No, no es eso lo que quise decir.

Alguien llamó a la puerta.

—Ahora no —dijo él, levantando una mano pero sin apartar los ojos de ella. No iban a ser interrumpidos, ni aunque el lugar se estuviera incendiando.

Ella pareció sobresaltada. —¿Estás bien?

—Dímelo tú. Explícame qué quisiste decir con que tienes un historial. ¿Solo me estás probando?

—Oh, no. Eso no salió bien. No eres tú.

El temido discurso de «no eres tú». Dare no podía creerlo. No podía creer que se hubiera equivocado tanto con ella.

No podía creer que se había enamorado de ella y ahora... Él *sabía* que no iba a terminar bien. Debería haberse ahorrado el sufrimiento. —Olvídalo, Gina. Como sea —dijo. Tenía que salir de allí.

Ella lo agarró del brazo. —No, Darien, me estás malinterpretando —dijo, mordiéndose el labio inferior—. Es que... bueno... —Desvió la mirada, luego inspiró profundamente—. Puse mi corazón y mi alma en otra relación y terminé lastimada. Él no estaba en ella por la razón que yo creía y, bueno, terminé perdiendo mucho. Mi confianza, mi spa, mis ahorros...

—¿Tu corazón? —preguntó él. John. El desgraciado.

Ella exhaló. —Por suerte, eso no. Mi orgullo salió más dañado a la larga, pero no me di cuenta de eso de inmediato; estaba demasiado ocupada lidiando con la comprensión de todo lo que había renunciado por él.

—Y me estás poniendo en la misma categoría.

—No. Es que... —Ella tomó sus manos—. Eres importante para mí, Darien. Más importante de lo que él fue jamás y yo... tengo miedo de que me lastimen.

Dare exhaló. —Gracias a Dios —dijo. Quería decirle exactamente lo importante que ella era para él, pero las palabras no bastarían. Necesitaba demostrárselo. Ella necesitaba *sentirlo. Saberlo.*

—No es exactamente la respuesta que esperaba.

Él llevó las manos de ella a su pecho. —Quiero decir, gracias a Dios que tú también lo sientes.

—¿El qué?

Él dio un golpecito en su corazón con las manos de ambos. —Esto. Lo nuestro.

Sus labios se curvaron ligeramente hacia arriba. —Entonces, hay un «nosotros». Esto no es solo...

—¿Sexo? ¿Un viaje por el baúl de los recuerdos? No. Esto es real, Gina. Tanto para mí como para ti.

—Uf —dijo ella. Su sonrisa ya no era tímida; era como si alguien hubiera encendido un interruptor.

Él miró hacia la puerta para ver si alguna de las chicas lo había hecho, pero por suerte, se habían ido.

Así que la besó. Larga y apasionadamente, atrayéndola hacia él, rodeándola con ambos brazos. Si no estuvieran en su oficina —o si esa maldita ventana tuviera una cortina—, le demostraría exactamente lo real que era esto.

Pero como este no era el lugar más romántico para declarar sus sentimientos, y ambos tenían trabajo que hacer, finalmente tuvo que terminar el beso.

Le ahuecó el rostro para un último beso. —Para aguantar el resto del día.

Ella sonrió. —Siento lo de antes. Por haber dudado...

—No te disculpes. Es comprensible. Tuviste que besar muchos sapos para encontrar a tu príncipe.

—No te adelantes, *ranita*. El jurado todavía delibera si eres material de príncipe o no.

—Lástima por ti —dijo él, moviendo las cejas—. Las ranas tienen lenguas muy largas.

La cara de ella se puso roja como un tomate y él tuvo que reírse. —Ay, vamos, Gina. Eso no puede avergonzarte. Quiero decir, tú *estuviste* ahí, ¿verdad? No es como si no supieras de qué estoy hablando.

—Lo sé, lo sé, es que... —Se zafó de sus brazos—. Necesito sentarme.

—Te dejé sin aliento, ¿verdad?

—Más bien me excitaste en dos segundos.

—¿Tanto tiempo? Voy a tener que trabajar en eso.

—No con ellas apareciendo sin avisar —dijo, señalando la puerta con el pulgar.

—Ah, no sé. Estoy acostumbrado a dar un buen espectáculo.

—Exacto, *tú* estás acostumbrado. ¿Yo? Yo me quedo tras bambalinas, muchas gracias.

—Por mucho que me gustaría llevarte tras bambalinas y hacerte mil cosas, todavía tenemos ocho horas de masajes que dar antes de que podamos siquiera pensar en BeefCake, Inc.

—Para ti, tal vez, pero yo voy a estar pensando en el bombón todo el día —dijo ella, respirando hondo. Luego se puso de pie y le dio un golpecito en los abdominales con el dorso de la mano—. Hora de ir a trabajar.

* * *

Y vaya que trabajaron. Lunes, martes, miércoles, jueves... El boca a boca definitivamente había empezado a funcionar, y Gina pudo devolverle el dinero a Candy —con intereses— de las ganancias de las dos semanas anteriores, además de guardar algo para tiempos difíciles.

Que llegaron mucho antes de lo que esperaba. Pero en forma de nieve.

Gina miró por la puerta principal, observando cómo caían los copos... y cómo sus sueños se congelaban.

Lamentablemente, no era por el clima. El centro comercial se había vendido y todos los contratos de arrendamiento iban a ser cancelados. La carta había llegado esa tarde.

No sabía qué iba a hacer.

—¡Ey!, ¿Gina? —Candy agitó sus uñas color «El-esmalte-antes-conocido-como-púrpura» frente a su cara—. ¿Estás bien? Pareces como si hubieras visto un fantasma. O como si estuvieras a punto de convertirte en uno. ¿Qué pasa?

Gina exhaló. Todavía no iba a compartir esa noticia. No con la fiesta de la novia en menos de cuarenta y ocho horas. Por supuesto, no sabía cuánto tiempo se mantendría en secreto; obviamente no era la única inquilina en

214

haber recibido la notificación, pero la carta decía que la empresa no haría pública la información hasta después del primero de año.

Qué amables de su parte.

Feliz maldita Navidad.

—No es nada.

Candy se apoyó en la puerta principal, con los brazos cruzados. —No me vengas con eso. Soy la reina del «nada», así que reconozco un «algo» cuando lo veo. Suéltalo.

Gina tragó saliva e intentó inventar una historia del aire húmedo, cargado de nieve y desolado. —Yo, um… —Tomó aire, odiando tener que mentir, pero nada iba a aguar la fiesta de Amalie—. Me enteré de que murió la madre de una de mis compañeras de cuarto de la universidad.

—¿Cuál de ellas?

—Estoy bastante segura de que solo tenía una madre. La gente no era tan moderna hace treinta y tantos años.

—No, señorita «me hago la tonta». ¿Qué compañera de cuarto? Las conocí un poco, ya que, ¿sabes?, fui a la misma universidad. *Contigo*, debo añadir. ¿Ahí fue donde nos hicimos amigas? ¿Te suena?

Claro que le sonaba algo: el comienzo de una jaqueca monumental. Que, lamentablemente, no podía atribuirse a la no tan silenciosa versión de «Santa Claus Is Coming To Town» de The Boss.

—Fue, um… Johanna. Solo estuvo allí un semestre.

—No es por ser insensible, pero ¿la conociste un semestre y estás tan afectada porque murió su madre?

Gina hizo una mueca y cruzó los dedos de la mano izquierda. Tenía que ser Candy la que la obligara a adornar esta horrible mentira. Esperaba que la inexistente Johanna la perdonara.

—Había estado enferma. Por eso Johanna tuvo que dejar la universidad. Intercambiamos tarjetas de Navidad todos los años y hoy recibí la suya.

—Oh, bueno, lamento oír eso. Debe ser duro, especialmente en esta época del año —dijo Candy, frotando el brazo de Gina con genuina compasión.

Lo que solo hizo que Gina se sintiera peor. —Sí, esta época del año definitivamente no es cuando quieres perder algo.

—Querrás decir a algui*en*.

—Sí, claro. A alguien.

—¿Vas a estar bien?

Gina se esforzó por poner una sonrisa genuina en su rostro y apretó el brazo de Candy. —Sí. Lo estaré. —El spa era un asunto completamente diferente.

Vaya, si alguna vez hubo un momento para sacar a relucir a su Scarlett O'Hara interior, era este.

Excepto que no pensaría en esto mañana. Ni el domingo. Esperaría hasta después de la fiesta.

Capítulo Veintiuno

—Vaya, mira quién por fin se acordó de revisar sus mensajes. —El agente inmobiliario de Dare sonaba molesto al otro lado del teléfono.

Considerando que Jonas le había enviado más de cincuenta mensajes el martes, de los cuales Dare ni siquiera se había percatado, y mucho menos respondido, el tipo tenía sus razones.

Apartó un poco de nieve de la pared de ladrillo junto al muelle de carga y apoyó la bota en ella. Era el primer descanso que había tenido en toda la semana y la primera vez que tenía la oportunidad de devolverle la llamada. —Lo siento, Jonas, pero ha sido una semana de locos.

—Ni me lo digas. Tenía la propiedad perfecta para ti y la perdiste porque no me respondiste a tiempo. El lugar entró y salió del mercado en menos de seis horas.

Que se vendiera tan rápido significaba que había sido una ganga. Maldita sea. —¿Y qué más tienes?

—Ese es el problema, Dare, no hay nada. El mercado para tus parámetros se ha secado como si toda esta nieve fuera arena. Seguiré con las antenas puestas, pero ¿puedes hacerme el favor de tener el teléfono a la mano? No te pido que me cuentes tu vida ni que me leas una lista de tus finanzas; con un sí o un no rápido será suficiente. Al menos así tendremos una oportunidad si surge algo más en el mercado.

Dare se frotó las sienes. Había sido una semana larga para todos. Entre los turnos de día en el spa y las noches en el club, estaba agotado. Y no había visto a Gina para nada después de las horas de trabajo. Eso había sido lo peor de todo. ¿Cómo se suponía que le demostraría que la amaba si ella ni siquiera lo *veía* en un ámbito que no fuera profesional?

Al menos, la cena para presentarle a Pop estaba programada para esa noche. Y la despedida de soltera terminaría este fin de semana, y Charlotte volvería el lunes para encargarse de sus clientes habituales, así que podría reducir sus horas. —Lo siento, Jonas. Estás trabajando duro y yo metí la pata con esto. Añadiré otros mil a tu comisión. ¿Te parece bien?

—Solo si encuentro otra cosa. A este paso, no sé cuándo será eso. —Jonas sonaba más frustrado que agradecido.

Quizás debería haberle ofrecido otros cinco mil. —Confío en ti.

—Me importa un bledo si me das cincuenta mil más. Contesta el maldito teléfono. Aunque, espera. Sí me importan los cincuenta mil.

Dare se rio entre dientes. —Menos mal que cambiaste de opinión o habría empezado a dudar de tus habilidades de negociación.

—No te preocupes por eso. Solo contesta el maldito teléfono la próxima vez.

—Te oí la primera vez.

—No, no lo hiciste. No contestaste.

Dare terminó la llamada con la promesa de dormir con el teléfono. Bueno, excepto cuando estuviera con Gina. *Cuando* fuera que eso pasara. Entonces, lo dejaría en la mesita de noche. Pero no compartió esa información con Jonas.

Se guardó el celular en el bolsillo —después de asegurarse de que la función de vibración estuviera activada— y se dirigió al spa para algo que no fuera trabajo.

—Oye, nena, ¿estás lista para irnos? —Darien asomó la cabeza en su oficina.

Gina levantó la vista. No sabía de qué. Llevaba los últimos diez minutos mirando un trozo de papel, pero, por más que lo intentara, no podría decirle qué era porque no tenía ni idea.

Igual que de lo que él estaba hablando. —¿Lista? ¿Para qué?

—¿La cena? ¿Con mi padre? ¿Recuerdas?

Oh, Dios, lo había olvidado. —¿Te importaría si lo dejamos para otra ocasión? —Lo último que quería era tener que fingir ser feliz y no tener ninguna preocupación en el mundo mientras ese mundo giraba sobre su eje en todas direcciones.

Darien cruzó la habitación en dos segundos. —¿Por qué? ¿Qué pasa?

—Es que... —No, no se lo iba a decir. Todavía no. No hasta que averiguara qué iba a hacer. Conocía a Darien; se ofrecería a ayudar. Y aunque eso era más que amable y rozaba lo maravilloso, no quería deberle nada a nadie. Había sobrevivido a John, sobreviviría a esto.

Respiró hondo. —Estoy un poco estresada. Hay tanto en juego con este evento, ¿sabes?

Se arrodilló a su lado. —Va a salir genial. Ya pasamos la primera prueba. Nada va a arruinar la fiesta de Amalie.

Por eso no iba a decirle nada a nadie. Todos habían trabajado duro para dejar el spa en su estado actual y estaban entusiasmados con el crecimiento del negocio. Stacey estaba encantada de poder comprarles a sus hijos los grandes regalos que le habían pedido a Santa, y Kaya había planeado una escapada de fin de semana para sorprender a su marido. ¿Cómo podía Gina darles la noticia y arruinarles las fiestas?

—¿Estás segura de que no te apetece? —Su dedo recorrió su mejilla.

¿Cómo podía decirle que no? Había conseguido que alguien cubriera su turno en BeefCake, había trabajado tanto esa semana para ayudarla, y lo único que le había pedido era conocer a su padre. Ya era bastante malo que le hubiera mentido a Candy y que le estuviera ocultando noticias a su personal, no podía decepcionarlo además de todo lo demás.

—No, tienes razón. Estará bien. —Y lo estaría, de eso no tenía duda. Así que tenía que centrarse en eso y aguantar la cena—. Vamos.

* * *

—Mi hijo sí que tiene buen gusto. Lo sacó de mí, ¿sabe?

Pop hizo todo un espectáculo al guiñarle un ojo a Gina cuando se reunió con ellos en Charlie's. Dare se había ofrecido a recogerlo, but Pop no había querido «arruinarle el plan». Sus palabras exactas.

—Y definitivamente también sacó su atractivo de usted. —Gina se movió a la derecha mientras Pop se dejaba caer en una silla. Charlie debería hacer que los asientos fueran más adecuados para la clientela actual en lugar de para la que fueron diseñados originalmente. El estilo provincial francés no era exactamente lo más cómodo para sentarse, especialmente cuando se comían costillas o alitas.

—Los halagos la llevarán a todas partes conmigo, señorita. —Le dio un codazo a Dare—. Sí, escogiste a una buena.

—Cielos, Pop, no es un caballo.

—Ah, pero es una linda potranca.

Dare puso los ojos en blanco. ¿En qué momento los padres dejaban de avergonzar a sus hijos?

—Así que oí que puso a trabajar a este hijo mío.

—Lo hice. Ha sido todo un éxito en el spa.

—Me lo imagino. Le va bastante bien en ese lugar de baile. ¿Ha ido?

—Oye, Pop, ¿qué vas a tomar? —Gina no necesitaba un interrogatorio.

—Nada por el momento. ¿Por qué no vas a buscarme algo mientras charlo con esta linda señorita tuya?

Vale, quizás la cena no había sido la mejor idea. Pero le había permitido ver cómo estaba Pop y sacarlo de casa, ya que no habían podido visitar ninguna propiedad esa semana por su horario. Además, le daba la oportunidad de pasar tiempo con Gina, algo que había escaseado mucho la semana pasada. Nada como empezar una relación intensa y luego pisar el freno. Al menos se veían en el trabajo, pero eran las noches juntos lo que había estado extrañando.

Dare llamó a una de las camareras. —¿Gina? ¿Tú qué vas a tomar?

—Oh, solo agua para mí. Cualquier cosa con alcohol me dejará dormida, estoy muy cansada.

—Oigo que tiene un gran evento próximamente —dijo Pop, mucho más interesado de lo que le había parecido a Dare cuando *él* le mencionó la fiesta —. Dare dice que podría hacerle mucho bien a su negocio.

La sonrisa de Gina se desvaneció un poco.

Debía de estar realmente preocupada, pero él no entendía por qué. Había muchos clientes nuevos que aún no habían sido atraídos por nada de lo que Sophie Cavanaugh había dicho, así que eso hablaba bien de los esfuerzos publicitarios de Gina. Y si Sophie quedaba tan satisfecha el domingo como lo había estado durante su visita —y no había razón para que no lo estuviera—, lo *único* de lo que Gina tendría que preocuparse sería de encontrar suficiente personal para atender a todos los nuevos clientes.

* * *

Sí, ese sentimiento se fue por la ventanilla de su camioneta con la llamada de Pop después de que dejó a Gina en su casa.

—¿Que hiciste *qué*? —No podía *ser* que hubiera oído bien.

—Compré una propiedad para nosotros.

—Esa parte la entendí y ya llegaremos al aspecto financiero de eso en un segundo, pero ¿puedes repetirme, por favor, *qué* propiedad compraste?

—Ya te lo dije, hijo, compré la tienda de tu novia.

—¿Compraste el spa?

—Bueno, en realidad todo el lugar. Estaba regalado.

—Compraste un centro comercial entero. —Dare ni siquiera podía procesar esto—. Pop, ¿qué diablos te hizo hacer eso?

—Te lo dije, hijo. El lugar estaba barato para esa cantidad de terreno. Simplemente derribaremos los edificios y empezaremos de cero. De hecho, eso es lo que puse en la solicitud del permiso de demolición.

Demolición... El cerebro de Dare iba a mil por hora, tanto que tuvo que hacerse a un lado de la carretera. —Quieres derribar todo el complejo.

—Los edificios no están en las mejores condiciones. Además, no se pueden hacer apartamentos de tiendas. Todo el mundo lo sabe.

Y Dare pensaba que todo el mundo sabía que había diferencias entre la zonificación comercial y la residencial, pero al parecer Pop era la excepción a esa regla. Por una cantidad de dinero en la que Dare ni siquiera quería pensar.

Pero tenía que hacerlo porque *su padre había comprado un centro comercial*.

Y cuando pudiera superar eso, se preocuparía por el hecho de que era el centro comercial *de Gina*.

Capítulo Veintidós

—A ver, ¿qué diablos está pasando aquí? —Candy golpeó el escritorio de Gina con las palmas de las manos la tarde siguiente, sin ningún atisbo de diversión en la voz, en total contraste con las voces querubínicas de los niños que cantaban «Deck the Halls».

A Gina le daban ganas de golpear a alguien.

—¿Tú y tu tortolito se pelearon?

Volteó la carpeta para ocultar los informes financieros que estaban sobre su escritorio. Candy leía esas cosas por diversión; sabría exactamente lo que pasaba si los veía. —¿Por supuesto que no. ¿Por qué crees eso?

—¿Has hablado con él últimamente? No. —respondió Candy por ella—. Claro que no. Porque no le habla a nadie. Un par de gruñidos y luego dice: «Haz pasar al siguiente cliente, Candy», como si yo viviera para cumplir sus órdenes. —Sus uñas a rayas rojas y blancas se agitaban por todos lados.

—Bueno, *es* tu trabajo...

—Y tú. —Subió una octava—. Has estado deambulando con cara larga desde que llegó la carta de Johanna. Entiendo que es triste, pero no es como si fuera *tu* madre la que murió. O sea, los clientes nos llueven a cántaros, tienes el evento más importante de tu vida profesional mañana, y tú pareces que se te murió el perrito. Entre ustedes dos, la buena vibra de este lugar está cayendo en picada. ¿Pueden reaccionar de una vez y ponerle un poco de energía a este lugar, o la moral se va a ir por el caño y podemos esperar que el negocio le siga?

Lo que Candy no sabía era que eso pasaría de todos modos.

Gina suspiró. —Veré qué puedo hacer, Candy.

—Pues hazlo, porque ya no me queda mucha vaselina.

Gina la miró extrañada. —Está bien, no tengo idea de lo que eso significa. Los masajistas usan aceite.

Candy resopló y metió las manos en los bolsillos de sus pantalones de satén negro. —No para ellos. Para mí. —Señaló su cara—. Para esta sonrisa. Estoy ahí afuera, tratando de poner buena cara, y ustedes dos andan por aquí como si estuviéramos en una funeraria.

—Sé que me voy a arrepentir de preguntar esto, pero ¿qué tiene que ver la vaselina con tu sonrisa?

—¡Por favor! ¿Te la pones en las encías para seguir sonriendo? *¿Nunca* has participado en un concurso de belleza?

Gina se echó hacia atrás en su silla e hizo un ademán para señalarse. —Con mi metro cincuenta y siete y mis curvas ni siquiera me dejarían entrar a un concurso de belleza, Candy. En eso me ganas.

—Aggg. —Candy levantó las manos—. Lo juro, tengo que hacerlo todo yo por aquí. —Se fue pisando fuerte hacia el pasillo —una hazaña considerable con sus Jimmy Choo que parecían algo que Cenicienta usaría para el baile—, llevándose todo el aire de la habitación con ella.

Gina suspiró. Lo único bueno que se podía decir de la perorata de Candy era que la había sacado de sus propios pensamientos.

Ahora tenía que meterse en los de Darien. ¿Qué le estaba pasando?

Salió al área de recepción. Su siguiente cita no era hasta dentro de veinte minutos, por eso se había enfrascado en los informes financieros para ver qué podía sacar para montar el negocio en otro lugar.

O tal vez podría convencer al nuevo propietario de que no demoliera esta parte del centro comercial. Había invertido mucho trabajo y dinero en el local; estaba en buenas condiciones. Quizás el propietario podría simplemente rehacer la fachada. Ella incluso podría contribuir si lograba encontrar suficiente superávit en alguna parte de su presupuesto.

Miró el libro de citas por encima del hombro de Candy.

Candy agitó las manos. —No me estés supervisando. Este es mi territorio. Lo tengo todo bajo control.

—No te estoy supervisando y lo sabes. Estoy tratando de ver cuándo va a estar libre Darien para poder hablar con él.

—Buena suerte con eso. No sé si siquiera *tú* puedas llegar a él. Afortunadamente, con los clientes es todo un encanto, y eso es bueno, pero ¿con el resto de nosotros? Apenas puede mirarnos. No sé qué le hicimos para ofenderlo tanto, pero el chico ciertamente no está en el espíritu navideño con el personal.

La puerta de la suite tres se abrió.

—Hablando del rey de Roma. Y, hoy, lo digo literalmente —dijo Candy en voz baja.

—Asegúrese de tomar mucha agua, Sra. Beecham —le dijo al cliente que estaba acompañando al mostrador—. Es importante eliminar las toxinas de su cuerpo.

—De verdad, Darien, puedes llamarme Susan. —La mujer le puso una mano en el brazo—. La Sra. Beecham es mi suegra.

Por la forma en que Susan Beecham tocaba y miraba a Darien, más le valía no olvidar que *tenía* una suegra.

Gina sacudió la cabeza. Era bueno saber que, ante la ruina financiera, todavía podía ponerse territorial.

—Muy bien, *Susan*. Que tengas unas felices fiestas. —Los hoyuelos de Darien aparecieron.

Maldita sea, esos hoyuelos eran para *ella*.

—Ah, pero quería programar una cita de seguimiento —dijo la muy-casada-Susan-Beecham—. ¿Quizás mañana?

—Lo siento —intervino Candy con una sonrisa empalagosa—, pero mañana estamos totalmente llenos. Una fiesta privada. Podríamos hacerle un lugar la próxima semana.

Gina conocía ese tono. Candy había calado el numerito de Susan Beecham. Incluso si no estuvieran llenos mañana, para Susan, lo estarían.

—Oh, bueno. —Qué suspiro tan dramático—. Supongo que no tengo otra opción. ¿Cuál es la primera cita disponible de Darien?

Candy fingió revisar el libro de citas. —Bueno, vaya, está lleno hasta fin de año y todavía no tenemos el nuevo horario listo. Pero Gina da un masaje excelente. Realmente se mete en esos músculos. Duele tanto que es bueno, si sabes a lo que me refiero.

Lo último lo dijo para el beneficio de Gina. Candy quería darle la oportunidad de desquitarse con la mujer por coquetearle a Darien.

Gina apreció el gesto, pero una vez que se supiera lo de la venta, sería irrelevante.

—Mmm. —Susan Beecham fingió considerarlo mientras entregaba su tarjeta de crédito, pero todos sabían cuál sería su respuesta—. No estoy segura de necesitar algo tan, ejem, doloroso. Pero lo pensaré.

—Que tengas un gran día, Susan. —Darien le hizo un pequeño saludo y luego se volteó hacia la sala de espera.

Gina le puso una mano en el brazo. Era la primera vez que lo tocaba en días y si no se hubiera quedado dormida en cuanto tocaba la cama cada noche, recordaría extrañarlo. —Darien, ¿puedo hablar contigo un segundo?

—Lo siento, Gina, pero mi próxima clienta ya está aquí.

—Lo sé, pero... —Bajó la voz—. ¿Pasa algo? Estás actuando... no sé. Raro. Todos lo han notado.

La miró por unos segundos, luego exhaló y negó con la cabeza. —Lo siento. Es... Hubo un negocio. Una propiedad. Y, bueno... —Se pasó una mano por el cabello—. Digamos que no salió como yo quería.

—Siento mucho oír eso. —Genial. Ambos estaban lidiando con mierdas profesionales.

—Sí, bueno... —Se aclaró la garganta—. Tengo que volver con la Sra. Mooney. Necesito irme a tiempo esta noche. Gran noche en el club. Bryan y Gage organizaron una «extravaganza» navideña —hizo el gesto de las comillas en el aire—, si puedes creerlo. Así que supongo que te veré mañana en la fiesta. —Se volteó de nuevo hacia la recepción—. ¿Sra. Mooney? —Señaló con la mano hacia su sala de tratamiento—. Cuando usted guste.

Gina lo vio irse, deseando que hubiera algo que pudiera decir para mejorar su situación, pero su propio plato estaba rebosante de problemas. Se ocuparía de todo después de la fiesta de Amalie.

Dare hizo entrar a la Sra. Mooney a la suite lo más rápido posible. Había estado evitando a Gina todo el día porque todavía no había encontrado la manera de decirle que ahora iba a ser su casero. Eso era un nivel completamente diferente al de *jefe* y ella se volvería loca.

Demonios, *él* se estaba volviendo loco.

Pop había querido ser su socio en el sentido más estricto de la palabra, tanto que había cobrado su paquete de jubilación, ejercido la línea de crédito sobre la plusvalía de la casa, vendido acciones y puesto el pago del seguro de vida de mamá, todo para comprar el centro comercial.

Dare se había golpeado la cabeza contra el volante ante esa noticia. Y luego otra vez cuando se enteró de que esto había sucedido el martes.

Pop había comprado la propiedad que Jonas quería mostrarle *ese día*. Y ahora, no había marcha atrás. Así que Dare era responsable de toda la existencia financiera de Pop *y* del negocio de Gina. Dos de las personas que más amaba en el mundo y estaban en lados opuestos de este sube y baja.

Y, sí, la ironía de enamorarse de Gina —el tipo de amor de estar-total-y-completamente-enamorado-y-querer-pasar-el-resto-de-su-vida-con-ella—   y aun así ser responsable de dejarla sin negocio era tan horrible que no tenía ni idea de cómo solucionarlo.

Gracias a Dios, Pop no había soltado esta bomba en la cena; había querido que Dare tuviera la «diversión» de decirle a Gina que trabajarían juntos. Supuso que sería un buen regalo de bodas.

Demonios, tendría suerte si ella no lo *mataba* cuando se enterara; ni hablar de matrimonio.

Solo tenía que asegurarse de que ella no se enterara de que Pop había comprado el lugar hasta que él encontrara una manera de hacerlos felices a todos.

* * *

—Bueno, amiga, puedes considerar esto un éxito. —Candy le dio un codazo a Gina entre las citas de masaje de las damas de honor la tarde siguiente durante la fiesta de Amalie Cavanaugh—. La mitad de estas mujeres salen en la sección de Estilo todos los fines de semana. De aquí te van a salir negocios seguro. Y yo me gano un montón de «te-lo-dije».

Gina logró esbozar una sonrisa. Claro, conseguiría negocios; solo que no tendría dónde atenderlos. —Sí, Candy, tenías razón. Sobre la decoración, sobre Darien y sobre el éxito.

—¿Qué te *pasa*? Eso es un entusiasmo tibio en el mejor de los casos. ¿Por qué no estás que saltas por las paredes?

—¿Porque tenemos invitadas? —Tomó otra pila de toallas—. ¿Quién sigue en mi programa?

—Nellie Day. Socialité extraordinaria y la Próxima Gran Cosa.

—¿En su mente?

—Y en la prensa.

—Deberías habérsela dado a Darien.

—Oh, créeme, iba a hacerlo. Sin embargo, el acompañante de Nellie, el muy estirado Richard Effington *Tercero* —no es broma—, llamó y te solicitó específicamente a ti. Bueno, solicitó específicamente que una mujer se encargara del masaje de su amada. Su estatus social y su cuenta bancaria superan a los de ella, así que tuve que acceder. Por lo tanto, tú tienes el honor.

Qué suerte la suya. Pero Gina se puso de nuevo esa sonrisa que había estado usando durante las últimas cuarenta horas y le dio a la señorita Nellie Day el mejor masaje de su vida.

Cuando todas habían sido mimadas hasta el último centímetro de sus extensiones de cabello y uñas, Candy, con un aspecto extremadamente profesional en el vestido cruzado dorado con cuello de ala y zapatos de tacón color crema tan sencillos que gritaban lo que había pagado por ellos, sacó la bandeja de repostería que Lara había creado específicamente para este evento: profiteroles rellenos de ricota endulzada y bañados en un glaseado de mango —la fruta favorita de Amalie—, una selección de *petit fours* insuperable por nada que Gina hubiera visto antes, y tartaletas gourmet personalizadas que parecían obras de arte deliciosas. El champán en copas de cristal complementaba el festín, y Amalie y sus invitadas se congregaron en el área de recepción, con manicura y peinado perfectos, y relajadas hasta más no poder.

—Tienes un personal excelente, Gina. —Amalie levantó su copa—. Muchas gracias a todos por hacer de este un día tan especial para mí.

—Es un placer. Me alegro de que lo haya disfrutado.

Si tan solo *ella* pudiera haberlo hecho.

—Estoy pensando en reservar la fiesta del segundo cumpleaños de Emilie aquí —dijo la bien casada Donna Bradin-Biggs—. A las niñas pequeñas les encanta que las mimen.

—A las niñas grandes también —dijo Candy.

Solo Gina conocía el sarcasmo detrás de esas palabras. Candy sentía algo en contra de las mujeres cuyo principal objetivo profesional era casarse muy bien y trabajar muy poco.

—A mi sobrina le encantaría esto para su *quinceañera*. Tendré que mencionárselo a mi hermana. —intervino la compañera de universidad de Amalie, la ex Miss Nuevo México. Las hermanas Cavanaugh tenían buenos contactos, si no es que eran de alta cuna, pero Gina apostaba a que nunca tendrían que preocuparse de dónde vendría su próximo cheque.

Su personal, por otro lado...

Dios, no quería tener que darles las malas noticias.

Resultó que no tuvo que hacerlo.

—Y bien, Gina, ¿qué planes tienes una vez que el nuevo propietario se haga cargo del centro comercial? —Sophie dejó su plato de postre en la mesa de revistas que Candy había designado exactamente para ese propósito.

Candy dejó caer algo en el mostrador de recepción. Sonó como algo rompible.

El resto del personal se quedó paralizado, mirándola como una manada de ciervos ante unos faros muy brillantes. Amalie y sus amigas detuvieron sus conversaciones para mirarla.

Gina enderezó la espalda. *Nunca dejes que te vean sudar.* —Todavía estamos resolviendo eso, Sophie.

Sophie ladeó la cabeza, la pose que Gina le había visto usar durante las entrevistas. —Apuesto a que eso da para unas, ejem, interesantes conversaciones de alcoba.

—¿Perdón? —Gina no entendió la referencia.

—Oh, supongo que tú y Darien no hablan de negocios después del trabajo. —Miró a las mujeres a su alrededor y se rio entre dientes—. Sé que yo no lo haría.

Las mujeres también se rieron, pero Gina...

Algo estaba pasando y Gina no lo estaba entendiendo del todo.

—Sí, ya sabes, la santidad del dormitorio y todo eso. —Candy, sin embargo, parecía tener el control total de la situación mientras se apresuraba con otra bandeja de postres—. Tomen, señoritas, terminemos con esto. No querríamos que todo este trabajo duro se desperdiciara.

Nellie Day negó con la cabeza. —No, gracias. Terminarán *en* mi cintura y entonces tendré que mandarme a hacer un guardarropa de primavera completamente nuevo, y ya sabes lo agotador que es eso.

Gina estaba observando a las amigas de Amalie compadecerse, pero en realidad no estaba escuchando las palabras. ¿Qué quiso decir Sophie sobre que ella y Darien no hablaban de negocios? Ni siquiera le había contado sobre la venta...

Oh...

Su negocio que no había salido bien. Ella había pensado que él se refería a que no se había concretado.

Pero... sí se había concretado.

Cerró los ojos mientras la habitación daba vueltas.

Eso era. *Por eso* la estaba evitando.

Él había comprado el centro comercial.

Y, según la carta que había recibido, planeaba demolerlo.

—¿Gina? ¿Te sientes bien?

Abrió los ojos y vio una preocupación genuina en los de Sophie. La mujer no había sabido que Gina no sabía.

Pero ahora lo sabía.

¿No sería *esta* una historia deliciosa para el noticiero de las once?

Una vez más, Gina iba a ser la comidilla de la ciudad.

Todo gracias a Darien.

Capítulo Veintitrés

—Vamos, Gina, al menos dile en persona que no quieres hablar con él. —Candy la siguió hasta la oficina el miércoles por la tarde.

—Pero entonces estaría hablando con él y te dije que eso no va a pasar.

—Mira, cariño, lo entiendo. De verdad que sí. Es un cerdo. Tú tenías razón y yo estaba equivocada. Puedes decirme «te lo dije» hasta que te canses, pero mientras tanto, *tú* tienes que ser la que le diga que se vaya. No quiere escucharme. Solo quiere hablar contigo.

—No. Me. Importa. —Gina cerró la puerta de la oficina de un portazo a sus espaldas.

Candy la detuvo antes de que le diera en la cara.

Eso fue bueno; Gina no quería lastimar a su amiga. Bueno, no más de lo que la lastimaría perder su trabajo. Aunque Candy tenía suerte. No necesitaba el sueldo; no es que cobrara uno, de todos modos. ¿Pero Stacey, Charlotte, Kaya y Deb? Ellas necesitaban este trabajo. Dependían de él. De ella.

Y ella las había decepcionado.

Candy apoyó la cadera, vestida con jeans, en el escritorio y dejó caer el correo sobre él. —No se va a ir.

Gina apoyó la frente en su mano. ¿No podía tener un poco de paz y tranquilidad para poder pensar? Darien le había bombardeado el teléfono con llamadas y mensajes hasta que finalmente tuvo que bloquear su número.

Sí, claro. Cómo si *eso* no le hubiera dolido.

Dios, ¿cómo pudo haber sido tan estúpida? A él le importaba más el trato que ella. De verdad que tenía un gusto de mierda para los hombres.

—Se *va* a ir. Siempre lo hacen.

—¡Agggg! —Candy se dejó caer aparatosamente en una silla y se estiró el suéter con la corona navideña; la mujer lograba que hasta un suéter feo se viera a la moda—. ¿Por qué no le das la oportunidad de explicarse? No sabes si lo hizo a propósito. No sabes cómo pasó. Ni siquiera sabes lo que va a hacer. A lo mejor, planea convertir este estacionamiento en un hotel exótico donde los servicios de spa sean lo más demandado después de la alberca, el campo de golf y el servicio a la habitación. El cuarto lugar en la fila no es un mal sitio, Geen. Bueno, a menos que seas el príncipe Harry, pero eso es harina de otro costal. El punto es que necesitas hablar con él para saber qué planea. Si es horrible, entonces podrás odiarlo con justificación.

Gina espió entre sus dedos. —No lo odio.

—Pues, obvio. No me digas. —La mano de Candy aleteaba como un pez fuera del agua—. Por eso esto de la ley del hielo es ridículo.

—*No* es ridículo. Quizá no estás entendiendo la magnitud del problema, pero vamos a quebrar. Cuando Darien arrase con el edificio, significa que lo va a aplanar. O sea, sin paredes, sin techo, sin recepción y, definitivamente, sin salas de masajes. —Levantó una mano—. Ya sé. Suites. Lo que sea. El punto es que puedes llamarlas como quieras, pero todas se derrumban igual.

—Tiene que haber una explicación lógica.

—La lógica y los hombres no van de la mano en mi mundo.

—No te hizo esto a propósito. Quizá lo compró para salvar el spa.

—Por eso solicitó un permiso de demolición.

—Oh. Sí, eso se ve mal.

—*Es* malo.

—Entonces, ¿qué vamos a hacer?

—Ojalá lo supiera. —Revisó el correo. Factura, factura, correo basura, otra factura, una carta... Sacó esa última—. ¿Hay algo en ese cerebro de genio tuyo que pueda encontrar una solución?

—Si la compañía administradora me hubiera pedido ayuda *antes* de llegar a la parte de la venta, podría haber sugerido algún tipo de acuerdo de inversión de capital de riesgo. ¿Pero ahora que el trato está cerrado? A menos que Darien y su padre estén interesados en vender, entonces no. Y no es que eso fuera una opción para nosotras. O sea, puedo prestarte algo de dinero, pero no tengo la liquidez suficiente para cubrir el costo de este lugar.

—Y no te estoy pidiendo que la tengas. No tienes que arreglar mis desastres. —Sacó el abrecartas del cajón superior y lo deslizó bajo la solapa.

—Pero lo haría si pudiera.

—Lo sé. Y yo haría lo mismo por ti, pero la realidad es que voy a perder el spa. —Abrió la carta.

—Y a Darien —añadió Candy.

—¿Sabes una cosa? —Gina apuntó a su amiga con la esquina del sobre—. Si un tipo no es sincero conmigo, si no puede comunicarse honesta y abiertamente conmigo, entonces no es el tipo que quiero.

—Bravo por ti, Gina. Algunas mujeres nunca llegan a darse cuenta de esto. Pero aun así, pensé que era perfecto para ti.

Abrió la tarjeta. —Al parecer, Amalie Cavanaugh opina lo mismo. —Le dio la vuelta a la tarjeta para que Candy pudiera leerla.

—¿Una invitación de boda? —Candy se inclinó para tomarla.

Gina asintió. —Para mí... y Darien como mi acompañante.

* * *

Dare quería lanzar su jodido teléfono contra la jodida pared. Ella seguía teniendo su número bloqueado.

No sabía si estaba más furioso o dolido.

En realidad, sí, lo sabía.

Estaba dolido.

Pero no con Gina. Y ni siquiera con Pop.

No debería haber dejado que se enterara de esa manera. Debería habérselo dicho en cuanto supo lo que Pop había hecho. Debería haberle dicho que estaba tratando de arreglarlo.

Pero tenía tanto miedo de perderla —de este escenario exacto— que había intentado hacer que el problema desapareciera.

Pero ahora, *ella* era la que se iba. Y con ella, todas sus esperanzas y sueños para el futuro, algo sobre lo que había bromeado con ella antes, pero que ya no era para tomarlo a risa.

Si tan solo contestara el teléfono. Si lo desbloqueara. Demonios, hasta tenía a Candy haciendo de guardia de seguridad y prohibiéndole la entrada al spa.

Como propietario, podía hacer valer su derecho legal a entrar, pero eso solo empeoraría las cosas.

Necesitaba arreglar esto.

Pero el cómo era el problema. Había pasado los últimos tres días hablando con el municipio, la junta de zonificación, un abogado... incluso había llamado a Jonas, cuya ética se volvió loca cuando mencionó que estaba tratando de deshacer el trato... todo con la esperanza de encontrar una solución para salvar el dinero de su padre y el negocio de Gina.

Hasta ahora, estaba fracasando.

Su teléfono sonó. No reconoció el número, pero esperaba que fuera alguien con quien había hablado sobre esta pesadilla y que tenía una solución. —¿Hola?

—Bueno, Foster, escucha bien. Y si alguna vez le dices a Gina que tuvimos esta conversación, lo negaré hasta el día de mi muerte.

Candy era la última persona que esperaba. —¿Quieres que le mienta?

Ella resopló. —Creo que para eso ya es tarde, grandulón.

—No le mentí...

—No fuiste sincero con ella. Una mentira por omisión sigue siendo una mentira. Así que hay un precedente. Ahora, ¿quieres oír lo que tengo que decir o no? Y de hecho estoy de tu lado, por cierto. Bueno, provisionalmente. Por eso te envié la nota en primer lugar.

Lo que explicaba por qué la letra no coincidía cuando la comparó con la que Gina le había dejado la otra mañana.

Esa mañana demasiado lejana que realmente temía que nunca volviera a repetirse.

Sí, estaba desesperado y Candy lo sabía. —Sí, Candy, quiero oír lo que tienes que decir.

—Bueno, escucha. —Su tono cambió y pudo imaginarla enderezando la espalda y echando los hombros hacia atrás—. Le has causado una gran impresión a Amalie Cavanaugh. Lo suficiente como para quererte en su boda.

—¿Y cómo sabes eso?

—Cálmate un poco, vaquero. Ya voy a eso. —Se aclaró la garganta—. Según la invitación que llegó aquí a The Gilded Lily, te quiere en su boda... con Gina.

Su corazón martilleaba en su pecho. —¿Y Gina aceptó?

—Digamos que sabe que no debe enemistarse con un muy buen contacto.

—¿Te dijo que me llamaras?

—¿Y por qué te haría jurar que guardarías el secreto si lo hubiera hecho? Ponte las pilas.

Ella dio un golpecito al teléfono y Dare se lo apartó de la oreja. Eso fue doloroso.

—Te estoy dando la oportunidad de hablar con ella en un lugar donde no querrá armar una escena. Así que más te vale que encuentres las palabras y la solución correctas si quieres una oportunidad de que esto funcione.

—¿Por qué haces esto, Candy?

Ella suspiró. —Porque quiero a Gina. Igual que tú. Y de hecho creo que eres el tipo adecuado para ella. Bueno, lo creía antes de que pasara esto, pero estoy dispuesta a darte el beneficio de la duda. Investigué un poco y vi la firma de tu padre en todos los documentos, así que supongo que quería que fuera su pequeña sorpresa.

Dare exhaló. —Sí, así fue.

—Vaya sorpresa. —Resopló—. Bueno... como te decía, estuve investigando y creo que podría tener una solución.

—¿Estás bromeando?

—Confía en mí, campeón, no bromeo con el corazón de mi mejor amiga, ni con esta cantidad de dinero. Pero te va a costar. La pregunta es, ¿cuánto estás dispuesto a perder financieramente para ganar a Gina emocionalmente?

—Voy con todo, Candy. ¿Qué tienes?

Capítulo Veinticuatro

—No puedes esquivar a la novia toda la noche, Gina —saludó Candy a Nellie con la mano mientras entraban en el hotel para la recepción de Amalie. Candy también había recibido una invitación, pero sin acompañante. Lo que, según Candy, decía mucho sobre la importancia de la presencia de Darien en el evento—. Alguien va a decir algo sobre tu acompañante y sería mejor que viniera de ti.

Gina se alisó el vestido verde después de entregarle el abrigo al encargado. —Lo sé, lo sé. Solo tengo que pensar qué decir.

—¿Qué tal: «Soy una testaruda de marca mayor y no veo lo que me conviene»? —Candy asintió a un par de hombres que le echaban un ojo. Su vestido color cerceta era el tono perfecto para ella.

—¿Por qué soy tu amiga, me recuerdas?

Candy le apretó el hombro mientras entraban en el salón de baile. —Confía en mí, vas a adorar el suelo que piso.

Gina enarcó una ceja. —¿Qué estás tramando?

—¿Yo? Nada. Absolutamente nada. Oh, mira… champaña. —Y, como una mariposa, Candy revoloteó tras el camarero.

Las mariposas en el estómago de Gina se pusieron en alerta. Candy estaba tramando algo.

Necesitaba un trago.

En el bar, pidió un Cosmo... no, mejor no. Optó por un Grey Goose con arándano. El último Cosmo que había tomado fue en BeefCake, Inc. y no necesitaba ese recuerdo.

—¿Señorita? —alguien le dio un golpecito en el hombro.

Gina se dio la vuelta y vio a uno de los camareros de esmoquin. —¿Sí?

—La señorita Carson pide que se reúna con ella en el guardarropa.

—¿Ya se va?

—No sabría decirle. Solo dijo que necesitaba verla.

Genial. Algo debía de haber pasado para que Candy mandara a alguien a hacerle un recado en un evento como este. Probablemente derramó champaña en su vestido y necesitaba que Gina le consiguiera un repuesto.

Suspirando, dejó su trago. Al menos ayudar a Candy retrasaría lo inevitable, cuando finalmente felicitara a Amalie en persona y tuviera que explicar la ausencia de su acompañante.

Todavía no tenía ni idea de qué iba a decir.

El encargado del guardarropa le hizo un gesto hacia una de las pequeñas habitaciones junto a la ventanilla. —Pidió que entrara ahí.

Gina abrió la puerta y entró...

Y se detuvo en seco.

—Darien.

—Gina.

—Voy a matar a Candy. —Se dio la vuelta de inmediato...

Pero la puerta del vestíbulo se cerró de golpe con un susurro de tela cerceta.

—Por favor, escúchame.

—¿Por qué? ¿Para que se te olvide mencionar algunas cositas? —No pensaba darse la vuelta. El simple vistazo de él en esmoquin era más de lo que quería ver.

Odiaba haberlo extrañado.

Odiaba que él le hubiera dado una razón para odiar extrañarlo.

—No sabía cómo decírtelo.

—¿De verdad? —Eso la hizo girar. Y sí, se veía devastador en el esmoquin. Y sí, eso solo aumentaba su rabia porque se estaba enamorando de él...

Demonios, se *había* enamorado de él. Se había enamorado de él.

Bueno, de quien ella *creía* que era él.

Pero eso había sido una mentira.

—Porque, por lo que recuerdo, *Froggy* —apoyó las manos en las caderas de golpe—, decir las cosas es tu punto fuerte, sin importar lo inapropiadas que sean. Así que el que te quedaras callado sobre mi negocio huele a premeditación y subterfugio. Y ni siquiera puedo empezar a hablar del hecho de que tú...

—Maldita sea, iba a llorar.

—Gina, mi padre compró la propiedad. Pensó que estaba haciendo algo bueno.

Ella sorbió por la nariz y desvió la mirada. —Vaya, eres todo un caso, echándole la culpa a tu padre.

—Te estoy contando lo que pasó. Se enteró de que uno de sus amigos de bienes raíces estaba a punto de poner el lugar a la venta y lo compró directamente. No me lo dijo hasta que el trato ya no tenía vuelta atrás.

Volvió a mirarlo. —¿Y me vas a decir que él también cree que demolerlo es una buena idea? ¿Arruinar mi negocio es algo bueno? En ese momento ni siquiera me conocía como para odiarme. ¿O es algún tipo de venganza por tu castigo?

—Claro que no. —Darien extendió las manos—. Por favor, ¿podemos hablar de esto?

Ella lo apartó con un gesto. —No quiero hablar contigo. Nunca más. Ya has dicho suficiente.

—¿Y si te digo que tengo una solución?

¿Qué tan patética era por sentir que un grano de esperanza brotaba en su interior?

En realidad, *no era* patética. Si algo le había enseñado lo de John era que era fuerte y capaz, y que podía resolver las cosas sin tener que depender de un hombre para que la salvara. —Diría que vayas a venderle ese cuento a otro.

—Estoy hablando en serio, Gina.

—Yo тоже. —Exhaló y lo señaló—. Me decepcionaste, Darien. Igual que John.

—No me parezco en nada a ese imbécil. Jamás te haría daño.

—Ah, ¿no? Pues demostraste que podías hacerlo hace veinte años y aquí estás, haciéndolo de nuevo. —Se dio una palmada en la frente—. De verdad necesito aprender de mis errores.

Sacó un fajo de papeles del bolsillo interior de su saco de esmoquin. —Ten.

—¿Qué es eso?

—Léelo. Si no me escuchas a mí, quizá ver las palabras en un documento legal te haga entrar en razón.

La miró fijamente, sin pestañear... Un momento. ¿Tenía los ojos un poco brillantes?

Sacudió la cabeza. Darien Foster *no* estaba a punto de llorar.

Entonces miró el fajo que él tenía en la mano.

Temblaba un poquitito.¿Era posible que estuviera diciendo la verdad?

Mordisqueándose el labio inferior, tomó los papeles y los abrió lentamente. —Es una escritura de propiedad.

—Sigue leyendo.Recorrió las palabras con la vista, la jerga legal se mezclaba. Sin embargo, lo que sí distinguió fueron las palabras *edificio del spa*, y su nombre con la palabra *cesionaria* al lado.

Su ira justiciera flaqueó. —Yo... no entiendo.

Darien respiró hondo. —Es tuyo. El spa.

—Me estás dando un edificio.

—Sí.

—¿Por qué? —Eso no tenía sentido. La gente no regalaba edificios por los que habían pagado un dineral. Tenía que haber una agenda oculta.

—Para que nunca más tengas que preocuparte por perderlo.

—No voy a aceptar nada de ti, Foster.

—¡Deja de ser tan testaruda, mujer, y escúchalo! —siseó Candy a través de los pocos centímetros de la puerta que se abrió de repente, antes de volver a cerrarla.

Darien hizo una mueca. —Se suponía que no debía quedarse a escuchar.

—Oh, esto es genial. —Gina le golpeó el pecho con los papeles—. Primero, tu padre y tú conspiran contra mí; ahora, tú y mi mejor amiga. Ya no puedo confiar en nadie.

—Sí, sí puedes. Puedes confiar en mí. Esto —levantó los papeles— es la prueba. Los dueños iban a vender de todos modos, Gina. El hecho de que papá lo comprara es en realidad algo bueno. Y esto —sacudió las hojas— resuelve todos nuestros problemas.

—Puede que resuelva tu culpabilidad, pero ¿cómo se supone que voy a dirigir un negocio exitoso que depende del tránsito de clientes si no lo hay? ¿Cuando esté rodeada por un terreno baldío?

—Ese es el punto, no va a estar baldío. Papá y yo vamos a construir apartamentos a su alrededor. Literalmente en tres lados. Será parte del paquete de servicios que vamos a ofrecer, así que recibirás un porcentaje de las cuotas mensuales de nuestros inquilinos.

—¿Así que tu gran solución es que regale nuestros servicios por una fracción de lo que cobramos ahora? El personal no puede sobrevivir con eso, ni siquiera *con* un edificio gratis.

—Los inquilinos tendrán derecho a un masaje al mes. Pagaran la tarifa normal por cualquier otro servicio. No todos aprovecharán el regalo, y yo me ofrezco a encargarme de los que sí lo hagan. Así que no te cuesta nada *y* tienes un tránsito de clientes garantizado.

—Pero te cuesta a *ti* tiempo y dinero. ¿Por qué? ¿Qué podrías sacar tú de todo esto?

—A ti. —Darien se aclaró la garganta—. Te gano a ti.

—¿Cómo dices?

Una mueca cruzó su rostro. —Lo siento, eso no sonó bien. —Respiró hondo—. Me volví loco cuando me enteré de lo que papá había hecho porque sabía cómo reaccionarías. Y tenía razón: no quisiste hablar conmigo. Así que he estado toda la semana intentando encontrar una salida a esto para que no se interpusiera entre nosotros. Afortunadamente, Candy, con su afición a hurgar y el amor que te tiene, encontró la solución. La propiedad no estaba zonificada solo para desarrollo comercial como todos pensábamos, sino que había sido clasificada como de uso mixto hace años. Una vez que tuvimos esa información, se nos ocurrió la solución.

Uso mixto significaba comercial *y* residencial. Espacio para vivir y para negocios.

Lo que él decía podría ser posible.

Gina aplastó esa floreciente esperanza. La gente no regalaba edificios, ni siquiera si se acostaban juntos.

Cosa que no hacían últimamente.

No dijiste «nunca»…

—Pero Darien tuvo que soltar un montón de dinero para poner los papeles en orden, o nunca habría sucedido —intervino Candy de nuevo a través de la puerta, que se abrió rápidamente.

—Candy —dijo Darien en voz alta—, ¿podríamos tener algo de privacidad, por favor? Yo me encargo desde aquí.

—Claro, claro. Yo me encargo del trabajo sucio y tú llegas para llevarte el premio —refunfuñó Candy, su voz apagándose mientras se alejaba de la puerta.

Darien miró a Gina. —Por favor, dime que podemos superar esto.

Gina dejó que un poquito de esperanza se liberara. —No puedes simplemente regalarle a alguien un edificio.

—Sí que puedo. —Sacudió las hojas—. Te amo, Gina. Siempre te he amado, solo que no supe cómo lidiar con ello cuando éramos niños. Pero ahora, sí lo sé. Sé que necesitas seguridad, tanto en tu negocio como en el hombre que elijas para pasar tu vida. No quiero que jamás te sientas en deuda conmigo o preocupada de que haga algo como vender la propiedad a tus espaldas o que no sea enteramente tu negocio. *Por eso* te lo estoy dando.

—Papá también. Pensó que esto te haría feliz.

Gina negó con la cabeza. —No entiendo su razonamiento en eso.

Darien chasqueó la lengua. —Papá es un romántico. Quería que tuviéramos esto como... como un regalo de bodas.

—¿Un regalo de... *bodas*?

Darien asintió. —Gina, tienes que saber que te amo. Que estaba haciendo todo lo posible por resolver esto. Te doy el edificio porque no quiero que tu negocio sea parte de lo que somos o de por qué estamos juntos. Quiero que estés conmigo porque quieres estarlo, porque me amas. Y creo que sí me amas, y *por eso* es que no quisiste escucharme. Porque finalmente te habías permitido confiar de nuevo y pensaste que había abusado de esa confianza.

Ella contuvo un sollozo. —Me heriste.

—En realidad estaba tratando de evitarte el dolor.

—¿Como cuando no me heriste intencionalmente en la escuela?

Él suspiró y negó con la cabeza. —No. En aquel entonces, no estaba pensando. ¿Pero ahora? Eres en lo único en que pienso.

Se arrodilló sobre una rodilla. —Te amo, Gina. Y quiero que esto funcione entre nosotros. Pero no puedo ser el único. Tú también tienes que quererlo. —Se lamió los labios—. Entonces... ¿quieres, Gina? ¿Quieres que funcione conmigo?

Gina lo miró, y la esperanza despertó al resto de esas mariposas y las dejó libres.

—Con una condición.

El brillo desapareció de los ojos de Dare. —Dime cuál.

—Ni siquiera la has oído.

—No importa. Lo que sea que tenga que hacer, lo haré. No voy a perderte. No esta vez.

Se mordió el labio para reprimir una sonrisa. —Me debes algo.

Ladeó la cabeza. —¿Qué más quieres? Te di un edificio.

—Ese baile que me perdí esa noche en el club. Todavía no me lo has dado.

Darien se rio, el alivio inundó su rostro, y se puso de pie, atrayéndola hacia él. Donde ella realmente quería estar. —Si eso es lo que hace falta para que te cases conmigo, bailaré para ti todas las noches.

—¿Matrimonio? —Se echó hacia atrás para fulminarlo con la mirada... sonriendo por dentro. Por supuesto que se casaría con él. No le estaba pidiendo que fuera su pareja para el baile de graduación. Cosa que no había hecho, pero esa era una conversación para otro día—. ¿Quién dijo algo de matrimonio?

—Tu padre. Porque también hablé con él. Y me prometió que si no hacía de ti una mujer decente, la paliza que Bryan y sus amigos me dieron en aquel entonces no sería nada comparado con lo que él me haría.

Levantó la mano de ella y le besó el dorso. —Así que, Gina Maria Theresa Taormina, ¿me harías el honor de ser mi esposa y mi público de una sola persona? Porque, nena, en el segundo en que digas que sí, será el segundo en que Bryan tenga que buscar un nuevo bailarín. La única mujer para la que quiero quitarme la ropa de ahora en adelante eres tú.

—Sí, Darien. Me casaré contigo.

Se encontraron a mitad de camino para el beso...

Solo para que Candy abriera la puerta. —Por el amor de Dios, ya era hora. Ahora, ¿podemos *por favor* ir a disfrutar de la recepción?

Epílogo

La gran reinauguración de The Gilded Lily se convirtió en el evento social de la temporada. Candy pensaba que la boda de Gina y Darien debería haberlo sido, pero Gina estaba más que feliz de no ser el centro de atención.

Su negocio era harina de otro costal, e incluso si no hubiera querido ser el foco de atención, el reportaje que Sophie Cavanaugh había hecho sobre el complejo que Darien y su padre estaban construyendo habría acabado con eso. Sophie había añadido su experiencia personal en el spa, y el negocio se disparó por las nubes..., literalmente. Gina tuvo que añadir un segundo piso. La nueva planta ahora albergaba todas las suites de masaje, con vistas a la piscina, los jardines y las canchas de tenis que Darien estaba instalando.

—Y otro éxito más —brindó Candy por Gina con su copa de champaña. Con su vestido largo y ceñido de color dorado, Candy *parecía* una copa de champaña—. Aunque creo que vamos a tener que trabajar con Nica. No está recordando exactamente cuál es su puesto.

Vestida con el polo color durazno de The Gilded Lily, Nica, a quien Gina había contratado para reemplazar a Candy —que había decidido que los bienes raíces serían su próxima aventura empresarial—, estaba coqueteando con los invitados. Por desgracia, solo hablaba con los hombres y más de una esposa no estaba precisamente encantada.

—Le soltaré a Darien. Es el único que parece tener algún efecto en ella.

—O a Nonna. Desde que se levantó de esa silla, se ha convertido en una fuerza imparable.

Nonna se había levantado de esa silla después de que Darien le diera su primer masaje. Afirmó que la había curado, pero Gina lo atribuía a que Nonna quería bailar en su boda. Lo cual hizo.

Con más de uno de los antiguos compañeros de trabajo de Darien.

—Entonces, ¿qué sigue para el equipo Foster-Taormina? ¿Van a conquistar centros comerciales? ¿Clubes de campo? ¿Países del tercer mundo?

—Mmm… no. Estamos trabajando en algo, pero todavía no estamos listos para anunciarlo —Gina tomó un sorbo de la copa flauta de champaña que apenas había probado en la última hora.

Lástima que solo contuviera agua con gas.

Bueno… no tanta lástima.

Candy chocó su copa con la de Gina. —Sabes, Geen, puedes relajarte. Vivir un poco. Nadie te va a mirar raro si te tomas más de una copa de champaña. ¡Por favor!, deberías estar celebrando.

—Estoy celebrando.

Ella y Darien habían tenido una *gran* celebración la noche anterior, cuando le dio la noticia.

Él la miró en ese momento y sonrió; esa sonrisa que hacía resaltar sus hoyuelos. Y que a ella le aceleraba el corazón.

—Ay, por Dios, ustedes dos son tan empalagosamente dulces que siento que me va a dar diabetes —Candy se bebió de un trago el resto de su champaña—. Es como si tuvieran su propio lenguaje secreto, enviándose estos mensajitos…

Candy bajó la copa.

Y la mandíbula.

Le arrebató la copa de la mano a Gina. —¿¡No me digas que no lo estás!?

Olfateó el contenido. —¡No puede ser, lo estás!

Luego, la envolvió en el más grande abrazo de oso y chilló de emoción en su oído.

Que casualmente estaba cerca del micrófono de Sophie.

Y hasta ahí llegó el no estar listos para anunciar lo que seguía para el equipo Foster-Taormina.

Una vez más, Gina iba a estar en boca de todos por culpa de Darien.

Y, esta vez, estaba más que feliz de que así fuera.

Fin.

* * *

¡Gracias por leer! Por favor, ayuda a que otros lectores encuentren mis libros dejando una reseña donde lo compraste. Y si quieres leer más de mis historias, ¡pasa la página!

LO QUE UNA MUJER QUIERE
JUDI FENNELL

Noche de chicos... más una

Sean Patrick Manley se quedó mirando la escalera de color al nueve que tenía en la mano. De verdad odiaba que fuera a ganar esa partida. Ah, no le importaba desplumar a sus hermanos, pero quitarle el dinero a su trabajadora hermana no era algo de lo que presumir. Aun así... ella *se lo había* buscado...

—Voy con todo. —Mantuvo su cara de póquer y deslizó el resto de sus fichas al centro de la mesa.

Bryan y Liam enarcaron las cejas, pero Sean no dijo ni una palabra. Mary-Alice Catherine había querido jugar «como uno más de los muchachos», y así era como jugaban ellos: sin piedad. Sin concesiones, porque fuera una novata en el póquer... o su hermana menor.

Bryan miró sus cartas, chasqueando los bordes como de costumbre. Un hábito que distraía, que era obviamente la razón por la que Bryan lo había adoptado. —Voy. —Apiló las fichas que le quedaban junto al montón de Sean.

Sean ocultó una sonrisa. No le importaba quitarle el dinero a Bryan.

Liam se reclinó en la silla y tamborileó el dorso de sus cartas con el dedo índice, indescifrable como siempre. —Mary-Alice, ¿estás segura de que...?

—No empieces, Liam —dijo Mac, erizándose como de costumbre ante el uso de su nombre de pila—. Juega la mano como lo harías normalmente.

Liam tamborileó sobre sus cartas. —Bien. —Su pila se unió al montón.

Sean la observó y luego a su hermano. Con Liam nunca se sabía.

Mac se mordió el labio inferior y se revolvió en su silla. Sean casi sintió lástima por ella. Casi. Pero les había insistido lo suficiente para que la dejaran entrar en su partida. Habían intentado decirle que no podía permitirse las apuestas, pero no quiso escuchar. Así que, para que los dejara en paz de una vez por todas, la habían dejado entrar, pensando que una vez que perdiera hasta la camisa, dejaría de molestarlos. Había ciertas cosas en las que las hermanas simplemente no debían participar.

—Bueno, ¿y cómo los subo si no tengo suficientes fichas?

—Mac, solo pon el resto de las tuyas. No subas la apuesta. No puedes permitirte perder más. —Sean le sonrió.

Se sorprendió cuando ella le lanzó una mirada de pura ira. ¿Quién iba a pensar que era capaz de eso? De niña, siempre los había engatusado para que hicieran su voluntad. El hecho de que la hubieran tratado como a una princesa toda su vida, siendo ellos sus caballeros andantes, probablemente tenía algo que ver, así que este comportamiento era inusual en ella.

—Solo responde a la pregunta. ¿Qué reglas tienen para eso?

Bryan volvió a abanicar sus cartas. —Apostamos algo grande. Como el apartamento de Sean por una semana, mi Maserati o la casa de Liam en la isla. Como no tienes nada comparable, limítate a igualar.

Mac miró su mano de nuevo, ahora mordisqueando la comisura opuesta de su boca. Se echó un mechón de pelo detrás de la oreja. —Les subo la apuesta a todos.

Sean empezó a protestar, but Bryan levantó la mano. —¿Cuál es la apuesta, Mac?

Mac colocó sus cartas boca abajo sobre el fieltro verde frente a ella. —Si pierdo, el ganador se lleva cuatro semanas de limpieza gratis.

—¿Y si ganas? —preguntó Liam.

Mac cruzó las manos sobre sus cartas. —Si gano, cada uno me deberá cuatro semanas de trabajo, gratis, para Manley Maids.

—¿Qué? ¿Estás loca? No voy a ser la sirvienta de nadie por cuatro *horas*, y mucho menos por cuatro semanas. —Bryan echó su silla hacia atrás bruscamente como si alguien hubiera electrificado la mesa de póquer.

—Ah, bueno, si no crees que puedes ganarme... —Miró a Liam.

Liam la estudió con los ojos entrecerrados. —¿Cuatro semanas, eh? —Tamborileó sus cartas—. Igualo. Con la casa de Kiawah por el mismo período de tiempo.

Sean estudió a Liam. ¿Un farol? No. El alquiler de la casa de vacaciones no arruinaría a su hermano, pero Liam no se arriesgaría a la servidumbre. Tenía que tener una mano ganadora. Si era mejor que su escalera de color, Sean solo perdería el dinero en efectivo y la estancia en el hotel, no correría el peligro de ponerse un delantal. —Yo también. Una semana en el resort cuando esté en funcionamiento. —*Si* es que llegaba a funcionar, pero él no planeaba perder. No con esta mano. Y tampoco el resort.

Bryan los miró a los tres como si hubieran perdido la cabeza. —¿O sea que uno de nosotros va a terminar con dos vacaciones, servicio de limpieza y el uso de un Maserati durante four semanas?

—A menos que gane yo —dijo Mac, tamborileando las uñas sobre el fieltro. Una reacción típica de novata. Estaba demasiado ansiosa.

—¿Vas a igualar? —Sean le dio un codazo a Bryan.

—Claro que sí. —Bryan tiró un full sobre la mesa—. Vengan con papá. — Estiró la mano hacia la pila de fichas.

—Espera, Bry. —Liam lanzó su mano a la mesa. Un póquer de treses los miraba. —Lo siento, Mac. —Liam se puso de pie.

A Sean no le sorprendió que Liam no se disculpara con él. Los hermanos se habían turnado para ganar. El dinero era irrelevante; disfrutaban superándose el uno al otro y reuniéndose una vez al mes. Pero Mac...

Aun así, tenía que poner a Liam en su sitio. —Buena mano, Lee, pero no lo suficiente. —Sean mostró la escalera de color con floritura.

—Mierda. —Liam volvió a sentarse.

—Hijo de puta. —Bryan siempre insistía en tener la última palabra.

Solo Mac no reaccionó. Pero al menos no habría duda de que volviera a unirse a ellos.

Sean empezó a apilar las fichas, planeando cuándo podría ausentarse lo suficiente para las vacaciones que acababa de ganarle a su hermano. Más pronto que tarde, ya que no había mucho que pudiera hacer en el proyecto Martinson hasta que se resolviera todo el lío de la herencia.

El silencio se apoderó de la mesa mientras apilaba las fichas. Más de tres mil. No estaba mal.

Sus hermanos intentaban no mirar a Mac. Sean también, pero captó el temblor de sus labios. Probablemente intentando no llorar. Sí, mil dólares era mucho para Mac, especialmente cuando estaba invirtiendo todo lo que tenía en su negocio de limpieza. Quizás se los daría a escondidas cuando Liam y Bry no estuvieran mirando.

—Lo siento, Mac, pero así se juega.

—Sí, Mac. Te lo advertimos —añadió Bryan.

—Lo sé. —Se aclaró la garganta—. Es solo que...

—¿Qué, Mac? —Liam apoyó un codo en la mesa.

—Es solo que... ¿acaso una jota no le gana a un nueve?

—¿Jota? —El rostro de Liam se puso verde.

El estómago de Sean se convirtió en un bloque de hielo. —¿Jota?

La boca de Bryan se abrió, pero, por una vez, se quedó sin palabras.

—Sí. Jota. —Mac extendió sus cartas en abanico sobre la mesa. Cinco corazones, en orden ascendente.

Escalera a la jota.

—Creo, queridos hermanos, que a todos les tienen que tomar las medidas para los uniformes de Manley Maids.

Libros de Judi Fennell

❧

<u>Royally Sunk</u>

Metida hasta el Cuello

Reel es un tritón sin cola y Erica le tiene pavor al océano. Solo una cosa podría hacerla entrar al agua: una pistola. Y solo una cosa podría mantenerla ahí: el sexi tritón que le salva la vida, solo para arriesgar la suya.

Bajo el Azul Salvaje

Valerie es una princesa sirena varada en medio del país. Rod es el príncipe que se dispone a rescatarla. Pero ¿podrán eludir el complot de un usurpador y volver al océano antes de que su cola —y su derecho al trono— desaparezcan para siempre?

La Captura de Su Vida

Logan *huyó* del circo; lo único que quiere es que su vida sea normal. La mujer desnuda que aparece en su barco es todo *menos* normal. Especialmente cuando Angel resulta ser una sirena, con una furiosa monstrua marina tras ella.

. . .

Amor en las rocas

La princesa Mariana no es una farsante; realmente *es* una artista, lo que está a punto de demostrar con la estatua que está tallando en una isla desierta. El problema es que Jace se esconde allí, así que lo único que liberará a Mariana de su prisión real es lo mismo que hará que maten a Jace. El romance ya es bastante duro, pero cuando hay un tsunami en el pronóstico del tiempo, el amor está en las rocas.

Haciendo Olas

Lee sobre El Incidente que hizo que Erica le temiera al océano, la razón por la que encontraron a Valerie, la princesa perdida, y cómo Michael, el joven hijo de Logan, encontró a una sirena. Las historias *antes* de las historias.

Bottled Magic

Sueño con una Genia

La suerte de Matt finalmente ha cambiado cuando la genio Eden escapa de su botella y aterriza en su regazo. Literalmente. Y ella jura que nunca volverá a entrar. Desafortunadamente para ambos, el tipo que la metió allí la quiere de vuelta y no se detendrá ante nada para recuperarla.

El Genio Sabe Más

Samantha hereda la finca de su padre, que incluye a un genio que tiene un último amo al que servir antes de que termine su servidumbre. Sam está más que dispuesta a liberar a Kal, hasta que su codicioso ex decide que si no puede tener a Sam, nadie podrá.

Mi Bella Genia

Zane heredó la mansión familiar, de la que no ve la hora de deshacerse para acabar con los rumores de la alocada historia de su familia. Lástima que la genio que ha sido la causa de esos rumores ha sido liberada para hacer de las suyas una vez más. Solo que esta vez, es con su corazón con lo que está jugando.

Tu Deseo Es Su Orden

Descubre cómo Kal fue aprisionado en su lámpara y por qué necesita servir a 1001 amos. Es la historia antes de la historia.

Once-Upon-A-Time Romance

La Bella y El Mejor

Jolie es chef personal de día y escritora de novelas románticas de noche. Así que cuando consigue un trabajo para el atractivo y solitario artista, Todd, tiene el héroe perfecto para su libro. Hasta que Todd se entera y la echa de su cocina, de su casa *y* de su corazón.

Si el Zapato Te Queda

Érase una vez, hace mucho tiempo, en una tierra muy, muy lejana, vivía una chica llamada Cenicienta. Esta no es su historia. *Esta* es la historia de Lucinda Isabella Casteleoni, quien, como su tocaya, tiene una madrastra malvada, dos hermanastras horteras e incontables horas de duro trabajo que (no) la esperan. Pero, a diferencia de esa princesa de cuento de hadas, el Príncipe Azul de Bella no aparece por ningún lado. Hasta que un viejecito de brillantes ojos verdes abre una zapatería al final de la calle. Entonces comienza la magia...

A Través del Vitral

Un viaje accidental a la Inglaterra medieval tiene a la ejecutiva de publicidad Kate luchando por encontrar un camino a casa... Pero ¿podrá traerse de vuelta al atractivo caballero de brillante armadura del que se ha enamorado?

<u>BeefCake, Inc.</u>

Bombón & Cupcakes

Lara quiere que sus cupcakes sean un éxito. Al bailarín exótico Gage no le importaría probarlos, pero su horario de trabajo para pagar las facturas del hospital de su sobrino no le deja tiempo para hacerlo. Hasta una fiesta donde el adonis y los cupcakes se encuentran y, ¡*oh*, qué delicia!

Bombón & Errores

Cuando Bryan confunde a Jenna con una prostituta y ella se da cuenta de que él es el padre de su hijo adoptivo, los errores y malentendidos comienzan a multiplicarse. Pero algo más también está creciendo entre ellos. A veces, un giro equivocado puede ser muy acertado...

Bombón y Nuevas Tomas

Tanner quiere que su exesposa se vaya de su vida para siempre, pero cuando la abuela de ella sufre un derrame cerebral y él tiene que fingir que sigue enamorado de Juliet, ¿podrá arriesgarse a una segunda oportunidad con la única mujer que nunca dejó de amarlo?

Bombón & Copos de Nieve

Gina ha estado enamorada de Darien desde siempre, hasta el día en que él la humilló en la escuela. Quince años después, él la deja fría. El bailarín exótico Darien ha vuelto a la ciudad para arreglar un par de cosas. Una es el desastre que le causó a Gina hace años... y *quizás* reavivar las llamas que una vez tuvieron. Pero la única manera de derretir el hielo alrededor del corazón de Gina es subir la temperatura, tanto en el trabajo... como fuera de él.

<u>Manley Maids</u>

¿Qué pasa cuando tres hermanos irresistiblemente sexis pierden una apuesta de póquer contra su emprendedora hermana? Son contratados para su empresa de

limpieza de casas. Ahora, los Manley Maids están a su servicio. Satisfacción garantizada.

Lo Que Una Mujer Quiere

Sean, el dueño de un resort, planea comprar una finca histórica, hacerse un nombre y ganar millones, así que se muda bajo el pretexto de limpiar el lugar para frustrar la única condición de la herencia. Pero la heredera Olivia y su colección de animales se le meten bajo la piel, y descubre que la apuesta de póquer que lo metió en este lío no es lo único que cambiará las reglas del juego.

Lo Que Una Mujer Necesita

La estrella de cine Bryan quiere fama y fortuna, no una repetición de su «normal» y austera infancia. Después de la publicidad que rodeó la muerte de su esposo, lo que Beth necesita es una vida normal para ella y sus hijos, y la estrella de cine que perdió una apuesta para limpiar su casa —con los paparazzi pisándole los talones— no lo es. Pero a medida que el coqueteo se convierte en seducción, Bryan necesita convencer a Beth de que es más hombre que un sirviente. O un actor. Porque está interpretando el papel principal en una historia de Cenicienta a la inversa, y podría ser el papel de su vida.

Lo Que Una Mujer Merece

Liam no tiene paciencia con las mujeres que gastan el dinero de un hombre sin pensar en el trabajo real. Pero para cumplir su apuesta, Liam no solo deberá tolerar a la socialite, Cassidy, sino que tendrá que limpiar su desorden cuando el padre de ella le corte el grifo. Sin dinero y sin un hogar que Liam pueda limpiar, a Cassidy no le queda más remedio que aceptar una oferta de trabajo: como la nueva sirvienta de Liam. Pero cuando salten chispas entre ellos, ¿será amor verdadero o solo otro romance desastroso?

¡Qué Mujer!

MaryAlice Catherine está lista para limpiar la casa de la amiga de su abuela, solo para descubrir que el nieto engreído de la mujer, de quien ella estuvo enamorada en su infancia —y él lo supo todo el tiempo—, está viviendo allí y ella está avergonzadísima. Jared lo recuerda de otra manera; Mac siempre fue una pequeña mandona, pero no va a dejar que ella lleve la batuta ahora. Pero con los dos viviendo en una casa, no se sabe quién saldrá ganando.

Lo Que Un Tipo Quiere

Beckett está listo para pagar su apuesta de póquer perdida. Simplemente no se dio cuenta de que tendría que hacerlo con su corazón. Jennifer es la que se le escapó y ahora está justo frente a él. En su casa. La que él está aquí para limpiar. Jennifer no puede creer que el chico malo de la preparatoria del que estuvo muy enamorada esté en su casa, pero si hay algo que su exmarido le enseñó, es que no puede confiar en el chico malo. Hasta que Beckett pone todas sus cartas sobre la mesa y resulta ser alguien por quien Jennifer puede apostar, después de todo.

Aquí está Judi

A la galardonada y exitosa autora Judi Fennell le encanta reír y le encanta el amor, así que no es de extrañar que haya un poco de ambas cosas en cada libro que escribe. Descubre sus cuentos de hadas con un giro inesperado para tener una muestra de sus desenfadadas e irónicas comedias románticas y paranormales. Desde tritones en la costa de Jersey Shore, hasta genios con alfombras mágicas, pasando por strippers à la Magic Mike, y empleados domésticos muy masculinos cuyo lema es *Satisfacción garantizada*, siempre hay risas y amor por encontrar.

Y, en su abundante (?) tiempo libre, ayuda a otros autores con todos los aspectos de la escritura y la autopublicación con su empresa de maquetación, diseño de portadas y material promocional, servicios editoriales, consultoría y audiolibros: www.formatting4U.com.

Judi vive en las afueras de Filadelfia con una colección de amigos de cuatro patas, y el día en que esas criaturas empiecen a A) cantar, B) coser ropa o C) limpiar la casa..., ¡será el día en que se retire de la escritura!